O coração do príncipe

LIVROS DA
ALICE

CHRIS MELO
O coração do príncipe

{ HERDEIROS DA COROA }

Romance

Copyright © 2024 by Chris Melo

Direitos de edição da obra em língua portuguesa no Brasil adquiridos pela Livros da Alice, selo da Editora Nova Fronteira Participações S.A. Todos os direitos reservados. Nenhuma parte desta obra pode ser apropriada e estocada em sistema de banco de dados ou processo similar, em qualquer forma ou meio, seja eletrônico, de fotocópia, gravação etc., sem a permissão do detentor do copirraite.

Editora Nova Fronteira Participações S.A.
Av. Rio Branco, 115 – Salas 1201 a 1205 – Centro – 20040-004
Rio de Janeiro – RJ – Brasil

Dados Internacionais de Catalogação na Publicação (CIP)

M528c Melo, Chris

O coração do príncipe / Chris Melo. — Rio de Janeiro : Livros da Alice, 2024.
15,5 x 23 cm ; 320 p.

ISBN: 978-65-85659-09-3

1. Literatura infantojuvenil. I. Título.

CDD: 869
CDU: 82-31

André Felipe de Moraes Queiroz – Bibliotecário – CRB-4/2242

Conheça outros livros da editora:

Este livro, embora se inspire em acontecimentos históricos reais, é uma ficção. Uma livre releitura romântica como tantas outras que habitam nosso imaginário e ganham vida no universo literário.

♥

*Ao meu irmão Wesley,
que, entre tantas coisas,
me resgatou e me fez
lembrar de quem sou.*

*Às minhas queridas filhas,
para que jamais se esqueçam de
que caminhar pelo mundo
é tropeçar nos amores.*

*Sei agora qualquer coisa sobre os que procuram sentir
para se saberem vivos.*
"OBSESSÃO", CLARICE LISPECTOR

♥

*Tanto de meu estado me acho incerto,
que em vivo ardor tremendo estou de frio
sem causa, juntamente choro e rio,
o mundo todo abarco e nada aperto.*

*É tudo quanto sinto, um desconcerto
da alma um fogo me sai, da vista um rio;
agora espero, agora desconfio,
agora desvario, agora acerto.*

*Estando em terra, chego ao Céu voando,
num' hora acho mil anos, e é de jeito
que em mil anos não posso achar um' hora.*

*Se me pergunta alguém porque assim ando,
respondo que não sei; porém suspeito
que só porque vos vi, minha Senhora.*
"SONETO 92", LUÍS DE CAMÕES

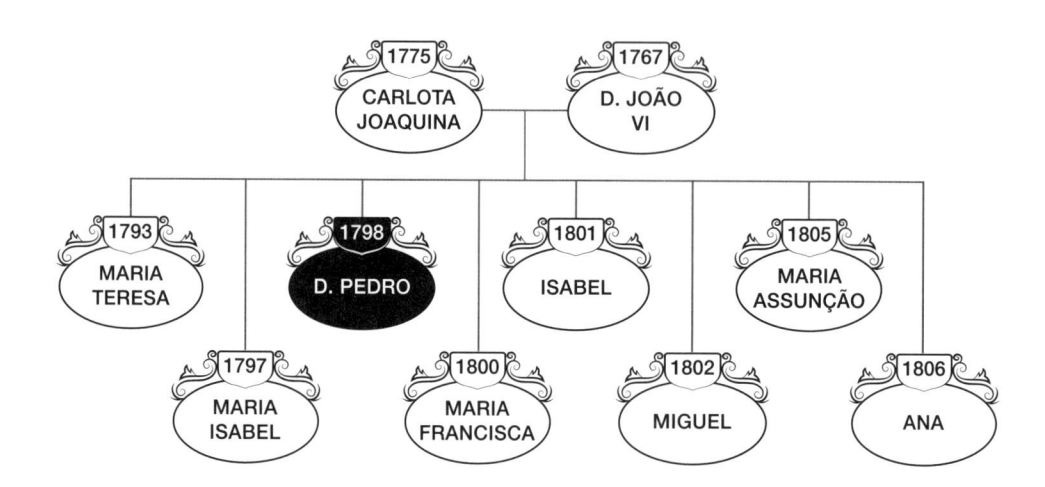

```
                    ┌─ 1775 ─┐         ┌─ 1767 ─┐
                    │CARLOTA │─────────│ D. JOÃO│
                    │JOAQUINA│         │   VI   │
                    └────────┘         └────────┘
                         │
   ┌─────────┬───────────┼───────────┬──────────┐
┌─1793─┐  ┌─1798─┐    ┌─1801─┐   ┌─1805─┐
│MARIA │  │  D.  │    │ISABEL│   │MARIA │
│TERESA│  │PEDRO │    │      │   │ASSUN-│
└──────┘  └──────┘    └──────┘   │ ÇÃO  │
     │         │           │     └──────┘
  ┌─1797─┐  ┌─1800─┐    ┌─1802─┐   ┌─1806─┐
  │MARIA │  │MARIA │    │MIGUEL│   │ ANA  │
  │ISABEL│  │FRAN- │    │      │   │      │
  │      │  │CISCA │    │      │   │      │
  └──────┘  └──────┘    └──────┘   └──────┘
```

27 de novembro de 1807

♥ 1

Nas noites de serão nos sentaremos
C'os filhos, se os tivermos, à fogueira:
Entre as falsas histórias, que contares
Lhes contarás a minha, verdadeira

"LIRA XIV", MARÍLIA DE DIRCEU,
TOMÁS ANTÔNIO GONZAGA

Partir e fugir aparecem como possíveis sinônimos no dicionário, mas, acredite, não são. Partir envolve planejamento, um certo êxtase provocado pelo novo destino e esperança de que a decisão de ir embora encerrará uma fase difícil, trará alguma melhora e, por sorte, alguma felicidade. Fugir é outra coisa. É questão de sobrevivência. É não ter tempo para qualquer organização, só pegar o que der e ir rápido para onde for possível.

Isso posto, deixemos claro: a Coroa Portuguesa não partiu para o Brasil, eles fugiram feito pintinhos à procura da asa da mãe. Fugiram com todo o caos que a ocasião exigia.

No dia da fuga é claro que chovia. Não qualquer garoa, um temporal que desabava pesadamente, parecendo alertar o estado de espírito de d. João. O velhote gordo, calmo e dado a ficar em cima do muro em momentos importantes, mas que, daquela vez, fora obrigado a tomar uma decisão que mudaria os rumos da História. Mas, convenhamos, ele não tinha muitas opções: era enfiar toda a sua família e um pedaço da vida em Portugal dentro de cerca de uns trinta navios mercantes, acompanhados de outros tantos navios de guerra, ou sucumbir nas mãos de Bonaparte e sua implacável invasão franco-espanhola.

A Família Real estava atônita, cambaleante e, convenhamos, nada Real, rumo ao desconhecido, sentindo-se enxotada do seu próprio lar, quase se afogando na lama e em expectativas. Carlota Joaquina tentava não perder seu porte imponente enquanto contava mentalmente os filhos sendo levados a diferentes embarcações. Era medo o que sentia, mas tentava encontrar outras palavras para nomear aquele sentimento fragilizante. Foi empurrada para Alfonso de Albuquerque, o navio que a levaria rumo àquelas terras exóticas e pouco atraentes sobre as quais só conhecia relatos. Passou os olhos pela orla da praia: era um pandemônio. Milhares de pessoas se acotovelando, tentando conseguir um lugar nas embarcações que, certamente, não conseguiriam abrigar a todos. Olhou em volta e encontrou suas filhas. Tereza segurava no colo uma chorosa Ana de Jesus. Isabel e Francisca estavam de mãos dadas com a pequena Assunção. Todas de olhos muito abertos, os rostos molhados e assustados. Carlota jamais esqueceria aquela cena: desastrada, maltrapilha e, precisamos concordar, bastante *démodé*. Andou até as meninas pensando em seus garotos, principalmente Miguel, que viajaria no navio *Príncipe Real*, junto com o pai, Pedro, e a avó. Toda a linha de Sucessão Real em uma única embarcação, uma decisão digna deles: impensada e incompreensível.

Um raio rasgou o céu, seguido de um trovão que fez todos se encolherem revelando a covardia em um minuto, mais rápido do que a guerra. Não eram dados à demonstração de afeto, as crianças eram criadas por tutores, amas e governantas, mas naquele instante surreal nem seus costumeiros deboches de protesto deram as caras em sua imaginação. Por isso, Carlota apenas puxou suas filhas para perto de sua saia.

— Vai ficar tudo bem — sussurrou mais para si do que para elas.

D. João, em outro navio, estava de olhos fechados, tentando não escutar o barulho que vinha da praia e que se misturava ao som dos tripulantes, dando ordens e mais ordens. Procurou algo para beber, queria qualquer coisa alcoólica para lhe ajudar a cair no sono, mas seu cantil já estava seco e a tripulação, ocupada demais para lhe dar atenção. O navio balançava de um lado para o outro e ele não sabia se era o mar ou as pessoas que o sacudiam. Horas e horas naquela angústia, mesmo depois, com o navio já em constância, parecia ouvir as pessoas, uma multidão de gente e caixotes deixados para trás. Sua terra, seu esconderijo violado, ficando cada vez mais distante. É inegável que d. João sofreu. Naquele instante, pôde conhecer o peso da humilhação que sentia por ter sido covarde o bastante para entregar sua pátria e seu povo em troca da própria pele, sofreu por se sentir impotente perante a invasão franco-espanhola, e sofreu, ainda mais, por todas as vezes em que agiu dizendo que não havia outra opção.

Enquanto isso, do outro lado do oceano, na orla que a família demoraria meses para encontrar, o sol tocava toda a extensão de terra que se podia ver. Nenhuma árvore balançava, nem uma palmeira se mexia. O Rio de Janeiro parecia ferver sob o sol: o burburinho do comércio, o trote dos cavalos e os homens rindo alto, enquanto as mulheres rezavam nas igrejas entoando o movimento da cidade. Os escravizados, homens e mulheres pretas sequestrados no continente vizinho, trabalhando arduamente, os vendedores ambulantes gritando e os apitos ecoando completavam a trilha sonora caótica. Essa era a normalidade, uma cidade pouco desenvolvida, mas interessante economicamente por abrigar o porto mais movimentado e seguro da colônia. Um porto que tinha como uma de suas principais funções o tráfico negreiro. Exatamente por isso, Elias Antônio Lopes, mais conhecido por Capiroto, aguardava impaciente seu último carregamento. Olhava o mar e o relógio de bolso como se este repetido movimento fosse capaz de mudar algo no horizonte. Foi assim até avistar um de seus comparsas, administrador do porto, passar.

— Onde está o meu navio? — Elias praguejou.

— Deve chegar a qualquer momento.

— Já devia estar aqui! — disse, retirando uma faca enorme da bainha que sempre ficava pendurada em sua cintura.

De longe, sua filha Amélia via a cena sem entender muito bem. Sabia perfeitamente quem era seu pai, mas aquele espetáculo no meio do dia parecia exacerbado até mesmo para ele. A menina era pequena ainda, uma criança franzina. Sua pele queimada de sol denunciava que era criada de um jeito diferente das outras meninas livres. Sem nunca ter conhecido sua mãe, viu seu pai assumir o controle, preocupado com sua educação, mas também a levando aonde quer que fosse, fazendo negócios na frente dela e orientando que prestasse atenção, pois, um dia, ela cuidaria de tudo. Elias tratava Amélia como se ela fosse herdeira de seu reinado e, como única filha, deveria estar pronta quando o momento chegasse. Obviamente, quando chegasse a hora, ela precisaria de um marido, um filho, mas seu pai garantiria que ela fosse capaz de ficar de olho em tudo sem deixar ninguém acabar com o seu império.

— Você não ousaria me enganar, não é? — Elias catou o homem pelo colarinho e aproximou a faca de seu pescoço. — Não seria burro o suficiente para pegar meu carregamento e negociar com outro, porque, se você fizer isso, não vai ter tempo nem para sentir o cheiro dos seus réis.

Amélia correu em direção ao pai, gritando. Sabia que não devia interferir, mas um ímpeto a empurrava em direção a eles. A menina corria preocupada, chamando a atenção das pessoas ao seu redor. Elias percebeu e acabou soltando o homem. Antes mesmo de voltar a se mover, deu-lhe um soco, guardou a faca e fechou o cenho. Finalmente mudou de direção e seu semblante paralisou Amélia. A expressão de ódio no rosto de seu pai a fez tremer. Elias a olhava desapontado, e ela se assustou, pois seu pai era notoriamente agressivo, mas, normalmente, não com ela; podia não ser afetuoso, mas nunca lhe tocou um dedo sequer. Por isso, aquele semblante raivoso vindo em sua direção era novidade.

— Desculpe, me assustei ao te ver brigando no meio do porto — adiantou a menina.

— Veja bem, Amélia, preste bem atenção: quando achar que seu pai está metido em uma briga, ao invés de gritar feito uma fracote, pegue uma faca e vá ajudar. Está entendendo?

A menina assentiu, balançando a cabeça nervosamente. O rosto de Elias estava a centímetros do seu e, naquele instante, Amélia descobriu que seu pai queria deixar para ela mais do que negócios e propriedades: ele queria que seus genes a dominassem, que a ira, a esperteza e a ganância percorressem também suas veias, assim como seu próprio sangue. Mas foi naquele exato momento que ela decidiu que jamais permitiria que isso acontecesse.

Meses depois...

♥ 2

Atormentam remorsos e cuidados;
Assim foram onde estava
O descuidado pastor.
Esse, mal viu a beleza
E o gentil menino, entende
A malícia do traidor.

"LIRA XXV", MARÍLIA DE DIRCEU,
TOMÁS ANTÔNIO GONZAGA

A chegada de uma Família Real a uma colônia deveria envolver glamour e luxo à altura, algo que nos permitisse certa pompa, riqueza e festejos, mas, veja bem, eles escaparam de um baixinho sanguinário na calada da noite e, depois disso, passaram meses em embarcações. Meses à sorte de mares calmos e revoltos, de constante cheiro dos enjoos e desarranjos, do qual ninguém, nem o mais bem-vestido, poderia se ver livre. Meses! Por isso, a chegada ao Brasil foi um misto de alívio e confusão. Ninguém em terra esperava por eles, e, mesmo nos barcos, ninguém queria ser o primeiro a desembarcar. No continente, não estavam prontos para recebê-los. No oceano, todos estavam sujos, infestados de piolhos e com olheiras beirando as bochechas. Tudo era precário. Entenda, o Brasil era uma colônia que só servia para extrativismo, não era Portugal: era "de" Portugal. Entendeu bem a diferença, não é mesmo?

A chegada só não foi tão conturbada quanto a saída porque o cansaço parecia mais silencioso. A tormenta, as mortes, os piolhos comendo os seus corpos e a ausência de sossego não permitiam que ninguém demonstrasse força para qualquer tipo de reação. Contudo, o senhor tempo não pausa, não espera quem quer que seja se recuperar, nem muda seu ritmo a favor de ninguém, nem da Coroa Portuguesa, que agora se instalaria em terras tupiniquins.

Desta maneira, o que restou foi raspar as cabeças, banhar-se e se vestir da melhor forma possível. Carlota jamais deixaria um selvagem vê-la maltrapilha, por isso, rapidamente transformou seu melhor tecido em um turbante magistral, ainda que o adorno tenha servido apenas para criar um enorme contraste com a imundície de seu corpo e sua família.

Após uma pequena pausa em Salvador, a Família Real voltou aos navios. Foi um transtorno, mas o que poderiam fazer? Render-se ao descanso da terra firme e dos quitutes da cidade? Bem, d. João quase se convenceu e fincou raízes, mas não era o destino final, precisavam seguir. Era o Rio de Janeiro o centro do país, onde deveriam ficar. Assim, depois de algumas semanas, todas as embarcações atravessaram o horizonte da cidade que ainda não era maravilhosa, mas onde a natureza garantia o seu charme.

A vinda da Coroa trazia também um novo rumo para a capital do Brasil e para seus moradores. Na época, a cidade era bastante duvidosa. Foi com assombro que d. João testemunhou aquele lugar de ruas estreitas, casas térreas e armazéns espalhados pelo centro. Além disso, era tanta pele à mostra que ele não sabia para onde olhar, quer dizer, sabia exatamente o que olhar.

O Rio não se assemelhava em nada a Lisboa ou Queluz, mal tinha onde abrigar as famílias nobres que vieram com a realeza, muito menos a própria Família Real.

D. João só se esqueceu do desconforto ao se deparar com a recepção improvisada que os aguardava no Paço, o lugar que já tinha sido Casa da Moeda e, a partir de então, era a sede responsável por administrar o Brasil, Portugal e os domínios lusos na África e na Ásia. A construção reproduzia as características de diversas praças do Império português, guardando inclusive semelhanças com o Terreiro do Paço, em Lisboa. O prédio ficava em uma área do Rio de Janeiro na qual ocorria uma série de atividades vinculadas ao comércio e onde funcionava a fiscalização do Porto.

No entanto, nada disso parecia importante naquele momento, pois d. João só conseguia pensar no cheiro de galinha assada espalhado no ar que invadia suas narinas, lhe embaçava a mente e fazia sua barriga urrar;

ele só se aquietou quando estava a roer os ossos. Os botões faziam força para se manterem fechados e as bochechas pareciam querer imitar a cor do vinho, enquanto o vice-rei, que ali vivia, tentava disfarçar o mau jeito.

O Paço era a principal residência da realeza, mas a verdade é que não tinha condições de abrigar mais ninguém. O lugar mal tinha móveis e nenhuma magnificência. O Paço Real era relativamente pequeno e não tinha o espaço necessário para acomodar toda a Comitiva Real, os membros da Corte, os funcionários e os serviçais necessários. O prédio estava em estado precário de conservação devido ao desgaste dos anos e à falta de investimento em manutenção. Isso tornava o local totalmente inadequado. Para piorar, não havia quartos suficientes, banheiros, cozinhas e áreas de entretenimento. Enfim, para que o Paço funcionasse, seriam necessárias reformas significativas, mas isso levaria tempo e recursos que, no momento, ninguém tinha. A chegada repentina da Família Real não permitia esse tipo de adaptação imediata, o que era, no mínimo, constrangedor.

— Perdoe não ter um palácio à sua espera, mas não sabíamos que viria tão prontamente, sua graça.

— Eu sei, mas é aqui que ficaremos e não podemos morar neste chiqueiro.

O vice-rei disfarçou o riso que lhe vinha ao imaginar que d. João e chiqueiro combinavam bem, pois ele se assemelhava demais a um leitãozinho, rosa e satisfeito.

— Sim, claro, mas receio não ter moradia à altura para vossa graça e sua família. Não por aqui, pelo menos — disse, retomando o ar solene.

— O que quer dizer?

— Há uma propriedade bastante interessante um pouco mais distante, em uma área de fazendas, mangues e floresta.

— Com a sua descrição me parece péssima.

— Mas não é. Na verdade foi construída nos moldes europeus, é bem grande… Com certeza a melhor de todas as propriedades que existem por aqui.

— E posso saber o motivo de não ter arrendado a propriedade para nós?

O vice-rei titubeou, seu olhar parecia não querer dizer tudo o que sabia.

— Ela pertence a Elias, o Capiroto, um homem bastante poderoso e um benfeitor também. V. graça certamente compreenderá que...

— Entendi... — interrompeu, tentando parecer poderoso. — Mas se é generoso conosco, continuará sendo. Marque um encontro, diga que fiquei sabendo sobre sua propriedade de beleza rara e que gostaríamos de visitá-la.

Naquele instante, Carlota invadiu o recinto aos berros:

— Não ficarei neste pardieiro!

D. João roía o osso da perna da galinha enquanto o vice-rei se encolhia constrangido com aquela cena histérica e, por que não, meio cômica. Por sorte — ou tremendo azar —, Elias também adentrou o recinto sem ser anunciado. Era tanta falta de decoro que as pessoas ao redor ficaram atônitas. Não sabiam se tentavam acalmar Carlota, expulsavam o Capiroto atrevido ou ofereciam um guardanapo ao príncipe regente, que parecia não conseguir se desvencilhar daquela comida toda.

— Senhor Elias, estávamos mesmo querendo encontrá-lo, mas acredito que agora não seja o melhor momento — tentou contornar o vice-rei.

— Desculpe, mas, pelo que vejo, cheguei na hora exata. Vim trazer uma oferta irrecusável. Uma que certamente ajudará a acalmar os ânimos.

— Deixe-o falar... — disse d. João, finalmente largando o osso sobre o prato.

— Majestade — continuou, fazendo uma reverência —, assim que soube da chegada de sua Real Família, imaginei que não estariam bem instalados no Paço.

— Senhor Elias está sempre por aqui, visto seus negócios no Porto — o vice-rei interrompeu.

— Imaginei que ficariam melhor na Quinta da Boa Vista, minha propriedade.

— Mas quanta gentileza! — exclamou d. João, olhando para Carlota com certo alívio.

— Espero que essa tal residência não seja outro chiqueiro — alfinetou Carlota.

— É claro que não. Mas, de qualquer forma, estarão mais bem instalados do que no Paço — Elias não se dobrou.

— Aceitamos sua generosa oferta — d. João exclamou. — Vejam o que é preciso para que a Família Real possa se mudar o quanto antes.

Elias sorriu satisfeito. O vice-rei também, pois tirar todos dali certamente seria um grande alívio.

O que d. João não sabia é que Elias sempre foi esperto demais para deixar que lhe tomassem a propriedade, o que certamente aconteceria, pois não havia outra melhor no Rio de Janeiro. Assim, antes que o obrigassem a ceder, ele mesmo ofereceu sua quinta para hospedar a Família Real. Fez mais do que isso, abriu mão de sua propriedade como um gesto de reconhecimento ao poder da Coroa e também de boas-vindas, é claro.

Elias mudou-se para sua fazenda que ficava do outro lado da estrada, uma propriedade menor, mas que serviria bem para viver com sua única filha e tocar seus negócios. Além disso, seria bastante conveniente estar na vizinhança da realeza, sendo a pessoa que mais conhecia a região e a propriedade. Estar por perto era parte do plano, ele jamais deixaria que esquecessem aquele grande favor.

Assim, seis dias depois, as coisas já estavam acertadas e, após não mais do que uma semana, toda a Família Real atravessava os portões do Palácio de São Cristóvão, a Quinta da Boa Vista.

Talvez, neste ponto, você imagine que já conheça esta história, que, em algum momento, ouviu parte das informações citadas ou que já é íntimo desses nomes e lugares, mas deixe-me dar um alerta: você não sabe nada do que está por vir, simplesmente porque não estava lá, mas eu, sim.

♥ 3

Ela que vê um menino
Todo de graças coberto,
Tão risonho e tão esperto
Ali sozinho brincar,
A ele endireita os passos;
Finge Amor ter medo a Deusa
Mais se empenha em lhe pegar.
"LIRA XXV", MARÍLIA DE DIRCEU,
TOMÁS ANTÔNIO GONZAGA

Rotina pode ser entediante. Soa desinteressante conseguir prever cada passo do dia, cada tarefa e descanso. Mas dizem que só se sente falta de casa quando se está na estrada e, se por um lado a repetição da vida tira um pouco o apetite em viver, a rotina também serve de segurança, e previsibilidade traz certa paz. E a verdade é que só se descobre tudo isso quando se perde.

O Brasil era um cenário muito diferente do que os portugueses estavam acostumados. A floresta tropical era exótica para seus olhos, a comida, interessantemente condimentada para seu paladar, e o clima… Bem, o clima era desafiador para sua paz. As roupas eram pesadas demais, não ajudavam em nada. Pedro sentia o corpo pinicar. Pequenas gotas brotavam em sua testa e outras escorriam pelo seu corpo. O garoto estava sentado à sombra, observando quadros sendo carregados, móveis, arrastados e uma infinidade de arcas, baús e caixotes sendo espalhados pela nova propriedade. Pensou em sua vida em Portugal: estaria agora terminando a aula de piano e logo seguiria para estudar ciências. Seu pai sempre dizia que um príncipe precisava saber essas coisas… Em sua cabeça de criança, aquilo não fazia muito sentido, mas admitiu para si que gostava daquela rotina. Talvez a sensação de vazio tenha surgido por Pedro estar muito longe de tudo o que conhecia, o que é compreensível. É comum se escorar no costumeiro, chamar de zona de conforto momentos infelizes, um trabalho miserável e pessoas tóxicas. Imagine uma criança que só está sentindo falta de casa. Naquele momento, ele só queria saber o caminho até o seu quarto, qual seria seu lugar preferido e onde estava o maldito piano.

No jardim, observando o menino emburrado, estava uma garotinha curiosa, usando vestido de algodão, o cabelo escapando do coque e pés descalços.

— Pssssiiiuuuuuu… — chamou.

Pedro não deu atenção, na verdade, nem escutou. Continuava imaginando as horas e sentindo mais calor do que já havia sentido em toda sua vida.

— Ei! Menino! — insistiu ela.

Ele finalmente olhou, mas demorou a entender. A menininha fez um sinal com a mão. Estava chamando, sorrindo de forma muito natural. Pedro se levantou, foi até ela e fez uma reverência. O garoto era polido.

— Por que está vestido como se fosse a um baile? — perguntou a menina.

— Por que você ainda está com roupa de dormir?

Eles riram e nem sabiam o motivo.

— Estou indo passear, quer vir comigo? Você parece tão chateado… — convidou.

Pedro olhou o céu azul, o sol quase o oprimia… Não queria ir, parecia que não sobreviveria se saísse da sombra, mas a figura da garota era convidativa demais. A forma natural de sua abordagem e o interesse por seu humor a fez diferente de todas as pessoas com as quais ele convivia. A menina estava desacompanhada, tinha a pele escura e falava diretamente com ele, sem a menor cerimônia. Pedro estranhou, mas, acima disso, gostou demais, e foi esse sentimento quase novo que o fez dar um passo em direção a ela, e aquele foi só o primeiro de muitos que daria ao longo de sua vida.

— Meu nome é Amélia. Sabia que eu morava aqui?

— Eu sou…

— Sei quem você é. Meu pai me disse que demos a casa de presente para nossos monarcas. Sua vó é a rainha…

— Sim, mas está doente.

— Então seu pai governa e um dia será você — completou ela. Pedro aquiesceu sem sorrir.

Caminhavam rápido. Amélia se esgueirava pelo jardim como só ela seria capaz. Fez isso por infinitas vezes antes sozinha, mas é sempre meio triste ser uma criança sem companhia. Exatamente por isso sentia-se empolgada por ter alguém do tamanho dela por perto.

— Você devia tirar o casaco. Está usando roupa de inverno debaixo do sol.

O garoto estava acostumado a andar com o traje completo. Muitas camadas de tecidos caros, bordados e renda. Estava sempre alinhado, mas o conselho de sua nova amiga fez sentido. Talvez seus pais precisassem mandar fazer novas roupas, as deles os matariam com toda certeza.

Pedro tirou o casaco, mas continuou a segurar de forma solene. Amélia o retirou de suas mãos e pendurou num arbusto.

— Vai estar aqui quando voltarmos.

Continuaram a caminhar até chegar ao lago. Permaneciam no terreno da propriedade e Pedro se perguntava como era possível ouvir tantas aves cantando ao mesmo tempo.

Amélia abaixou e pegou pedrinhas no chão, esticou algumas para ele. Para a surpresa da menina, Pedro atirou a primeira, fazendo ela quicar uma vez até afundar bem longe. Ele sorriu triunfante. O primeiro sorriso. Amélia gostou. Foi a vez dela. A garotinha estreitou os olhos e mordeu o canto do lábio inferior. Concentrada, atirou a pedrinha, que quicou duas vezes e caiu um pouco mais adiante da lançada por Pedro. Eles sorriram e jogaram repetidamente. Pedro continuava derretendo de calor, mas parecia se importar menos.

— A gente não pode nadar aqui porque é muito perto da casa, as pessoas nos veriam, mas algum dia te mostro uma lagoa boa de verdade. Só dá pra ir a cavalo… É mais longe.

— Você nada em uma lagoa?

Pedro não entendia Amélia. Ela devia ser de uma família nobre e muito rica, pois seu pai havia cedido o que seria agora o palácio de sua família, por outro lado, agia como se fosse uma criança sem os modos exigidos pela Corte.

— Eu nado no lago, subo em pés de árvore e ando descalça, e você também pode. É só também saber todas as outras coisas… Só prestam atenção na gente quando precisam ter certeza de que temos modos. No resto do tempo, quando ninguém está olhando, faço o que quero.

— Você gosta de morar aqui?

— Eu nunca estive em outro lugar, mas até que gosto. O que você acha?

— É mais longe do que imaginava.

— Está com saudade da sua casa, né?

— Acho que sim. — Pedro queria ter dito que, na verdade, não sabia o que estava sentindo, via-se ainda muito atordoado pela longa viagem, perdido naquele lugar novo e sem saber o que esperar. Mas era muito criança e não tinha habilidade de organizar tudo isso que estava misturado dentro dele.

— Vou te fazer companhia. Assim, no seu tempo livre, não te deixo pensar muito nessas coisas.

Pedro viu naquela garota certa esperança, enxergou nela uma possibilidade de alegria em meio a um recomeço difícil e esse momento se tornou um marco, determinando todo o resto.

Eles eram tão pequenos, tão diferentes, mas se reconheceram naquela solidão infantil. Crianças são torturadas pelas expectativas dos pais, massacradas em exigências que cobram se comportarem como miniadultos e os dois conheciam essa perversidade de muito perto. Além disso, tinham pais poderosos que se ocupavam mais em manter e aumentar esse poder do que em estar presentes na vida de seus filhos, deixando que fossem apenas acompanhados e vigiados por outros adultos. A fase da infância parecia uma fragilidade, um infortúnio que precisava ser superado, só isso, pois os filhos passavam a ter importância mesmo quando cresciam.

A conexão entre Amélia e Pedro só se aprofundou. Ela mostrou cada pedaço daquele jardim, cada brincadeira e esconderijo. Cada vez que o levava para um lugar novo, acreditava estar fazendo seu papel de anfitriã, mas o fato era que, a cada dia, Amélia levava o menino para dentro de seu próprio mundo. Sem perceber, compartilhou a parte secreta de sua vida, aquele cantinho em que ela se reconhecia. Espantosamente, dividiu mais do que isso, ofereceu a Pedro a chance de aprender a escapar e experimentar outras facetas. O garoto astuto não recusou o convite, e logo percebeu que o mundo era maior do que as paredes de seu palácio, que as pessoas faziam mais do que servir ou serem servidos. Amélia não sabia, mas, ao se aproximar de Pedro fez com que seu mundo saísse do singular. Inesperadamente, a vida passou a ser plural.

Pedro, mesmo sendo parte de uma família muito grande, entendia essa questão. Ele deveria ser próximo de Miguel, seu irmão mais jovem, mas não era. Miguel era o preferido de Carlota, ela tinha verdadeira adoração por ele. Amava os olhos penetrantes, os cabelos lisos, o queixo afilado e corpo esguio. Pedro tinha o rosto arredondado, cabelo vasto, olhos pidões e costas largas. No entanto, não era apenas a aparência que os diferenciava. Miguel era uma criança mimada, que exigia a presença da mãe, que não costumava atender a nenhum outro filho. Aquele garoto tinha um poder especial porque Carlota permitia.

Assim, sem afinidade com as irmãs mais velhas e com uma rixa revelada com seu único irmão homem, restava a Pedro as mais jovens. Gostava de distraí-las, de brincar e cantar músicas. Tinha carinho, um senso de proteção, mas não fazia parte da rotina delas. A vida deles era repleta de compromissos distintos. Pedro tinha inúmeros tutores. Estudava tanto ciências quanto artes. Aprendia sobre política e etiqueta. Sabia línguas e dança.

Amélia, apesar de não ser propriamente da nobreza, também se conectou com aquele cotidiano estranho que não permitia muito o livre pensar porque estava o tempo todo fazendo alguma coisa. Também se dividia entre tutores e governantas, mas com os anos aprendeu a roubar tempo da vida. Aprendeu a não se deixar sufocar, encaixando prazeres, ócio e particularidades em seus dias. Aprendeu e ensinou.

— Que tal irmos até a cidade amanhã cedo? — Amélia convidou.

— Fazer o quê?
— A gente descobre quando chegar lá.
— Vai dizer o quê ao seu pai?
— Que vou à igreja com a governanta. Diz que quer ir ao Paço com seu pai.
— Por que eu iria ao Paço, Amélia?
— Só diz qualquer coisa… Depois foge e a gente se encontra na frente da igreja. Vou escapar também.
— Está bem.

Era fácil aceitar esses convites, apesar de já terem se metido em algumas encrencas, como serem pegos confraternizando nas rodas dos escravizados, invadindo alguma fazenda ou quando roubaram um barco e não conseguiram voltar à margem, o que exigiu serem resgatados. Amélia era vista como má influência por muitas pessoas, mas era filha do Capiroto, o que lhe dava certa proteção. Afinal, quem quer mexer com o diabo?

No outro dia, quando o sol começava a banhar as ruas do Centro, Amélia e Pedro já corriam entre as pessoas, as bancas e tabuleiros. Eles brincavam em um pega-pega distraído, com espírito explorador e divertido.

Quando cansaram, se sentaram num canto, escondidos. Olharam-se cúmplices com as bochechas acesas, sorriso ofegante e cabelos bagunçados.
— Olha! Aquela moça está vendendo as maiores cocadas que já vi na vida! — reparou Amélia.
— Quer uma?
— Claro, mas não tenho moedas aqui comigo… Você tem?
— Não.
— Ela daria falta de apenas uma? — sugeriu a menina.
— Não. Uma só não faria mal nenhum.

Os dois juntos tinham a mania de se incentivarem mesmo quando perdiam o juízo. Pedro nunca dizia que algo não era uma boa ideia e Amélia jamais recusava participar de alguma arte que ele propunha.

Se esgueiraram até alcançarem o tabuleiro. Amélia fingiu precisar de instruções para voltar à igreja, enquanto Pedro pegou o doce e saiu correndo. Alguém gritou "pega ladrão", e Amélia saiu em disparada.

Começou uma perseguição que acabou num tropeço na barra da saia da governanta que já estava à procura da menina.

— O que está acontecendo?

— Acham que Pedro é um ladrão. O príncipe, onde já se viu!? — Amélia era impossível.

Pedro tinha a mão baixa, cuja cocada derretia infeliz. A governanta esticou algumas moedas em direção à moça que, até então, não tinha reconhecido o jovenzinho fujão.

— Vamos devolver esse menino. Depois conversamos, viu, senhorita? — disse a governanta andando em direção ao Paço.

No caminho, andando lado a lado, cúmplices, Pedro abriu os dedos e Amélia pegou um pedacinho do doce, colocando na boca.

— Obrigada — agradeceu, pensando que aquela era a melhor cocada do mundo.

A mesma cumplicidade se repetia entre coisas que somente um sabia sobre o outro e nesta dinâmica tão única, nos dias em que, aos poucos, começaram a parecer ser só deles dois, os anos se seguiram. O tempo passou entre pular corda e observar estrelas. A vida correu enquanto Amélia e Pedro chupavam manga e caçavam vagalumes.

— Não sei se quero voltar a Portugal um dia — falou o menino enquanto nadavam na lagoa Camboatá. O céu continuava azul, mas o sol já não era inimigo.

— Gosta daqui, né?

— Em Portugal não tem a lagoa, a floresta e esse calor. Lá também não tem você.

Sem notar, eles presenciaram o Rio de Janeiro mudar, ganhar estradas e construções imponentes. E sem notar, seus corpos ganharam altura e curvas. Os sorrisos banguelas deram espaço ao início da puberdade.

— Então quer dizer que a pequena Amélia vai debutar! — Pedro debochou.

— Você é mais velho do que eu, mas dizem que é um menino, e eu já preciso de um marido… É um mundo cruel com as mulheres.

— Mas seu pai não vai facilitar. Nenhum pária levará sua filha tão cheia de predicados.

— Cala a boca…

— A primeira dança será minha — Pedro disse, levantando e batendo nas calças para espantar um pouco a poeira.

— E se eu fugisse? — perguntou Amélia, levantando também.

Eles gostavam de se abrigar na natureza, ali não precisavam manter as aparências e os protocolos.

— Talvez seja a solução — insistiu, já que não obteve resposta.

— Não pode fugir.

— E você agora me diz o que posso fazer?

— Fugir é difícil. É terrível não saber para onde se está indo, o que te aguarda… A sensação de insegurança... Fugir é péssimo, Amélia. Espero que nunca precise.

Ela havia se esquecido de que ele só foi parar em sua vida porque teve que fugir e, muitas vezes, Pedro falava de Portugal como se contasse um sonho que teve e não lembrava direito.

— Mas você se deu bem — disse ela, tentando aliviar o clima.

— É claro que sim, mas poderia ter dado muito errado. A incerteza tem um preço alto.

— Isso quer dizer que terei meu baile de debutante?

— Sim, mas faremos uma corrida de cavalos no dia seguinte.

— Pra me lembrar de quem sou.

— Você jamais vai se esquecer. Ao baile? — Pedro lhe ofereceu o braço e ela aceitou.

— O que tem de errado em eu querer seguir a minha vida do jeito que é? Sabe… cuidando de algumas coisas na fazenda, lendo, estudando e, principalmente, sem um marido?

— Está dizendo que não mudaria nada na sua vida?

— Não é bem assim. Sabe que eu mudaria uma coisa.

— Ter sua mãe por perto.

— Exatamente.

— Mas você está apressando as coisas. Não significa que seu pai irá casá-la amanhã. Algo me diz que ele gosta de te ter por perto.

— Lógico, é mais fácil para mandar em mim.

— Talvez, mas você sabe muito bem como contornar o jeito durão dele.

— Tive que aprender.

— Você é esperta, vai ficar tudo bem. — Amélia se deixou levar pelo otimismo dele e sorriu. — Ao baile? — insistiu ele.

Ao baile.

♥ 4

Voraz Tempo,
Que o ferro come,
Que aos mesmos Reinos
Devora o nome,
Também, Querida
Também consome
Dentro do peito
Qualquer pesar.
"LIRA XXV", MARÍLIA DE DIRCEU,
TOMÁS ANTÔNIO GONZAGA

Certamente faltariam flores para qualquer cidadão, pois todo o estoque do Rio de Janeiro estava a caminho do Palácio de São Cristóvão. Para todos os efeitos, d. João havia insistido em fazer o baile de Amélia em sua residência oficial. Para deixar claro, o monarca não tinha nada contra a garota, até achava que ela era bem esperta, bonita e agradável, mas daí a insistir em lhe oferecer uma festa de debutante era um salto gigantesco, e é quase engraçado imaginar tanto esforço somente para sustentar as aparências. A verdade era que Elias havia cobrado isso. Lembrou que aquela casa tinha sido feita para receber, um dia, o baile de sua filha, afirmou que havia planejado isso muitos anos antes e que d. João lhe devia essa honra. A conta da Família Real com Elias parecia impagável, pois eles estavam sempre em suas mãos.

Portanto, para que a paz permanecesse, Elias teria o baile de sua filha com toda pompa e circunstância. Amélia seria celebrada como se fosse parte da família. Sua festa seria feita nos moldes da Monarquia. Serviriam um cardápio completo, refinado e abundante. As adegas estariam abertas, todo o estoque da realeza ficaria ao dispor de seus convidados

— exceto as garrafas que d. João havia ordenado que fossem escondidas, é claro. A decoração envolveria cristais, louça fina e flores, um exagero de flores.

Enquanto todos os serviçais corriam para que o palácio ficasse pronto. Amélia encarava seu vestido de cor lavanda, pendurado quase solenemente. Não podia negar que era bonito, a saia era gigantesca, a barra, toda bordada no mesmo tom. Em cima da penteadeira, a tiara cravejada de diamantes, um colar que seguia o mesmo padrão, brincos combinando e as luvas brancas. Amélia, até a véspera, era considerada criança para tais coisas. Não podia frequentar os bailes ou sequer ficar acordada até tarde. Agora, desfilaria num decote quadrado, tomaria cidra e dançaria os passos que ensaiava há muito tempo. Mais do que isso, seria vista de outra maneira pelos homens e pelas mulheres. Os homens teriam permissão para cobiçá-la, cortejá-la, casar-se com ela e enchê-la de filhos. E as mulheres, com as quais mal convivia, a partir de agora seriam suas concorrentes, quase inimigas na corrida desenfreada em busca do melhor partido. Amélia se cansou só de imaginar.

Sua governanta entrou no quarto e começou a vesti-la. Primeiro a *chemise* que servia de base e controlava o suor, depois o corpete para ajustar o busto, camadas e camadas de saiotes e crinolinas para sustentar o volume da saia, tudo arrematado com o terrível espartilho. Amélia parecia sentir o movimento dos pulmões fazendo esforço para respirar. Quando achou que estava no limite, a governanta apertou um pouco mais e colocou o pesado vestido por cima. Os acessórios deram o toque final, mas Amélia mal conseguia se mexer.

— Já já, você vai se sentir mais confortável.

— Quando eu puder tirar tudo isso?

A governanta sorriu.

— Como vou conseguir dançar carregando todo esse peso? Esperam que eu seja agradável, feliz, mas mal consigo respirar.

— Logo você se acostuma. Vai ver só... Além disso, usará muitos vestidos como este. Tantos, que se sentirá nua com aquelas roupas leves que costumava usar por aí.

— Não diz isso. — Amélia sentiu os olhos lacrimejarem.

— O que houve?

— Não tenho nada contra as mulheres que sonham com isso. Que amam planejar bailes e querem um marido o quanto antes. Eu respeito o desejo delas. Só acho que mulheres que possuem outros anseios também merecem ser respeitadas.

— E quais seriam seus anseios, querida?

Amélia não disse. Não teve coragem de falar em voz alta que queria ser livre, não prestar contas a ninguém e poder enfrentar seu pai. Quem sabe ter mais notícias sobre sua mãe, e se fosse para se casar seria por sua vontade e não porque era obrigada a fazê-lo.

— Eu comecei a cuidar da senhorita ainda pequena e ouso dizer que a conheço muito bem. Sei que ama escapar um pouquinho deste lugar que ocupa na sociedade, mas sei também que cumpre seu papel com maestria. Por isso, acredito que terá o futuro que deseja. Talvez não todo, porque a vida é uma coisa difícil e incontrolável, mas, se tem alguém capaz de conquistar a vida que almeja, esse alguém é você, menina.

— É só um baile — Amélia tentou parecer confiante.

— Isso mesmo! — concordou, amorosa.

Amélia seguiu para o palácio e foi encaminhada para um quarto de hóspedes. A governanta lhe acompanhou, alisando sua saia e ajeitando um a um os cachos do seu cabelo a cada segundo. Sua ansiedade já estava virando aflição. Era angustiante ficar presa dentro do vestido, presa no quarto, presa na situação... Já estava quase gritando quando finalmente bateram à porta. Era uma das damas de companhia das princesas.

— Está na hora. O salão está cheio de convidados à sua espera.

Amélia sentia a *chemise* empapuçada de suor debaixo daquela roupa toda, suas mãos estavam ligeiramente trêmulas e seu lábio puxava de leve quando sorria. Andou depressa, como se estivesse atrasada, ergueu a saia, mas a acompanhante pigarreou.

— Sem pressa, senhorita.

Diminuíram o passo até a entrada do salão. Seu pai a esperava satisfeito. Adentraram o ambiente sob todos os olhares e caminharam elegantemente até d. João e Carlota, que aguardavam em seus tronos.

Reverenciaram os monarcas. Amélia estava tão graciosa que parecia uma bailarina. Pedro se espantou, a delicadeza dos movimentos de sua amiga era uma novidade estranha, teve vontade de se aproximar e fazer uma gracinha, mas quando encarou seu rosto, percebeu que ela estava nervosa. Nada que chamasse muita atenção, mas ele podia notar seus dedos trêmulos e o sorriso afetado demais. Ele a via quase todos os dias e, definitivamente, aquela pessoa era alguém muito distante da Amélia com a qual convivia.

Pedro se aproximou, se curvou e estendeu a mão. Encaminhou a debutante para o centro do salão de baile e se posicionou de frente para ela. Os primeiros acordes começaram e os dois deram início a uma sequência de passos. Amélia continuava executando tudo com maestria, mas seu olhar estava vago. Outros casais se juntaram a eles e Pedro se sentiu mais confiante para conversar.

— Respira, Amélia. Vai ficar tudo bem.

— Respirar como? Parece que esqueci… Estou enjoada.

— Ei, puxa o ar devagarinho pelo nariz. Faz comigo. — Pedro parecia querer realmente ensiná-la a respirar.

— O ar não chega aos pulmões. Acho que o espartilho tirou meus órgãos do lugar. Você não entende! O ar não encontra meus pulmões. — Amélia parecia começar a hiperventilar.

— Não entendo mesmo, parece bem difícil, mas tenho certeza de que seus pulmões estão aí. Olha pra mim. Só olha pra mim.

Amélia olhou e Pedro sustentou seu olhar. Manteve-se firme e confiante. Sorriu para ela, a rodopiou com graça, espalmou as mãos sem desviar seus olhos e a conduziu não somente na dança.

— Inspire… — Mais um passo. — Expire...

Ele ficou tranquilo ao ver o semblante de Amélia voltando ao normal e ficou satisfeito em ter ajudado, era a primeira vez que ela parecia perdida e, para sua surpresa, Pedro sentiu que estava exatamente onde deveria estar.

A canção chegou ao fim e Pedro fez uma reverência. Amélia também se curvou, mas só teve tempo de sussurrar um agradecimento, pois logo os pares foram trocados. Seu pai a conduziu em uma dança como a tradição mandava e todos se orgulharam ao ver como Elias havia criado bem a filha, embora ele tivesse mérito em somente uma parte de tudo o que ela era.

A festa seguiu tranquilamente, cheia de risadas, danças e cochichos. No brinde, d. João exaltou a boa criação e educação de Amélia, falou de suas qualidades e se estendeu até a garota sentir que estava sendo leiloada na Praça XV de Novembro.

No fim, os convidados aplaudiram, comeram e dançaram um pouco mais. A noite já estava bem adiantada quando começaram a se despedir e sair um a um agradecendo o convite, elogiando a grande festa que tinham presenciado. Amélia estava com o abdômen dolorido, sua pele quase ardia e seus pés pareciam dormentes. O nervosismo havia passado, mas ela se sentia meio ausente de tudo, como se fosse uma atriz ruim tentando interpretar um papel muito além de sua capacidade.

— Amanhã, assim que o sol nascer, estarei te esperando para aquela corrida — falou Pedro baixinho, logo atrás dela.

— Não sei se estarei viva até lá — respondeu sem olhar pra ele, mas sentindo sua presença pungente.

Ele riu.

— Ah... está certo. Estarei lá com o que sobrar de mim.

— Não se atrase.

— Eu nunca me atraso.

Conforme prometido, ao raiar do dia, eles se encontraram. Amélia o avistou ao longe. Pedro estava distraído, montado em seu cavalo, e ela passou depressa gritando algo incompreensível. Ele disparou em sua direção, tentando alcançá-la. Correram pela estrada como duas crianças brincando de pega-pega, ainda mais rápido e emocionante. Os cavalos eram fortes e pareciam se divertir também. Ainda era cedo, havia uma brisa fresca que, na velocidade, se tornava um vento gelado. Correram por quase uma hora e só pararam ao avistar o mar.

— Vejo que sobrou muito de você, inclusive a capacidade de trapacear.

— Aceite a derrota com honra — Amélia provocou. — É uma beleza, não é? — disse, encarando a praia.

— É, sim. Uma verdadeira pintura — Pedro respondeu apreciando a paisagem por pouco tempo. — Como você está? — perguntou, olhando para ela.

— Com vergões daqui até aqui — respondeu, apontando para debaixo do seio e percorrendo o dedo até os quadris.

Pedro não respondeu. Não quis parecer inconveniente. Amélia percebeu.

— Minha barriga está toda marcada. É só isso.

— Não sei por que as mulheres usam esse tipo de coisa.

— Não sabe não, né? Querem parecer mais bonitas, mais atraentes e desejáveis.

— Eu te vejo quase todos os dias sem nada daquilo e te acho bonita. As mulheres, no geral, são figuras bonitas, não precisam se torturar para acreditarem nisso.

Amélia não soube muito bem o que dizer, não pensava muito nisso, não se sentia incrível, mas também não se odiava. Não se imaginava atraente, era só uma menina dentro de um mundo bem pequeno, habitado por rostos conhecidos. Só isso.

— Então quer dizer que você me acha bonita? — Ela fez uma careta.

Ele riu.

— Bonitinha. — E fez um gesto com as mãos que indicava mais ou menos.

— Vamos embora, porque você já está começando a falar besteiras.

Na volta, cavalgaram mais devagar, apreciaram a natureza, o canto dos pássaros e o sol deixando tudo mais morno.

— Estou indo embora. Ficarei um tempo fora — Pedro anunciou, como se não conseguisse mais segurar a informação.

— Vão para a serra? Por quanto tempo?

— Europa, por uns dois anos ou mais.

O cavalo de Amélia parou como se a surpresa tivesse o atingido também.

— Pensei que ainda era perigoso.

— Nem é tanto, mas, de qualquer forma, não vou para Portugal, ficarei protegido na Inglaterra... Meu pai diz que preciso estudar.

— Já não estuda aqui?
— Não tenta achar lógica…
— Deve estar empolgado.
— Devia?
— Não sei. Só estou tentando parecer positiva.
— Acho que devia mesmo, mas vou sentir muita falta daqui.
— Cavalos, lagos, praia, jardins… Acho que seu pai está te dando uma dica.
— Como assim?
— Parece que chegou a hora de crescer, Pedro.
— Encontrou a lógica, né? Você sempre encontra. — Pedro e Amélia deram um meio sorriso daqueles que a gente dá quando não quer admitir que está triste.

Pedro partiu alguns dias depois, queria ter se despedido de sua amiga de infância, a figura mais constante e presente em seus dias. A garota que sabia tudo sobre ele e de quem ele conhecia até as cicatrizes do joelho, mas Amélia não apareceu. A princípio, estranhou sua ausência, mas, ao ver a orla se distanciar, percebeu como aquilo era triste. Ainda bem que ela não estava lá, Amélia pertencia às memórias felizes, todas elas.

Nos primeiros meses, Pedro se pegou inúmeras vezes com vontade de contar tudo para sua amiga do Brasil. A diferença da paisagem, da comida, o clima sempre cinzento e frio. Queria dizer que andava de olho no céu e em todos os avanços da astronomia. Achou particularmente que ela amaria saber que geologia poderia ser bastante interessante, assim como o avanço da medicina. Pensou em compartilhar tudo isso, mas também andava comprometido com outros tipos de experimento, um deles envolvia dormir com uma mulher diferente a cada noite, e essa parte ele não deveria compartilhar com ninguém.

No fundo, ele sempre sentia que seria um desrespeito a Amélia, mas não entendia o motivo. Ela era sua amiga, não faria mal contar, sem detalhes, que estava começando a trilhar os caminhos do galanteio. Contudo, sempre que tentava escrever uma carta, se sentia uma fraude ou, pior, era acometido por uma sensação acusatória como se ele tivesse a abandonado, e isso não fazia o menor sentido.

Com o tempo, deixou de tentar. Não queria esconder nada, nem contar coisa alguma. Por vezes, pensou que seria mais fácil tê-la por perto, mas chamou esse sentimento de nostalgia e a palavra simplificava o que sentia, trazendo certo conforto. Passou a só viver. Levar os dias como os dias quisessem. Estudar quando era necessário e aproveitar sempre que podia. Pedro bebeu, dançou, sorriu e jogou charme por onde passou. Tocou cada mulher disponível, beijou incontáveis bocas, mas nunca trocou mais do que meia dúzia de frases com elas e jamais, em hipótese alguma, sentiu vontade de escrever sobre seu dia para qualquer mulher que não fosse sua distante amiga.

Já Amélia não precisou partir para tratar de crescer. A vida mudou assim como o dia vira noite, sem nenhum preparo. Simplesmente aconteceu. De repente o lago parecia longe demais, as trilhas, exaustivas, e as frutas, em galhos inalcançáveis.

Passou a fazer aula de tiro e gostou muito, caçava sozinha de vez em quando e era bom ter uma nova distração. Enveredou nos negócios de seu pai e passou a odiá-lo. Era terrível para ela ver as condições em que ele colocava as pessoas. Não mercadorias. Pessoas.

No entanto, crescer nem sempre é de todo ruim, mostra que é possível ser quem você gostaria. Amélia conheceu gente que acreditava nas mesmas coisas que ela, gente que a incentivou a fazer algo em relação às suas frustrações e indignação, e ela passou a fazer. Criou um método, um sistema de vida tremendamente desconfortável, mas totalmente certo. E Pedro, que no começo era uma ausência dolorida, passou a ser uma enorme saudade.

Seu pai não estava preocupado em casá-la, o baile havia sido apenas uma convenção, uma forma de demonstrar poder sobre a Família Imperial. Além disso, uma festa de debutante no palácio era uma tremenda lisonja. Amélia não sabia, mas, por Elias, sua filha se casaria com algum figurão bem mais velho, um marido nobre para dar honra e um filho a ela, um homem que permitisse manter sua filha livre para ser herdeira de seu legado. Mas ainda que reconhecesse a necessidade de um marido para sua filha mulher, ele não tinha pressa, afinal, sua cautela em manter o sigilo sobre seus crimes e negócios falava mais alto. Além disso, ela ainda era jovem demais e um partido cobiçado.

A vida é uma tremenda jogadora, o problema é que nós somos as peças. Ela brinca de alterar as posições e o jogo muda completamente. Sem nosso consentimento, acrescenta e subverte as regras, se distrai, passa o tempo e a gente só tenta navegar em seus humores.

Pedro e Amélia aprenderam a viver o novo jogo proposto pela vida, aprenderam a sentir falta um do outro. A dar nomes para aquela ausência, a explicar para si mesmos coisas que estavam além de sua compreensão, porque é isso que a gente faz: a gente se convence e segue a vida e, ao seguir, muita coisa fica para trás.

E o passado sempre estará fora do nosso alcance.

Anos depois...

♥ 5

Em teu conceito,
Nutriu no peito
Néscia paixão?
Todas aquelas,
Que vês cantadas,
Foram dotadas
De perfeição?
"LIRA XXXI", MARÍLIA DE DIRCEU,
TOMÁS ANTÔNIO GONZAGA

Voltar costuma ter gosto de retomar a vida exatamente como era, reencontrar o tempo e as pessoas como havia deixado, como se, mesmo ausente, nada tivesse se perdido. Mas não existe de fato uma volta, pois tudo muda: a paisagem, as pessoas, a gente mesmo. No fundo, sabemos disso, mas nos esforçamos para amenizar, tentando prever as mudanças, colocando tudo em um cenário plausível para nos convencermos de que é possível alcançar o "antes". Parece uma ideia reconfortante, mas é apenas uma ilusão boa em que é gostoso se perder.

Exatamente por tudo isso, "estou de volta" era a frase que ressoava na mente de Pedro enquanto seu corpo sacudia com os chacoalhões e solavancos da embarcação que batia contra as ondas. O sol queimando o seu rosto parecia certo, a cor azul-esverdeada daquele mar inigualável era sua casa. De supetão, assim como o vento que sacudiu seu cabelo, sentiu que o Brasil poderia, sim, ser o seu pedaço mais precioso de Portugal. Por mais que seu temperamento e posição lhe permitissem se sentir à vontade em todo canto onde esteve, precisava admitir que somente naquelas úmidas e quentes terras podia se sentir livre, quase empolgado.

Já era possível enxergar a orla e Pedro estava ansioso para percorrer o quintal de sua infância, ver com seus próprios olhos todas as mudanças que seu pai estava fazendo no que era antes apenas a antiga colônia. Queria ver os avanços de que d. João quase se vangloriava nas cartas que enviara durante todo o período em que estivera fora. Era quase inacreditável. Pedro riu, e a voz de seu pai parecia surgir em seus ouvidos, falando sobre tudo o que Brasil seria, o que já era, os sonhos e futuros possíveis para aquela Monarquia que ninguém parecia lembrar estar sempre por um fio.

Pedro gostava de ser príncipe, é claro. Mais do título do que das obrigações. Não era dado a conversas sobre política, mas amava os bailes; não gostava tanto assim dos compromissos, mas adorava as discussões; não era dado a jogos de poder, mas apreciava saber que no time dele havia o rei e Deus, por quem era protegido. Pelos dois, que fique claro.

Pensar no pai carregou sua memória até sua mãe e uma sombra pareceu cobrir a embarcação por um instante. Sempre sentiu o sangue quente dela correr em suas próprias veias, com ela dividia sua natureza boêmia e tinha puxado algo daquela paixão que parecia ser avassaladora. Contudo, ela nunca permitiu que se aproximasse demais, Carlota tinha deixado clara sua preferência por Miguel, irmão mais novo de Pedro, e chegou a verbalizar com muita clareza, por mais de uma vez, que Miguel deveria herdar a Coroa e não o primogênito, que só receberia o cargo por ter nascido quatro anos antes, nada mais. Pedro se segurava na proteção do pai e, ultimamente, das mulheres, para afugentar o sentimento de rejeição que o alcançava sempre quando Carlota lhe cruzava o pensamento. Ela o amava, claro, era nisso que queria acreditar, mas tinha muito mais afinidade com o filho ambicioso e altivo, aquele que escutava seus devaneios e servia de ombro amigo para carregar suas palavras amargas e planos de vingança. A verdade é que Miguel também se sentia acolhido naquele discurso sobre injustiça e, assim, na mesma energia, eles alimentavam as loucuras um do outro e se emaranhavam cada vez mais.

Pedro suspirou e sorriu ao ver a âncora sendo solta, não valia a pena se ocupar com Carlota e Miguel, ele estava mais preocupado em reencontrar a cidade que sabia ferver quando já não havia sol. Quase vislumbrava os banhos de rio e os pileques, os passeios a cavalo e as noites em cabarés. Sendo honesto, Pedro agia como uma criança que voltava do internato cheio de vontade de viver. Sim, ele estava voltando de uma temporada de estudos na Europa, mas, convenhamos, ele não deixou de farrear nem por um dia sequer, ao contrário, descobriu sua puberdade e o início da vida adulta da forma mais intensa que poderia. Por isso, sua empolgação era quase descabida, mas Pedro nunca pisava no freio, era de agir e depois pensar, era regido por seus instintos e humores. Sua docilidade virava hostilidade e voltava a ser dócil, tudo de repente e ao mesmo tempo. Odiava e perdoava em segundos. E amava, amava, amava... a vida, as possibilidades e, obviamente, amava ter tanto contato com as mulheres.

Deixou que se encarregassem de suas bagagens e seguiu para a carruagem. No caminho, já percebeu novos prédios e a expansão da cidade. Mas foi ao cruzar os portões da quinta que Pedro se espantou: agora via um palácio de verdade. Sempre foi uma propriedade bonita, grande, mas estava realmente suntuosa. A expansão tinha sido concluída e os jardins seguiam os moldes europeus. Não era mais um paço, uma quinta, era um verdadeiro Palácio Real.

Pedro foi recebido pela Guarda Real e acompanhado até o salão principal. Como futuro rei, ele deveria ter sido anunciado por clarinetes e recebido por sua família enfileirada pronta para lhe dar as boas-vindas, mas vamos ser sinceros: a Coroa Portuguesa não era das mais afetuosas, sobretudo após a sua vinda para o Brasil. O palácio tinha um ar caótico, d. João e Carlota adoravam se provocar com indiretas e, não raramente, tratavam-se com hostilidade direta mesmo. Era como se essas desavenças fossem o que havia restado para mantê-los unidos, além das convenções da época, é claro. Carlota, que em Portugal tinha seu próprio palácio, agora, sentia que estava presa em uma armadilha, por isso sua cabeça pensava somente em duas coisas: teorias conspiratórias que a levassem de volta à Europa e qualquer jovem atraente.

Assim, as irmãs mais novas de Pedro também se criavam meio soltas. Tinham suas amas, tutores e acompanhantes, mas essas figuras não eram vistas com respeito, eram empregados nos quais as meninas já mandavam.

Além deste clima individualista habitual, Pedro notou uma agitação incomum. Decidiu ir ao gabinete de seu pai para tentar encontrá-lo e, quem sabe, descobrir o que estava acontecendo.

Antes de entrar, foi avisado pelo secretário que seu pai estava em reunião com alguns fazendeiros e mercadores importantes. Pedro sabia do que se tratava: negócios. A Coroa precisa ser sustentada pela população e os poderosos precisam de influência, uma troca justa aos olhos dos interessados. Pessoas poderosas ajustam conceitos morais em benefício próprio, nada de novo até aqui.

Pedro entrou solene, apesar de seu mau estado provocado pela viagem tão longa. Todos se levantaram e d. João não se conteve:

— Pedrinho, Pedrinho, meu filho — disse, levantando-se e caminhando em direção ao primogênito.

Pedro se curvou fazendo uma reverência rebuscada, mais para impressionar as visitas do que o próprio pai.

— Deixa disso, Pedrinho, deixa eu ver como está — d. João colocou o rosto do filho entre suas mãos gordas e pareceu orgulhoso.

— Como está, pai?

— Satisfeito. Está um belo rapaz e você sabe que isso não é bem o nosso forte — disse, gargalhando. — Mas compensamos com carisma! — e riu mais alto ainda, batendo nas costas do filho.

Pedro sorriu meio sem jeito, estava acostumado com as maneiras de seu pai, mas era a primeira vez que o encontrava desde que deixara de ser criança e ainda estava processando o que sentia frente às suas galhofas, principalmente diante de desconhecidos.

— Veja só você, se saiu muito bem. Não é mesmo, meus amigos?

— Sim, as moças aprovarão seu retorno.

— Deixem disso... Desculpem interromper, só vim dar um olá, mas já vou me retirar, não quero incomodar.

— Não, não... Já havíamos terminado, não é, cavalheiros? — D. João gesticulou, enxotando os convidados.

— Ah, sim, claro... Podemos conversar depois. Quem sabe no baile.

— Claro, claro... Depois. — D. João não tinha mais nada para conversar. Cederia alguns títulos de nobreza em troca de uma quantia substancial, assunto encerrado.

— Baile? — Pedro interrompeu.

— Ah... Sim! Uma festa! Vamos receber Elias, nosso vizinho, que tem sido muito importante na intermediação com o comércio local. Além disso, sabíamos que estava para chegar, então aproveitaremos para celebrar seu retorno.

— Uma festa compartilhada, quanta consideração! — Pedro riu com sua própria ironia. — Por isso essa agitação toda?

— Também, também. — D. João parecia querer disfarçar algo — Até logo, senhores.

Ao ficarem sozinhos, pai e filho se olharam e sentiram um peso no ar. D. João se jogou na cadeira como se o cansaço não lhe permitisse continuar em pé. Pedro sentiu ligeira confusão, mas d. João se adiantou a explicar.

— Lá se vão os novos barões ou viscondes, dependendo do quanto estiverem dispostos a nos dar para continuarmos os projetos de expansão.

— Não se incomodava antes, qual o problema?

— Ah... O problema... Você vai ver no baile. Estamos construindo uma nobreza de senhores de engenho e traficantes. A verdadeira escória.

Pedro pensou em dizer que nenhuma nobreza era feita de santos e beatas, que todos possuíam negócios duvidosos e se valiam de mão de obra escravizada, mas apenas se sentou. Não gostava de apontar o dedo, pois sabia que, fazendo isso, estaria apontando também a si mesmo.

— Então, por que não reduz essa distribuição de títulos?

— Porque preciso continuar com os projetos, é o meu legado. Esta terra, que era só um amontoado de gente, agora é Portugal também. Precisamos transformá-la. Trazer universidades, bibliotecas, construir um jardim botânico... Saímos de Lisboa para uma nova capital do reino, um lugar rico, mas atrasado. — D. João passou um lenço pelo rosto e pela careca, estava quente demais, como na maior parte do tempo.

— Quando veio para cá, mal sabia como seria. Saímos em fuga — disse, diminuindo o tom da voz, enquanto d. João se remexia na cadeira. — Está saindo melhor do que a encomenda. Siga assim, papai. Não seja tão duro, está bem?

— Para ajudar, vários "moradores das senzalas" estão desaparecendo.

— O quê? Desaparecendo?

— Fugindo… É isso.

— Ah… Por que fala assim? Sempre rodeando. Sabe que essa situação de manter pessoas presas é insustentável.

— Está do lado de quem? Quer ver mesmo nossa ruína?! Pedro, pense bem, sem essa Coroa, sobra o quê? É bom ter bem claro que nosso compromisso maior é manter a Monarquia, nossa família foi escolhida por Deus para essa missão, não seja tolo.

Pedro sabia que seu pai replicava o discurso que tinha ouvido de sua mãe até ela própria enlouquecer, porque é isso que acontece quando a gente vive para defender algo que está fadado ao fim.

— Eu sei, só acho que as coisas vão mudar e teremos mais chances de permanecermos por aqui se nos adaptarmos.

Pedro era visto como moderno, não que fosse um elogio, mas ele era diferente do que os sucessores à Coroa costumavam ser. Ele ouvia e enxergava além das conversas de seus iguais, ele olhava além dos muros dos palácios, e isso fazia com que tivesse reflexões mais amplas. Para alguns, era exatamente o que se esperava da Monarquia: ares mais frescos para um reinado antigo, mas que se expandia a nações bem jovens. Para outros, inclusive Carlota e seus filhos Miguel, Assunção e Teresa, esse jeito de Pedro soava como fraqueza e tudo o que um chefe de Estado não pode parecer é fraco. Já tinham experimentado isso e veja onde tinham vindo parar.

— Pai, estou cansado, foram meses dentro de uma embarcação e o senhor bem sabe que não existe viagem fácil, nem para pessoas como nós. — D. João fez o sinal da cruz e Pedro continuou. — Preciso tomar um banho e dormir um pouco, depois pensamos mais sobre tudo o que anda acontecendo. Está bem?

— Claro, claro. Vá, vou chamar alguém para te acompanhar. Você ganhou um quarto novo, com balcão e tudo, vai ver que beleza!

Pedro se levantou e suspirou. Pelo visto, seu pai precisava do dinheiro daquela gente para além de seu tal legado.

Ao contrário do que imaginou, Pedro jantou sozinho. Suas irmãs haviam se recolhido, seu pai não estava no palácio, sua mãe pediu para ser servida em seus aposentos e Miguel apenas acenou friamente para o irmão ao se cruzarem nas escadarias.

Aproveitou a comida e o vinho mesmo assim. Há tempos não experimentava uma refeição tão boa. O tempero, o frescor e a exaustão provocada pela viagem o fizeram comer além do ponto. Depois do jantar, resolveu dar uma volta. A noite estava quente e, embora não tivesse lua, o céu estava iluminado por muitas estrelas.

Pedro se sentia mais em casa no Brasil do que na Europa, por isso, mesmo sentindo uma solidão habitual, estava feliz. Ele gostava do ar quente, da natureza exuberante e até do zunido dos insetos ao seu redor. O cheiro da comida, as risadas altas, as bochechas sempre fogueadas pelo sol. Pensando bem, o bem-estar era de se esperar, Pedro tinha crescido entre aquelas esquinas e riachos, conhecia as frutas e as árvores, sabia de cada canto do lugar que há tempos é sua casa. Essa coisa de lugar de origem, nacionalidade, devia ser bobagem, porque a verdade é que nossos pés foram feitos para caminhar e nosso coração, para amar o lugar que nos trata bem e, não se podia negar, o Brasil era melhor do que sua família merecia.

Entre esses devaneios, estômago cheio e mente cansada, Pedro andou lentamente até os fundos da propriedade, onde quase não havia iluminação. Apenas ele e as estrelas pareciam estar acordados. O cansaço foi virando sossego e ele soube que tudo estava em seu devido lugar. Uma sensação rara que nos visita sem avisar, como se, somente naquele instante, estivéssemos de acordo com o nosso destino. Pedro despertou de seus devaneios ao avistar um foco de luz se movimentando no manguezal que ficava bem ao fundo do terreno do palácio. Uma barreira natural, uma proteção geográfica que servia de muro de proteção. Continuou observando, e a pequena luz seguia se movendo lentamente. A folhagem parecia se mexer apenas ali, pois não havia vento naquela noite.

Pedro apertou os olhos e sacudiu de leve a cabeça. Será que havia tomado vinho demais? Impossível, foram apenas um ou dois cálices como de costume. A luz seguia fraca entre a vegetação, até começar a ficar mais nítida.

Parecia ser a luz de um lampião, agora ele conseguia distinguir. Achou que podia ser alguém montado em uma mula, aqueles terrenos não eram bons para os cavalos, muito menos para caminhadas. E vinha tão lento que era como se o animal soubesse onde pisar para evitar qualquer percalço. Provavelmente fruto da maestria de quem o conduzia… mas quem?

Pedro acelerou o passo para ter uma visão melhor. O condutor usava uma capa com um capuz que cobria seu rosto, parecia um vulto. A cena era tão inusitada que Pedro se perguntou se estava acordado, era misteriosa, quase bonita, como só um sonho conseguiria ser.

Permaneceu imóvel até ver que a luz começava a sumir. Demorou um pouco até voltar a si, estava preso naquele mistério. Decidiu voltar para a frente do palácio, andou bastante, a cada passo tentava encontrar uma explicação, mas antes que pudesse chegar a uma conclusão, ouviu um barulho vindo do lado oposto ao que estava. Eram guardas, que falavam alto, repetiam que "a pessoa deveria voltar outro dia", mas Pedro não conseguia enxergar com quem estavam conversando. Movido por seu ímpeto curioso e pela vontade de dar respostas às suas indagações, foi até lá.

— O que está havendo?

— Pedro, meu amigo! Sabia que não havia se recolhido ainda. Viu? Eu disse que ele estava acordado, ele nuuunca dorme — cochichou uma voz amiga para o guarda, em tom de segredo.

— Chalaça, só podia ser você. Como está? — Pedro o abraçou e sentiu um bafo alcoólico invadir todo o ar.

— Ouvi no porto que você estava de volta. Vim te buscar para comemorarmos seu retorno. Vamos, vamos…

— Parece que já festejou o suficiente por hoje.

— Nunca é o suficiente. Você me ensinou isso — disse, tropeçando nos próprios pés.

— Cadê o seu cavalo? Não vai me dizer que o perdeu… — Pedro buscou o animal com os olhos sem nada encontrar.

— Vim na carruagem com um amigo, ele me deixou aqui.

— Uma carruagem não conseguiria passar pelo mangue. Aliás, o que estava fazendo no mangue?

— Que mangue? Pelo visto, você também esteve a bebericar… — Chalaça riu alto.

— Vamos, você precisa descansar.

Pedro passou o braço de seu amigo por cima de seus ombros e o ajudou a caminhar até o palácio, enquanto tentava entender o que havia testemunhado nos arredores de sua casa.

♥ 6

O destro Cupido um dia
Extraiu mimosas cores
De frescos lírios e rosas,
De jasmins e de outras flores.
"LIRA XXVI", MARÍLIA DE DIRCEU,
TOMÁS ANTÔNIO GONZAGA

Quantas pessoas precisamos ser para sobreviver a um dia? É normal vestir algumas máscaras para conviver ou se isolar. Não é possível ser exatamente a mesma pessoa em qualquer situação ou lugar. Isso é corriqueiro, comum, mas no caso de Amélia essa alternância se elevava a uma potência inimaginável. Era um raro espetáculo vê-la despertar como se tivesse dormido ou, ao menos, ficado em sua cama a noite toda.

Estava acostumada a ser duas, foi preciso aprender para conseguir existir. Pode parecer complexo, mas para ela era quase automático: perto de seu pai, conseguia ser a filha exemplar, aquela que dizia o que ele queria escutar, a que fazia as vezes de filho homem e participava da administração dos negócios e da fazenda, mas também mantinha os modos femininos para frequentar os casarões nobres e bailes oferecidos pela Coroa.

Contudo, essa dualidade era a parte fácil, porque longe dos olhos do pai ela agia contra os interesses dele e isso, sim, era bastante perigoso e controverso. Amélia ajudava em missões que culminavam na fuga de pessoas escravizadas, inviabilizava alguns carregamentos e dificultava o tráfico de gente sempre que podia. Não era muito, sentia que suas tentativas exigiam o esforço de mover o mundo numa rotação diferente e o resultado parecia uma gota d'água no oceano. Apesar disso, mesmo se sentindo frustrada na maior parte do tempo, não sabia parar, não tinha como não fazer nada. E sempre dizia para si mesma que dez pessoas salvas podiam não significar nada no montante, mas, para aqueles dez indivíduos, estar livre era tudo. E isso, mesmo que brevemente, bastava e a impulsionava a buscar por mais.

Exatamente por já estar acostumada às regras do jogo, Amélia se adaptou à vida dupla e suportava o que precisava, motivada pela mulher que conseguia ser durante as madrugadas. O problema era que sua idade a obrigava a exercer ainda mais um papel: o de esposa. Seu pai, mais de uma vez, mencionou alguns candidatos. Todos com títulos, dinheiro e caráter dúbio. Todos canalhas e fedidos. Nojentos por fora e ainda piores por dentro.

É verdade que eles também não estavam muito interessados nela, não que seu cheiro ou aparência não fossem agradáveis, pelo contrário, Amélia era fisicamente bem aceitável para eles e mantinha os banhos como hábito diário. No entanto, suas mãos pareciam mais calejadas do que o normal e a cor de sua pele era mais escura do que o considerado aceitável pela maioria das pessoas da Corte. Além disso, ela andava a cavalo sem sela, e isso era um escândalo. Por fim, estava armada boa parte do tempo e sua mira era intimidante. No entanto, o mais assustador era que Amélia amava ser quem era, apreciava demais suas habilidades e não havia nada que um homem pudesse temer mais do que uma mulher muito segura de si.

Por tudo isso e muito mais, o interesse de alguns candidatos não era direcionado à Amélia e, sim, a seu pai. Bastaria Elias apontar o dedo e ali estaria seu genro, ninguém ousaria dizer não. Uma lisonja como essa seria aceita com muita gratidão. Afinal, quem ousaria não querer herdar a fortuna e, mais do que isso, a influência do maior traficante de escravizados da região?

Sabendo disso e, também, por ter a maioria dos homens em má conta, Amélia não queria se casar. Não desejava um casamento que seria conveniente para seu pai e seu marido, mas não para ela. Não queria ser simplesmente parte de um negócio, não conseguiria se ajustar ainda mais. Preferia o título de carrasca, de capataz, de filho varão que Elias nunca teve e até de bastarda, que eram os nomes que a chamavam pelas costas. Preferia não ser o ideal de mulher para aquelas pessoas, porque, se fosse, isso significaria ser exatamente igual a elas.

Secretamente, Amélia desejava ficar no lugar de seu pai, desejava ser a chefe para poder mudar tudo. Só para poder vingar sua mãe que, por ter a pele preta, havia nascido condenada a servir. Por mais de uma vez, imaginou-se enterrando o pai e retornando ao casarão vazio. Imaginou não ter que ouvir os berros e o estalar do chicote. Claro que jamais faria nada contra ele. No fundo, sabia que nunca atentaria contra a vida de seu pai. Imaginava uma intervenção divina materializada em alguma doença. Afinal, seria justo, mas, pensando bem, justiça era um conceito bastante distorcido. Ainda assim, era um devaneio bonito que gostava de visitar de vez em quando.

Ao descer as escadas, já arrumada e asseada, Amélia escutou Elias esbravejando e jurando matar alguém caso não encontrassem "aqueles miseráveis". Ela sabia do que se tratava, mas fez sua melhor expressão de dúvida e forçou indignação e surpresa ao escutar que alguns dos "empregados" haviam desaparecido.

— Gente ingrata! Dou abrigo e comida e eles acham pouco. Agora vão morrer de fome.

Amélia quis dizer muitas coisas, mas sabia que os ouvidos de seu pai até podiam escutar, mas nunca souberam de fato ouvir.

— Vou até a cidade falar com algumas pessoas, de repente alguém tem uma pista. Sempre há algum rumor.

— Não. Já estão fazendo isso. Hoje você tem um evento importante, precisa se preparar.

— Evento?

— Sim, o baile.

— Ah… O baile… — repetiu, entediada. — O baile em que receberá o seu título?

— Exatamente.

— Pensei que ser "o amigo do rei" já bastasse.

— Nunca basta, minha filha. Nunca, quando há possibilidade de mais. E você deveria ser grata, sua vida é e continuará sendo bem mais fácil do que a minha.

— Eu sei, papai — disse, abaixando a cabeça como ele gostava.

— Então me orgulhe hoje à noite. Afinal de contas, pertencemos à nobreza deste país.

"Bastam quinhentos contos para isso", Amélia pensou, mas preferiu não compartilhar, mesmo porque seu pai já havia dado muito mais do que isso para d. João. Além de ter doado a casa que servia de palácio, ele pagava à Coroa uma porcentagem de todos os seus lucros. Obviamente não por bondade, mas por uma lealdade consolidada em infinitos benefícios, como ter a seu serviço parte da Guarda Real, por exemplo. Alguns favores valem mais do que ouro.

Mas naquele dia ela precisava tirar todas essas coisas da cabeça. Precisava fazer um lindo penteado e usar bastante pó de arroz. Precisava escolher um vestido bonito e muitas joias. Precisava se camuflar entre as outras donzelas da realeza. Precisava ser tão igual a ponto de desaparecer.

"A não ser…" Um pensamento tentou atravessar sua determinação, mas Amélia se esforçou para afastá-lo.

"A não ser que encontre um velho amigo." Tarde demais. A ideia já estava ali. Talvez quase uma esperança. Pensamento é zona selvagem, até pode-se tentar, mas é impossível controlar.

♥ 7

A minha amada
É mais formosa
Que branco lírio,
Dobrada rosa,
Que o cinamomo,
Quando matiza
Co' a folha flor.
Vênus não chega
Ao meu amor.
"LIRA XXVII", MARÍLIA DE DIRCEU, TOMÁS ANTÔNIO GONZAGA

Cercar-se de beleza, vestir roupas que não se usa normalmente e cobrir-se de adornos para momentos de celebração são rituais que repetimos de maneiras diferentes, mas sempre com o mesmo espírito. É do ser humano fazer pausas para festejar. É o nosso emergir, aquele momento em que é preciso recuperar o fôlego depois de um mergulho profundo e longo. Não importa o motivo, é vital se vestir de alegria para ser capaz de dançar com a felicidade. E que lugar pode ser melhor para tudo isso do que um baile?

Os bailes da Coroa costumavam ter muita pompa, mas também é verdade que eram recheados de fofocas e risadas altas. A Coroa Portuguesa era quase exótica, Carlota fazia questão de ser uma rainha contraditória: exigente, dura, mas espalhafatosa e sedutora. Adorava constranger alguns convidados com comentários atrevidos, era quase um lazer, um passatempo.

D. João era dado a risadas, bebida, comilança. Não tinha fôlego para danças ou caminhadas pelo salão. Preferia ficar em posição de destaque, mas sentado, esperando que as pessoas fizessem fila para cumprimentá-lo, como uma digna autoridade religiosa distribuindo bênçãos.

As filhas menores não participavam de tudo, mas ficavam de rabo de olho esperando ver alguma coisa: um vestido brilhante, um rapaz bem trajado ou, quem sabe, com muita sorte, um casal escondido trocando beijos. As mais velhas tinham um ar taciturno, pareciam sempre aristocratas, críticas e meio distantes.

Assim, todo o destaque ficava para Miguel, o educado, jovem, polido e culto. Miguel, o orgulho da mãe, aquele que herdou as ideias políticas e conspiratórias de Carlota. Bem-vestido e quase sedutor. Aquele que rodeava no salão com maestria, o verdadeiro anfitrião. Bem... isso quando Pedro não estava. Esta era a verdade: Miguel era o melhor, desde que Pedro havia se retirado para estudar na Europa, o que lhe deu um gostinho de como seria ocupar o lugar que acreditava ser seu por direito: o de primeiro sucessor.

Miguel circulava como um pavão até o momento em que Pedro fez sua entrada gloriosa: seu cabelo estava penteado para trás e aparado de maneira elegante; a barba, bem cuidada, de acordo com a moda. Usava um conjunto luxuoso, o casaco bordô de veludo era longo, mas deixava à mostra o colete bordado que adicionava uma camada interessante ao traje e contrastava lindamente com a camisa e as luvas extremamente brancas. As calças pretas eram justas, deixando o visual perfeito. Para arrematar, Pedro estava coberto de insígnias reais, medalhões, brasões de cavalaria, uma espada e sua coroa, elementos que deixavam claro quem ele era, seu status de nobreza e sua posição de primeiro sucessor ao trono.

Pedro desceu a suntuosa escada, coberta por um tapete vermelho, como se caminhasse nas nuvens. Seria exagero dizer que todo o salão havia se virado para ele? Não. Ninguém ignorou ou passou ileso pelo retorno triunfal do primogênito. Miguel era quase sedutor, Pedro simplesmente o era.

Ele cumprimentou seu pai que o olhava embevecido. Ouso dizer que Pedro era tudo o que d. João gostaria de ter sido e não conseguiu. Cumprimentou sua mãe com uma reverência respeitosa, que Carlota aceitou com indiferença. Pedro ofuscava o filho preferido dela, o que a fazia se ressentir por Miguel.

O salão do baile do Palácio de São Cristóvão guardava uma atmosfera de riqueza e elegância. As paredes, revestidas por majestosos painéis de madeira trabalhados e adornados com detalhes dourados, refletiam os padrões arquitetônicos clássicos da época. Lustres imponentes pendiam do teto alto ricamente decorado e lançavam uma luz suave e cintilante por toda a sala. Suas centenas de cristais capturavam o brilho das velas, criando um jogo de luz e sombra que conferia uma aura mágica ao ambiente. O piso de madeira nobre, polido à perfeição, era tão liso que parecia espelhar os elegantes trajes das damas e cavalheiros que ali dançavam. Na extremidade oposta à entrada, um pódio elevado, adornado por cortinas de veludo bordô e dourado, era o palco onde a orquestra se instalava para tocar os ritmos envolventes que animavam todos que se arriscavam a dançar. Os móveis eram peças de arte em si mesmos: poltronas estofadas com tecidos nobres, imagens trabalhadas com entalhes e acabamentos dourados. Os espelhos que decoravam as paredes, emoldurados por detalhes ornamentais, criavam uma ilusão de espaço infinito, ampliando ainda mais a grandiosidade do salão.

Enquanto a realeza e seus convidados se moviam pela pista de dança, vestidos extravagantes rodopiavam, revelando tons pastéis e detalhes minuciosos. Os cavalheiros, em seus trajes de gala, executavam passos de dança ensaiados com graça e habilidade.

O salão do baile não era apenas um local de entretenimento, era também símbolo do poder e da elegância da Monarquia brasileira e, por isso, Pedro caminhava altivo com suas reverências e gracejos. Sua postura era firme e amistosa e ele só saiu do modo príncipe "primeiro sucessor ao trono" quando avistou os olhos de Amélia, que estavam fixos nele desde a sua aparição na escada. Ela não disfarçou nem desviou o olhar, mantendo-se altiva. Ele também não se esquivou, aumentou o sorriso e foi direto em sua direção. Vê-la trouxe todas as memórias de uma vez, toda a saudade que ele nem percebia mais sentir.

— Mas ora, ora, se não é a pequena Amélia?

— Ora, Ora, se não é Pedro de volta às terras quentes?

— Mais quentes do que eu me lembrava.

Amélia sentiu o rosto corar, mas a verdade é que se sentia confortável com as brincadeiras de seu antigo amigo. Só estranhou ao vê-lo com o rosto barbado, um adulto… Mas a verdade era que o tempo podia ter mudado muitas coisas, menos aquele sentimento de familiaridade que sempre tinha quando estava perto dele.

— Conseguiram te deixar inteligente? Soube que houve um grande esforço para colocar algo útil dentro desta cabeça e não era por falta de espaço, porque sabemos que ela é bem vazia — falou, segurando o riso.

— Cara Amélia, não se preocupe. Botaram uma coisa ou outra, mas eu continuo simpático à boa vida e aos bons momentos. Jamais o conhecimento me custaria a alegria.

Os dois riram. Riram como camaradas, mas quando o riso diminuiu, pousou entre eles um desejo de se abraçarem, de sentir o calor do peito um do outro como já haviam feito antes, mas disfarçaram.

— Guarde uma dança para mim, pequena Amélia.

— Acho que você terá dificuldades em se desvencilhar da fila que te espera.

— Eu te acho.

— Estarei por aí.

Quando Pedro se afastou, Amélia passou as mãos pela saia como se não soubesse o que fazer com elas. Respirou fundo e alcançou uma taça. Sabia que reencontraria Pedro, mas não pôde prever que ele ainda mexeria com seus sentimentos. Fazia algum tempo que ele havia partido, no começo, ela sentiu muita falta, mas depois se convenceu de que eles jamais deveriam ter se aproximado tanto. O mundo de Pedro era grande, ele havia atravessado o oceano por duas vezes e conhecia um continente que já era velho, enquanto o dela tentava permanecer escondido e intocável. A vida de Amélia era um vilarejo. Percorrer grandes distâncias significava passar o dia montada no lombo de um cavalo ou sentada em uma charrete ou carruagem, e sabemos que não se pode ir muito longe dessa maneira. Ele pertencia a uma família que comprava tudo e todo mundo, ela era da família que vendia.

As horas se passaram entre danças com péssimos candidatos a marido para Amélia e muitas candidatas à esposa para Pedro. A notícia de que d. João queria casar seu filho urgentemente já havia se espalhado, e as moças e suas famílias estavam empolgadas com a possibilidade. O que aquela gente não conseguia perceber é que a sortuda jamais sairia da vizinhança.

É claro que a Coroa queria firmar uma parceria política com algum outro reino. Principalmente porque aquele baile não era para reis, rainhas, duques ou condes. O salão estava repleto de fazendeiros, mercadores e traficantes, os benfeitores da Coroa. Eram pessoas que recebiam títulos de nobreza em troca de dinheiro, ouro, gente... Pessoas que recebiam títulos, mas não a própria nobreza. Jamais seriam vistos como iguais.

Vamos concordar que era um baile "Real", mas com gente bem duvidosa e isso fazia tudo ser um tanto caótico, o que deixava o clima quase solto demais. Porque, afinal, pode-se dizer muitas coisas sobre a Coroa, exceto que não sabiam dar festas. Havia certa liberdade, como se naquele tempo, as pessoas pudessem se perder um pouco na alegria. Claro que nada morria ali, as festas eram a principal fonte de fofoca da Corte, mas quem não queria ser lembrado nos dias seguintes ao baile? Principalmente entre os recém-intitulados, que não estavam acostumados a receber tanta atenção em rodas de salão?

Amélia olhava tudo como se estivesse em um sonho. Não no sentido de estar realizando algo desejado, mas pela sensação de descontrole. Era como se ela estivesse fora de si, apenas testemunhando os rodopios, as risadas e a música. Entre um giro e outro, enquanto ela ainda absorvia aquela fútil alegria, Pedro surgiu enlaçando sua cintura.

— Parece que você está aproveitando a festa... — disse ele, convidando-a para dançar enquanto segurava sua mão enluvada.

— Acho que bebi umas taças a mais, escondida de meu pai.

— Ah... sim... sempre confundindo o velho Elias.

— O que você quer dizer? — Amélia endureceu o semblante.

— Que você sempre conseguia ficar no lago por mais tempo, sempre conseguia sair e entrar pelos fundos sem ser vista e sempre visitou as fogueiras e celebrações dos pretos sem que ele soubesse — sussurrou.

— Sim, e você não é melhor do que eu.

— Ah... Querida Amélia, eu sou bem pior e você sabe disso. — Pedro a girou com mais força e ela fechou os olhos, sorrindo.

A tonteira causada pela bebida e pelos rodopios foi tanta que Amélia precisou de um minuto para se apoiar. Encostou a cabeça no queixo de Pedro e o cheiro de seu cabelo invadiu as narinas dele. Ao inspirar o conhecido aroma de flores, Pedro também foi tomado por lembranças: o rosto de Amélia sob o sol no fim de tarde, seus braços arrepiados de frio quando mergulhava no lago e sua voz sempre dizendo seu nome, e não o título que carregava.

— Acho que precisamos de um copo d'água.

— Você diz ser pior, mas é sempre quem acaba com a festa — provocou Amélia.

Ela gostava de dizer essas coisas, como se comprovasse que ela o conhecia de verdade, que eram próximos e, quem sabe, continuavam sendo especiais um para o outro. Pedro apenas sorriu. Sabia que não podia dizer que, com ela, ele sempre parecia um homem um pouco melhor do que era de fato. Que ter crescido com Amélia o fazia gostar demais dela e ele nunca iria permitir que seu lado boêmio e cafajeste estragasse qualquer momento deles. Não podia dizer que quase convenceu seu pai a enviá-la para estudar com ele na Europa, o que por si só já seria um absurdo: uma garota solteira viajando sozinha com um rapaz, sobretudo um príncipe com a filha do temido Elias. Não podia dizer nada, pois por muito tempo se esforçou para esquecer isso tudo.

Pedro preferiu apenas rir e caminhar com Amélia até um banco no jardim do palácio.

— Então, me diga, vossa alteza, por que voltou?

— Ora, eu sou o príncipe. O Brasil agora é a capital do Reino Unido de Portugal e Algarves. É aqui que devo estar.

— Houve um tempo em que acreditei que escaparia disso tudo. Mas, pelo visto, você será mesmo rei em algum momento.

— Acho que sim, mas... — Pedro hesitou, olhou o horizonte e continuou. — Sabe que minha mãe, mais do que todos, quer voltar para Portugal. Talvez, Miguel, minhas irmãs. Mas eu e meu pai amamos esta terra. Você sabe.

— Sei, sim, mas também sei que não se trata do que vocês querem, talvez Portugal queira todos vocês de volta em algum momento.

Pedro ainda estava pensando sobre o que dizer quando Elias se aproximou, trazendo, em seu peito, uma medalha pendurada em uma fita pomposa.

— Acho que já passou da hora — falou, sem sequer olhar para Pedro.

— Foi um prazer receber o senhor e a sua filha — Pedro se fez notar.

Elias aquiesceu, Amélia se levantou, fez uma pequena reverência ao príncipe e se retirou com o pai. Sim, ela era mestre em tapear o pai, como agora, que caminhava a seu lado fingindo tédio, mas sentia o coração acelerado e o corpo quente ao pensar em Pedro.

"Ele voltou."

♥ 8

O tirano amor risonho
Me aparece e me convida
Para que seu jugo aceite;
E que eu passe em deleite
O resto da triste vida

"LIRA XXIX", MARÍLIA DE DIRCEU,
TOMÁS ANTÔNIO GONZAGA

Existem muitos sentimentos terríveis dentro de nós, alguns difíceis de nomear. Somos seres complexos que reagem de formas distintas aos mesmos estímulos. Criamos traumas, lidamos ou ignoramos todos eles. É assim, tudo emaranhado só esperando que a gente se perca nessa confusão toda.

Contudo, entre todas as mazelas que se escondem nas entranhas das pessoas, a inveja é algo realmente cruel com quem a sente, muitas vezes até mais do que com o alvo. Engana-se quem acha que é inveja querer algo que pertence a outra pessoa: isso é cobiça. Muito menos é inveja desejar o parceiro de alguém: isso é luxúria. Inveja é querer ser o que a outra pessoa é, e isso é tão inconcebível que mata o invejoso sem sequer ele notar. É uma luta inglória.

Observando a Coroa de perto, garanto que Miguel não percebia que ele, em situações imaginárias, até poderia derrubar Pedro e ficar com o primeiro lugar na sucessão; até poderia se aproximar de d. João ou ter alguns olhares de admiração, além do de sua mãe, voltados para ele. Miguel poderia tirar coisas de Pedro, até mesmo pessoas, e ainda assim jamais seria como ele.

— Não disse que o deixaria longe por mais tempo?! — cobrou Miguel, raivoso.

Carlota tentava remediar. Dizia que o retorno de Pedro não havia sido combinado, mas que d. João a havia enganado mais uma vez. Logo ele, aquele velho balofo, como ela gostava de se referir ao marido. Logo ele, tão imbecil, havia conseguido enganá-la mais uma vez. Já tinha dado como certo que Pedro esticaria os estudos e, claro, se encantaria com a vida longe dos olhos da família e das obrigações que o aguardavam. Carlota não contava com o amor que Pedro sentia pela vida que tinha nessas terras, ela não sabia como o filho se sentia feliz no Brasil, apesar de tudo.

— Viu como ele andou pelo salão? Viu o traje que escolheu? Pedro vive como se não se importasse, mas chegou mostrando a todos qual é o seu lugar: o de sucessor! Esfregou isso na minha cara. E na sua, mamãe! — falou Miguel, espalhando veneno por todos os cantos do quarto.

Carlota sentou-se na beirada da cama e respirou fundo.

— Talvez devêssemos colocar nossa energia na expansão do Reino da Espanha. Quem sabe usamos a mesma artimanha que Portugal...

— Em que está pensando?

— Bonaparte foi enganado e não cruzará o oceano atrás de seu pai. Então não fará o mesmo comigo. Como meu irmão foi capturado, caberia a mim o trono. Basta que consigamos algum território espanhol para declararmos como nova capital. Então, eu e você, meu belíssimo filho, teremos o reinado que merecemos.

As coisas faziam sentido na cabeça de Carlota e até poderiam se concretizar na vida real se não lhe faltassem aliados. Homens, com toda certeza. Mas esses pensamentos a distraíam e a acalmavam. A certeza de que um dia teria o que merecia fazia com que ela não quebrasse tudo à sua volta, e isso já era bom.

— Vou para aquele palácio perto do mar. Não aguento ficar aqui por muito tempo. D. João, esse lugar... tudo me sufoca! Você deveria vir comigo.

— Talvez... Mas me ausentar agora pode não ser uma boa ideia. Pedro vencerá. Ganho mais importunando-o aqui.

— Acha que ele renunciaria?

— Pedro é volátil, talvez não aguente. É nisso que acredito.

— Seu pai é um paspalho e aguenta. Por que seu irmão seria pior do que ele?

— Sei que ele não é o orgulho da família, mas papai é um diplomata, sabe equilibrar os interesses da Coroa com os das pessoas. É político... Pedro é pólvora dentro de um barril, se eu conseguir colocar fogo...

— Ele explode — completou Carlota. — O que você vai fazer?

— Onde estão aqueles planos de casamento? Agora que papai é oficialmente o rei, é importante encaminhar o sucessor. O mais prudente é que o príncipe seja um homem casado, com alianças além das matrimoniais e sua própria família — sugeriu Miguel.

Os dois riram como duas bruxas de contos de fadas. Sabiam que Pedro não queria se casar, principalmente com alguém que jamais tinha visto. Não queria começar a encarar essas convenções sociais. Julgava cedo, sentia-se jovem demais. Rebelde demais.

— Nós vamos desestabilizá-lo com essa notícia. Quem sabe ele não corre para qualquer lugar do mundo.

— E que não volte dessa vez.

— Exatamente.

— Você é tão brilhante, meu filho. Tão jovem ainda e já me orgulha tanto!

— Herdei de ti, querida mãe.

Era sempre assim: Miguel e Carlota retroalimentavam seus egos, vaidades e arrogância. Alimentavam suas neuroses, rancores e mágoas. Esses, sim, pareciam almas gêmeas e sabiam disso.

D. João concordava em quase nada com sua esposa, mas, em relação à busca de uma esposa para Pedro, costumava a ouvir. Como Miguel já havia percebido, o rei gostava de equilibrar interesses jogando sempre em cima do muro e pendendo para onde fosse necessário. Fraqueza para alguns, inteligência para outros, não importa, d. João tinha seu próprio jeito de lidar com as coisas. Por isso, escutou Carlota explanando sobre Pedro ser tão vulnerável e, já que não estava mais estudando, deveria se casar e formar uma família para fincar raízes. Não qualquer família: uma

Família Real, digna do futuro rei. Uma união que aumentasse o prestígio da Coroa Portuguesa e que fosse também benéfica para as questões políticas.

— Sim, sim... Eu sei. Tenho algumas opções.

— Pode me dizer quais?

— Vou te dizer que mandarei primeiro o Conde de Funchal como nosso representante à Áustria.

Carlota sorriu por dentro. Um país distante, frio, dono de uma Monarquia séria era tudo o que Pedro e seu temperamento quente precisavam para fugir de vez.

— Certo, mande o conde levar um retrato de Pedro, uma joia, com pedras especiais, como presente, e muito ouro. Certamente encantará a moça, e sabemos que o pai dela ficará grato por isso.

— Farei isso.

Carlota deixou o gabinete satisfeita e, para o azar de Pedro, ela o encontrou saindo da sala de refeições.

— Bom dia, majestade. – disse Pedro, solene.

— Acordou agora?

— O baile de ontem custou um pouco das minhas energias, mas já tomei um belo café. Estou me sentindo melhor.

— Que bom! Talvez você queira ajudar seu pai a escolher o presente da sua futura esposa — Carlota disse sem esconder o prazer.

— Futura esposa?

— Sim. Seu pai enviará ainda nesta semana um representante para oficializar sua união com a Princesa da Áustria... Como é mesmo o nome dela? Bem, não importa...

— Como é? Oficializar? Não estou entendendo. Ninguém me consultou.

Carlota riu alto e com deboche.

— Consultou? Ah... Criança... Sua inocência me diverte. — E se retirou satisfeita ainda rindo.

Pedro saiu pisando firme até o gabinete de seu pai, que já estava pronto para se retirar.

— Pai, precisamos conversar.

— Pedrinho, meu filho, depois. Agora estou ocupado. Tenho um compromisso.

— Ah é? E qual seria? Escolher o presente para minha futura esposa de quem não sei nem o nome? Ou quem sabe assinar algum papel que decide meu destino sem me consultar?

— Ah... meu filho, deixe disso. Você sabe que jamais faria algo para o seu mal.

— E um casamento sem me consultar é o quê?

— É a vida, Pedro. A vida — sentenciou.

D. João saiu sem se explicar. Amava e admirava o filho, mas ainda era o rei e cabia a ele certas decisões. Além disso, Pedro logo veria que um casamento não é nada demais. Um acordo bem-feito não tem nada a ver com a diversão que ele ainda queria e com os amores que viveria. Pedro estava exagerando, já devia saber que um Casamento Real é quase um acordo para garantir o futuro da nação, assim como a futura princesa também devia estar ciente disso, afinal, havia sido educada para prover.

Pedro olhou em volta e teve vontade de quebrar alguma coisa, mas resolveu sair de lá o mais rápido possível. Pegou um cavalo e saiu em disparada. Enquanto acelerava, Pedro sentia a raiva percorrer pelo seu corpo. Como as pessoas podem achar normal casá-lo sem sequer avisar? A ideia de ter uma mulher escolhida somente por um acordo político lhe parecia sujo. Não era dado a falso moralismo, já tivera em sua cama diversas desconhecidas, mas todas estiveram lá porque quiseram. Homens e mulheres têm direito a se divertirem, não é mesmo? Sem um terceiro achar que decide o que acontece entre eles, se deverão ou não continuar juntos ao amanhecer, se terão filhos ou jurarão eternidade um ao outro. Que absurdo! Por que seu pai estava fazendo aquilo? Justo ele que parecia ser o único a respeitá-lo. Pedro não conseguia conter a decepção e, por um momento, se arrependeu por ter voltado, exatamente como Carlota e Miguel haviam previsto.

Ao avistar o casarão dos Lopes, foi diminuindo o passo. O cavalo quase resistiu à mudança repentina no ritmo, o animal não podia entender que a ideia de ver Amélia trazia à tona uma memória que tinha o poder de acalmar tudo em Pedro, quer dizer, quase tudo. Uma parte dele sempre se agitava perto dela. Na véspera, ao vê-la no baile, havia sentido muito mais coisas do que foi capaz de demonstrar.

Quando partiu, deixou para trás uma menina travessa, engraçada e amistosa, mas ao retornar encontrou sua melhor amiga no corpo de uma mulher. Na noite anterior, no baile, seus olhos a encontraram de imediato, mesmo de longe conseguiu ver seu sorriso e o jeito tão próprio dela caminhar. Amélia estava estonteante. Ao cruzar o salão ao seu encontro, pensou no que dizer ou como abordá-la, sentiu o coração aos pulos e certo nervosismo. Contudo, para sua satisfação, ela o recebeu de forma muito natural, com aquele seu jeito de falar irônico, altivo e encantador. Foi como se o tempo não tivesse sido forte o bastante para ficar entre eles. Para ajudar, estava desacompanhada, nenhum noivo, marido ou par havia sido apresentado a ele. Seria possível Amélia ainda estar solteira?

Ele desceu do cavalo movido pela mesma sensação que o acometeu no salão, ao desviar dos convidados para encontrá-la. Seguiu meio em transe até a entrada da residência, amarrou seu cavalo no portão e entrou sem cerimônia. Foi buscar em sua memória os detalhes daquela casa e notou que a parte de fora também estava diferente. Mais bonita, com um jardim exuberante. Caminhou pela lateral e avistou Amélia na parte de trás da casa. Ela dava ordens a um homem que parecia ter o dobro de sua altura. Essa era Amélia, a menina mais forte que todos os meninos. Ela viu Pedro no meio do jardim, mas demorou a entender. Caminhou até ele com expressão de dúvida, surpresa e alegria.

— Pensei que o baile te deixaria até mais tarde na cama, vossa alteza.

— E deixou, mas minha família me obriga a querer sumir.

— Problemas no paraíso?

— Ahahahah… Está mais para o inferno.

— Vou querer saber?

— Estão negociando uma esposa austríaca. Ainda nesta semana alguém irá buscá-la.

— Não, eu não quero saber. — Amélia voltou a caminhar de volta.

— Amélia… Eu sei que não tem paciência pra essas coisas, mas preciso conversar com alguém. Estou aborrecido com essa história!

— É de se esperar. Afinal, é comum as famílias acharem que ninguém é bom o suficiente para seus filhos, mas a sua está de parabéns.

Daqui até a Áustria é um bocado longe e eles não acharam nenhuma mulher boa o suficiente mais perto? Nenhuminha que servisse para Pedrinho? — gracejou.

— Pra mim não, pro futuro rei — devolveu, parecendo magoado.

— Desculpe, não quis diminuir seus sentimentos, mas tenho os meus próprios problemas, Pedro.

Ele a encarou por alguns segundos, investigando as feições de sua velha amiga.

— Está tensa, é verdade. Desculpe não ter notado antes. Sempre falando de mim... Um péssimo hábito.

— Está tudo bem. Quer dar uma volta?

— Claro, mas só se prometer me contar.

— Sempre enxerido...

— Outro péssimo hábito.

Amélia o levou para uma parte mais afastada da propriedade de seu pai. Um pedaço do terreno que ainda pertencia à natureza. Eles caminharam em silêncio por alguns minutos. Pedro amava as cores, o calor do sol e o cheiro de tudo. Gostava de ver Amélia andando pelo terreno acidentado, deixando as botas e as canelas à vista ao levantar a saia para transpor algum obstáculo. Ele a achava bonita. Muito bonita. Seus cabelos negros e cacheados estavam soltos cobrindo-lhe as costas. As pontas queimadas pelo mesmo sol que corava sua pele. Pensou na "paixonite" que carregou a infância toda por ela sem jamais deixar que notasse. Sua mãe dizia para não se preocupar porque todo garoto gosta de um rabo de saia. Mas era mais do que isso, ele sabia que não era apenas instinto. Quando se perguntava de onde vinha aquela sensação que Amélia provocava nele, a resposta imediata era que vinha do coração e isso devia significar algo importante.

Amélia andava com a cabeça cansada. Parecia que as últimas notícias a fizeram fraquejar, como se descobrir o que antes era somente desconfiança fosse um fardo maior do que ela pudesse aguentar. Amélia andava com o coração pesado. Parecia que o retorno de seu amigo de infância trazia mais segredos para guardar. Afinal, ela não podia alimentar amores impossíveis, não a menina que sempre teve os pés no chão. Pedro era colocado numa caixa bonita, dentro do compartimento de memórias. Um lugar que ela olhava de longe, de vez em quando, com saudade, mas sempre com a certeza da impossibilidade de revisitar. No entanto, ele estava de volta, mais velho, mais bonito e com seu antigo charme. Estava de volta bagunçando as coisas que já não estavam muito organizadas dentro dela.

— Estou estranhando o silêncio, Pedro — Amélia disse espantando os próprios pensamentos.

— Pensando na última vez que andamos por aqui.

Ela parou, o encarou e sorriu.

— Você não era tão alto.

— Nem você tão bonita. Quer dizer, até era, mas agora… Uau…

— Obrigada, você também não está nada mal.

— Sabe… Por muitas vezes quis te enviar uma carta.

— Mesmo? Engraçado, não recebi nenhuma — provocou Amélia, voltando a caminhar.

— Pensei que estivesse casada. É o que acontece tanto tempo depois de um baile, não é mesmo?

— É, mas meu pai é exigente — disfarçou.

— O meu nem tanto.

— Vai ficar tudo bem. Você nem sabe se o outro lado vai aceitar o tal acordo.

— É. Você tem razão, mas se não for ela, quem?

Pedro a alcançou e segurou sua mão.

— Não sei, Pedro, mas você terá a sua princesa. Estou certa disso.

Amélia soou mais amarga do que gostaria. Lembrou-se do dia em que brincavam na beirada do rio, quando eram crianças, e Pedro enrolou um raminho em seu dedo.

— Agora é minha esposa, Amélia — disse o pequeno Pedro, e agora essa lembrança parecia um sonho distante.

— Então quer dizer que sou uma princesa?

— Sim! A minha princesa — e sorriram concordando.

Olhando a mão adulta de Pedro segurando a sua, percebeu que o tempo passou mais rápido do que imaginava. Ou queria. Quando foi que a infância tinha ficado tão longe? Não tinha certeza, mas sabia que também havia ficado para trás qualquer plano de ser a princesa de Pedro. Afinal, a filha do traficante de pretos jamais seria páreo para os reinos que estavam à disposição dele. E, para dizer a verdade, ela não havia pensado nisso uma vez sequer desde a partida do jovem Pedro. Ela se acostumou à vida solitária, mas a presença dele era imperativa, provocativa e trazia memórias doces e desejos não tão inocentes também.

Amélia soltou sua mão da dele e mudou a direção. Caminhou para um local cheio de árvores, mais fechado de vegetação. O frescor da sombra arrepiou os braços de Amélia, e Pedro sentiu a boca salivar sem entender o motivo.

— Aonde está me levando? — indagou Pedro.

— Aqui — Uma pequena construção se apresentou.

Amélia enfiou a mão em um barril que estava em frente à porta, retirou uma cuia grande com água e entrou. Pedro a seguiu e avistou quando ela jogou a água num bebedouro e acariciou o focinho de um animal.

— Uma mula!

— Sim. O que é que tem? — afirmou Amélia, sem entender a expressão surpresa de Pedro.

— Uma mula escondida.

— Só estou cuidando dela…

— Nem começa! Eu te vi.

— Me viu? Do que você está falando?

— Na noite que cheguei. Eu vi uma lamparina no manguezal. Era você — sentenciou.

Amélia saiu e parou em frente ao barril de água.

Pedro ergueu a cabeça de Amélia para si e a encarou, prendendo o riso.

— Era você.

— Provavelmente, mas ninguém pode saber.

— Para quem eu contaria?

Amélia havia derrubado um pouco de água na barra da saia e aquilo acendeu nela uma ideia. Debruçou sobre o barril como se fosse jogar a cuia de volta, mas voltou com ela cheia de água e, de repente, jogou em Pedro.

— Mas o quê...? — Pedro não finalizou a frase, se olhando encharcado.

— Está calor, não está? — Amélia debochou.

— Ah... Está, não é?

Pedro partiu na direção de Amélia fazendo ela soltar um gritinho e sair correndo. Ela tentou ser mais rápida, mas suas roupas a deixavam em desvantagem. Pedro conseguiu alcançar a moça e a pegou pela cintura, carregando a pequena embaixo do braço.

— Droga de saiotes! — esbravejou Amélia.

— Agora você vai pagar! — Pedro tentou parecer sério, enquanto enfiava a mão no barril e trazia a cuia cheia de água até a cabeça de Amélia. — Pronto! Agora todos estamos mais frescos.

Amélia tentou parecer brava, mas ao encarar as pontas dos cabelos pingando, só quis sorrir. Gargalhou como havia muito tempo não fazia. Essa era a magia que só acontecia entre eles: os problemas não ousavam ficar, se afastavam, empurrados pela alegria que sentiam quando estavam juntos. Pareciam crianças novamente e o poder de se livrar do fardo adulto é muito raro para ser ignorado.

Na caminhada de volta, resolveram deitar na grama para secar, chegar em casa naquele estado seria estranho.

— O que fazia no meio do mangue àquela hora da noite? — Pedro se virou e apoiou a cabeça em uma das mãos. Amélia estava de olhos fechados, mas sabia que ele a encarava.

— Você sabe o que eu estava fazendo. Eu disse que quando crescesse faria alguma coisa — confessou sem abrir os olhos.

— Libertando pretos? Se seu pai descobre...

— Ele não vai. Não passa pela cabeça dele que sou capaz de soltá-los.

— É mais do que isso. Pelo visto, você não abre a porta e permite que saiam. Você os leva a algum lugar seguro e não faz isso sozinha.

— Tem razão. Eu tenho amigos. Gente que sabe onde ficam os quilombos, gente poderosa que oferece abrigo sem ser questionado ou incomodado por isso. — Amélia abriu os olhos.

— Essas pessoas sabem quem você é. Está maluca? É perigoso.

Amélia se sentou impaciente.

— Amélia... Eu só temo pela sua segurança. Sabe que também não concordo, mas...

— Mas não faz nada! — Amélia acusou.

O silêncio pairou entre eles. Os olhos duros da amiga de infância feriram o coração que até então fingia ser só de um menino.

— Eu sei — admitiu.

— Desculpe. Esse é o meu dever e não é sobre apontar dedos, é sobre fazer o que posso.

— Eu sei disso também.

— E mais: tem uma coisa que você não sabe.

— O quê?

— Minha mãe pode estar viva — contou em tom de segredo.

— Mesmo?

— Tenho uma pista, uma das senhoras que ajudei me contou.

— Contou exatamente o quê?

— Disse que minha mãe não morreu quando eu nasci. Meu pai a vendeu para que não ficasse perto de mim. Ele a vendeu no dia seguinte ao parto — desabafou, suspirando de tristeza.

Pedro não soube o que dizer e só a abraçou. Como pode Elias ser tão cruel? A maldade daquele homem parecia não ter limites. Como pode Amélia ter o sangue daquele canalha?

— Olha só, vou te ajudar. Se há uma possibilidade de isso ser verdade, nós vamos descobrir.

— Por que não escreveu? — perguntou Amélia quase sem pensar.

— Não sei. — Pedro abaixou a cabeça.

— Não é uma cobrança... É só uma dúvida.

— Eu quis escrever, eu queria você lá, na verdade, mas quando eu percebi que era impossível dividir tudo aquilo... Parecia que eu tinha te abandonado — admitiu.

— Claro que não. Nossas vidas seguiram rumos diferentes, só isso. Mas foi difícil ter você em todos os dias da minha vida pra, depois, você desaparecer totalmente, de uma só vez.

— Eu senti muitas saudades. Acredite, por favor.

— Não sei o motivo de ter entrado nesse assunto... Esqueça.

— Você não acredita! — constatou Pedro, rindo.

— Por que está rindo?

— Por que não acredita?

— Porque é óbvio. Você estava vivendo coisas novas, conhecendo pessoas novas. É muito mais fácil se distrair. Eu fiquei. A sua casa continuou aqui. A lagoa, as ruas… Tudo ficou menos você, então era mais fácil eu notar sua ausência.

— Olha só… — Pedro desistiu de se explicar. Poderia ter dito que se lembrou dela quando comeu um doce que sabia que ela adoraria, quando imaginou que ela não suportaria o inverno, de tão gelado, ou quando imaginava o que ela estaria fazendo… Mas não importava, ele havia sumido e a deixado pensar que não se importava, e ações determinam as coisas, não palavras. — Sinto muito. Sinto mesmo. Eu não devia só ter sentido sua falta, eu deveria ter dito isso a você.

— Obrigada.

Amélia o abraçou e sentiu os olhos marejarem. Estava acostumada a lutar sozinha, ser sozinha, mas, naquele momento, sentir os braços fortes de Pedro após ouvir sua promessa de lealdade a desestruturou. Então ela deixou o corpo pesar contra o dele e, aspirando o perfume que só ele tinha, quis acreditar que eles poderiam enfrentar tudo, desde casamentos arranjados a famílias tristes e gananciosas, tudo, desde que tivessem o apoio um do outro.

♥ 9

Os astros que andam
Na esfera pura,
Quando cintilam
Na noite escura,
Não são, humanos,
São lindos como
Seus olhos são,
Que ao Sol excedem
Na luz, que dão.
"LIRA XXVII", MARÍLIA DE DIRCEU,
TOMÁS ANTÔNIO GONZAGA

Algumas situações exigem certo esforço para entendermos como é que foi que a vida andou. Todos, invariavelmente, pelo menos uma vez ao longo de sua própria existência, vão se questionar como é que foram parar exatamente naquele instante de sua vida e a resposta normalmente será: não tenho a mínima ideia.

Assim, enquanto sentia o corpo tremer na escuridão da floresta, Amélia refletia como havia caído naquela emboscada e tentava recalcular a rota, mas só conseguia pensar que não podia ser pega. Não ainda, pelo menos. Fazia pouco tempo que havia começado a libertar os escravizados, pouco tempo que havia conseguido a confiança e o respeito dos discípulos de Zumbi dos Palmares. Alguns deles contavam que seus antepassados resistiram ao lado dele, ajudando em fugas e mais fugas. Infelizmente, não era a realidade atual. Quase não havia notícias sobre fugas em massa naquela região. O comércio de pessoas ia de vento em popa com d. João e Elias no poder.

Por isso, Amélia, embora apavorada com a situação em que se encontrava, sabia exatamente o motivo que a levara até ali. Sua empreitada começou timidamente, de forma muito pessoal. A primeira pessoa que ajudou foi por puro acaso. Era sua criada pessoal, uma moça tão jovem quanto ela, chamada Leana, que engravidou de um homem bom que trabalhava no porto. Eles queriam muito fugir juntos, mas sabiam que era perigoso para ambos. Sonhavam com a liberdade para viver seu amor, construir uma família, mas parecia impossível. Por isso, volta e meia, Amélia encontrava Leana chorando desesperada com a barriga prestes a despontar. Temia que seu filho fosse retirado dela, temia por não poder viver seu amor, ter um lar, uma família. Foi comovida por essa situação que Amélia se disfarçou, foi até a uma parte duvidosa da cidade e vendeu uma pulseira bem valiosa a um homem que era discreto porque seu negócio assim exigia. Ele estava acostumado a penhorar e comprar itens de muitas damas que pareciam ricas, mas beiravam a falência.

Com o dinheiro da pulseira, arrumou uma certidão para a criada, pagou o capitão de um navio para que levasse discretamente Leana e seu estivador para o Saint-Domingue e o pouco que sobrou entregou para os dois enamorados. Com aquilo, Amélia percebeu que sabia onde a escória do Rio de Janeiro vivia. Conhecia os malandros que trabalhavam para seu pai, aqueles que não ligavam tratar com uma mulher de rosto coberto porque só queriam saber do dinheiro que receberiam.

Na noite em que Leana fugiu com a ajuda de Amélia, elas não dormiram, ficaram encarando a parede até dar a hora combinada. Quando o navio zarpou, o coração de Leana parecia conectado à moça que ela chamava de "senhora". As duas choraram de emoção. Elas nunca mais se veriam, mas sabiam que haviam mudado para sempre a vida uma da outra.

Era por isso que, agora, um capitão do mato a cercava naquela floresta, por causa daquele sentimento transformador que a primeira fuga bem-sucedida deixou em Amélia. Porque a primeira a impulsionou a querer mais e aquela missão tinha se multiplicado com o passar do tempo. Tanto que fazendeiros estavam aumentando a segurança ou contratando homens que caçavam gente. Escravizados fugindo significava duas perdas: autoridade e dinheiro. E nenhum fazendeiro toleraria nem uma, nem outra.

Amélia soltou a mula e estalou um graveto em seus quadris para que ela saísse em disparada. Ficou quieta, abaixada na vegetação, observando os capangas seguirem na direção do animal. Ficou ali inerte até não ouvir mais nada, nem ver nenhuma luz e ter certeza de que seu plano havia dado certo. Perdeu a mula, mas conseguiria voltar para casa. Bem, só depois de uma looooonga caminhada, mas conseguiria.

Quase se arrastando, Amélia alcançou a estradinha que levava até a propriedade. Estava exausta, o cabelo grudado na testa, o busto úmido de suor e os pés latejando, mas estava, sobretudo, agradecida. Caso a emboscada tivesse acontecido na ida dela com o comboio, não teriam tido chance. A sorte é que já havia terminado sua parte, estava sozinha e conhecia aquele terreno como ninguém. Para ela, era fácil se esconder e encontrar abrigos camuflados, fazia isso desde criança, mas a mesma empreitada com seis pessoas e outros animais não teria sido assim. Por isso, ela seguia se arrastando com esforço e gratidão.

Ao avistar uma carruagem, puxou o capuz da capa com mais força para cobrir bem os dois lados de seu rosto. Estava de calças, por isso, achariam que era um andarilho qualquer ou um homem duvidoso, mas ainda assim um homem, o que a protegeria, não seria perturbada.

A velocidade da carruagem foi diminuindo até parar e, ao ouvir passos em sua direção, Amélia pensou que não teria forças para correr.

"Ah, meu Deus, será que essa noite nunca vai acabar?", pensou enquanto tentava acelerar o passo.

— Amélia? — Pedro tentou chamar com o tom mais baixo possível.

Ela estancou no lugar e só conseguiu sentir seu coração batendo nas têmporas.

— Entre já nessa carruagem, sua maluca! — A voz de Pedro estava ligeiramente embriagada, mas totalmente reconhecível.

Amélia quis retrucar e dizer para que não usasse aquele tom com ela, mas a verdade era uma só: ela estava exausta e muito consciente de que seus últimos atos pareciam maluquices mesmo. Por isso, foi com disfarçada alegria que ela entrou, seguida de Pedro, que não conseguia decidir se ria ou continuava com o sermão.

— Belos trajes — disse, encarando suas pernas dentro das calças.

— Nem começa...

— Sabe que horas são?

— Não. Tive um imprevisto, mas está quase amanhecendo. Então...

— Sim, os criados já devem estar de pé.

— Eu sei, Pedro.

— Posso saber como vai entrar na sua casa vestida assim? Vai levar um tiro provavelmente de um dos capangas do seu pai achando que é algum ladrãozinho.

Amélia não respondeu, até queria dizer alguns desaforos, mas desistiu. Não sabia o que fazer. Costuma estar em sua cama quando o dia amanhece. Normalmente, ela vem com a mula até a divisa do terreno da propriedade de seu pai, veste a saia que deixou ali escondida, anda poucos metros e sobe pelo lado de fora até a janela de seu quarto, que é cuidadosamente protegida por uma frondosa árvore. Seu pai, para dar privacidade e impor distância de olhares enxeridos para a filha, dera a ela um quarto perfeito para fugas. Até aquele momento, pelo menos.

— Eu não consigo pensar... Precisei fugir, ficar escondida, soltar a mula e vir a pé por um caminho longuíssimo até achar que estava segura. Levou mais tempo do que imaginava.

— Você sabe que jamais estará segura fazendo o que faz.

— Queria poder dizer que estava bebendo com os amigos. Olha só você, ninguém vai questionar onde estava, mesmo porque está bem óbvio.

Pedro olhou suas roupas amarrotadas, os botões da camisa abertos e as mangas arregaçadas.

— Chalaça estava com saudades.

— É claro que estava.

— Já sei. Está vestida de homem, vai chegar comigo como se fosse um camarada bêbado. Como você mesma disse, ninguém vai questionar.

— Eu tenho que ir pra MINHA casa, Pedro. Não pra SUA, criatura!

— Estar na minha casa é melhor do que estar por aí, Amélia. Vamos, você é ótima em enrolar o velho Elias. Pense.

— Deixe-me ver... Não sei... Ah! Podemos dizer que não estava se sentindo muito bem e fui acudi-lo? Acho que não, vocês têm muitos empregados e amas... — gaguejou, nada confiante.

— Melhor. Vamos dizer que Ana não estava se sentindo muito bem e, como eu cheguei há pouco tempo, pensei em te pedir ajuda. Afinal, nem sei mais onde é a ala dos criados.

— Mas ninguém te viu na minha propriedade, estou desacompanhada e não estou apresentável.

— Certo. Você não podia estar sem sono dando uma caminhada na varanda da frente e me viu chegando a cavalo?

— Improvável, mas não impossível.

— Então serve. Minha mãe foi para uma propriedade no litoral passar uns dias por indicação médica. Posso pegar algo no quarto dela pra você vestir.

— Da rainha? Tem certeza de que eu sou a maluca?

— São tantas mulheres no palácio, deve ter algo menos espalhafatoso... Enfim, algo que dê certo.

— Mas e a Ana? Vai dizer que ela passou mal enquanto dormia?

— Não. Ela é muito esperta, mas uma boa irmã. Vai me ajudar.

— Eu não acredito que estou caindo neste plano furado contigo.

— Eu não acredito que mais uma vez estou te ajudando a enganar seu pai.

A carruagem parou e Amélia e Pedro seguiram o combinado: entraram no palácio com as mãos nos ombros um do outro. Amélia com o capuz escondendo o rosto e Pedro parecendo bêbado sem precisar se esforçar. Foram até um quarto de hóspedes como se o príncipe estivesse dando abrigo para um amigo. Quando tudo silenciou, ele levou roupas de uma de suas irmãs para ela. Roupas de dormir, com o robe e tudo, como se tivesse saído às pressas. Além disso, seria mais difícil perceber que eram roupas da realeza.

— Vire de costas — ordenou Amélia.

— Eu já ia me virar.

— Então por que não virou ainda?

Pedro obedeceu.

— Não sei o motivo de tanto mistério, não há nada aí que eu já não tenha visto durante os banhos no lago, ou acha que escondia alguma coisa entrando na água com as roupas de baixo?

— Sei que não escondia, mas devo confessar que as coisas mudaram por aqui. Não sou mais uma menininha.

— Eu sei como é o corpo de uma não menininha, Amélia — disse Pedro, admirando o reflexo dela no pedaço da janela que a cortina não cobria. Ela passava um pano úmido pelo rosto e pescoço neste momento.

— Mas não conhece o meu, Pedro. Pronto, pode olhar.

Pedro respirou fundo e voltou a olhá-la.

— Certo. Agora vamos para o quarto de Ana. Leve essa bacia e o pano. Vamos fazer de conta que ela teve febre e ficamos de vigília. Vamos, depressa!

— Me assusta ver o quanto você é bom com mentiras — acusou Amélia.

— Olha quem fala!

— É um ponto…

Entraram no quarto de Ana em silêncio, apoiaram a bacia na mesa lateral e se sentaram no sofá próximo à janela.

— Acha que essa artimanha toda vai funcionar? — cochichou Amélia.

— Para fazer Elias acreditar que estava cuidando de Ana?

— Sim, claro.

— Acho que não, ele vai pensar que passou a noite em minha cama.

— O quê? — Amélia abafou o grito.

— Sim, vai passar isso pela cabeça dele, mas pela sua reputação e pela amizade dele com o rei, seu pai vai fingir que acreditou.

— Você é uma pessoa terrível. Já sabia disso desde o momento que imaginou esse plano todo, não é?

— Amélia, é uma situação totalmente inverossímil, mas seu pai vai lidar melhor com isso do que com a filha dele soltando pretos por aí. Foi só nisso que pensei.

— Obrigada. — Amélia suspirou e se rendeu.

— E outra coisa: a ideia de passar a noite na minha cama lhe parece tão horrível assim?

— Não. Eu não vou ter essa conversa… — Amélia sorriu.

— Saiba que muitas damas adorariam isso. — Pedro fingiu estar ofendido.

— Damas? Sério? — provocou.

— Ah! Querida Amélia, se você soubesse... — E gargalharam tampando as bocas para não acordar a menina.

Ao cessar dos risos, a luz na janela mudou de vez. O dia finalmente raiava, trazendo tons amarelados ao quarto que, antes, parecia estar mergulhado num tom melancólico de azul. Uma fresta na cortina servia para dar passagem para a luz do sol. Amélia e Pedro se encararam, observando suas expressões cansadas. Não se lembravam de terem se visto assim antes. Acharam bonito conhecer o jeito que amanhecem depois de uma noite complicada. O eu é um mistério desejando ser decifrado; o outro, no entanto, sempre parecerá inalcançável em sua individualidade, um abismo sempre pronto a mostrar nossa incapacidade de conhecer o que é de fato. Por isso, cada passo para dentro da vida de alguém parece tão importante, porque a gente acredita que essas pequenas coisas serão capazes de construir uma ponte que nos permitirá atravessar o eu, o você, até ser possível criarmos um nós.

— Senti sua falta — Amélia confessou baixinho encarando os olhos castanhos de Pedro, como se tivesse notado a falta naquele exato instante.

— Queria ter levado você comigo. — Os dois diziam uma verdade jamais pronunciada, uma verdade escondida deles mesmos, e isso muda as coisas.

Os rostos se aproximaram um do outro até que ambos conseguiram sentir o calor de suas respirações. Os braços de Amélia se arrepiaram e Pedro agarrou com força o tecido do robe dela, que repousava no sofá. Quase se podia ouvir os batimentos cardíacos, fortes e acelerados. O desejo era palpável e seus lábios quase se tocavam...

— Posso saber o que vocês dois estão fazendo aqui?

Amélia e Pedro se afastaram abruptamente e tentaram recobrar o ar. Pedro se levantou e foi até a cama de sua irmã ainda meio sem jeito.

— Ana, preciso de um favor.

— Vai te custar algum dinheiro.

— Para que quer dinheiro? Você é uma princesa. Não te falta nada, aliás te sobra.

— É para minha fuga. Você sabe que vou voltar para Europa em breve.

— Sim, é verdade, mas sabe que vai ser por causa de um casamento.

— Que seja. Desde que me liberte deste palácio.

— É muito criança pra pensar nessas coisas.

— É muito velho para pedir favores a uma criança.

— Não é pra mim, é pra Amélia.

— Quer que eu acoberte que passaram a noite de namoro?

— Eu disse que era isso que pensariam. — Pedro se virou para Amélia, que se contorceu. — Ana, preciso que diga que se sentiu mal e foi procurar ajuda, acabou me encontrando porque eu estava voltando da cidade com um amigo. Eu vi que estava febril, fui procurar um médico e voltei com a Amélia, que cuidou de você.

— Certo, vou dizer, mas quando chegar a minha vez de acobertar um namoro, você vai me ajudar.

Pedro balançou a cabeça em negativa, como se com sua irmã fosse impossível lidar, e realmente era, mas depois esticou a mão como se dois cavalheiros tivessem acabado de fechar um acordo.

— Bom, agora que está tudo acertado, Ana, você continua na cama, vou pedir para lhe trazer o café e você, mocinha, fique onde está. Vou pedir para avisar a seu pai que está aqui cuidando da Ana. Tome café com ela.

— E você? — Amélia não conseguiu segurar a pergunta.

— Vou tomar um banho e comer alguma coisa.

— Faz bem — afirmou, tentando parecer trivial.

— Assim que todos constatarem que Ana está bem e que você fez um ótimo trabalho, vá para casa. Descanse.

— Você também. A farra pareceu boa.

— E foi, principalmente depois que encontrei um certo cavalheiro na estrada.

Amélia sentiu as bochechas corarem.

— Senhoritas, com sua licença.

Pedro fez uma reverência afetada e saiu. Ana ficou admirando Amélia sorrir vendo seu irmão sair e continuando a encarar a porta feito boba. A menina não se aguentou e tacou uma almofada em sua direção.

— Pelo amor de Deus, mulher! Recomponha-se!

Amélia abraçou a almofada e tentou disfarçar, mas a gargalhada de Ana a contagiou. Ela sorriu e, enquanto aquele riso tomava conta de seu corpo, Amélia percebeu que estava cada vez mais difícil esconder tudo o que Pedro provocava nela.

"Ai, Deus, estou perdida."

♥ 10

Eis que uma serpente,
A língua vibrando,
Me crava o seu dente,
Me deixa expirando.
"LIRA VI", MARÍLIA DE DIRCEU,
TOMÁS ANTÔNIO GONZAGA

Foi uma verdadeira beleza ver Pedro voltando aos seus aposentos sem conseguir controlar o sorriso que insistia em estampar o seu rosto. Sempre será uma das maiores dádivas da vida poder testemunhar duas pessoas se darem tão bem, acessarem os sentimentos felizes um do outro de maneira tão natural.

Infelizmente e, totalmente de forma contrária, há aqueles que, como ervas daninhas, insistem em tomar conta de todo o terreno florido, e Amélia sabia disso. Por essa razão, ela desceu as escadas com cautela ao ouvir a voz de seu pai. Endireitou-se o máximo que pôde e, ao encontrá-lo, estava o mais serena que conseguia.

— Bom dia, papai.

Seu pai não era um nobre, mas ela sempre fazia uma reverência ao cumprimentá-lo.

— Nestes trajes? Não teve tempo nem ao menos de se trocar?

— A menina Ana…

— Eu sei — interrompeu, impaciente. — Vá para casa, arrume-se porque precisa estar apresentável. Há um festejo na cidade.

— Outra festa?

— Sim, e a partir de hoje, você estará em todas. Seja um baile, um chá entre as moças ou um festejo religioso, não importa. Você mandará fazer vestidos novos. Se cobrirá de rendas e usará suas joias que sempre estiveram encaixotadas. Andará por aí com graça e formosura, mostrando seu valor e, principalmente, que está pronta para se casar — disse em tom ameaçador.

— Eu não preciso de um marido.

— Precisa sim! E logo!

— Eu não preciso de um homem para cuidar de mim — insistiu.

Elias se aproximou de sua filha até conseguir falar próximo de seu ouvido. Falou baixo, mas de forma dura. Amélia conteve as lágrimas de raiva:

— Você acha que conquistou o direito de andar por aí em roupas de algodão e botas de trabalho. Acredita que ninguém lhe aponta o dedo porque todos te respeitam. Acha mesmo que os empregados lhe obedecem porque é altiva, temerária e dona de si? Amélia, querida, a razão de você não ser apedrejada mesmo estando em roupas de dormir, andando de madrugada com um príncipe que é bem conhecido por ser um galanteador, não é porque você conquistou algo, é porque ME respeitam e ME temem. Você não é nada sem um homem.

Amélia ficou paralisada enquanto ouvia aquelas duras palavras. Não piscou ou se moveu até que seu pai terminasse. Quando silenciou e se afastou, Elias pôde ver uma lágrima escorrendo pelo rosto inerte de sua filha e ficou satisfeito. Não gostava de vê-la sofrer, mas já era hora de agir como uma moça. Elias não se importava em ver Amélia dando ordens aos empregados, na verdade gostava, sentia orgulho. Não se importava em imaginar que sua filha havia sido deflorada por quem quer que seja, a maioria das garotas já haviam sido, bastava que disfarçasse e fosse de uma família nobre que tudo acabaria bem. Era isto: convenção social, pura e simples e, como a maior parte delas, uma grande mentira. Contudo, sua filha Amélia precisava manter as aparências, não se esquecer de manter a cabeça baixa quando necessário e principalmente não querer mudar as regras do jogo se quisesse vencê-lo.

— Vá para a casa. Há uma carruagem esperando. Te encontro mais tarde, tenho assuntos com o rei.

Amélia saiu tão depressa que não viu Pedro escondido, sem sorrir dessa vez, escutando e vendo tudo o que tinha acabado de acontecer. Ele oscilava entre a raiva e a piedade e continuou com esses sentimentos dúbios enquanto seguia Elias até o gabinete de d. João. Viu a porta se fechando e, por isso, se aproximou para ouvir o que os dois discutiam.

— Vossa majestade, me perdoe, mas sem meias palavras, cadê meu título? Aquele baile não era para isso? Para eu ter o meu título? E em troca eu recebo uma medalha? O que é isso? Um *souvenir*? Um brinde? — E jogou a medalha em cima da mesa.

— Não gostou? Mesmo em Portugal, pouquíssimas pessoas...

— Antes me contentava em ser um barão, visconde talvez... Mas, com essa demora, creio que ganharei algo maior, não é mesmo? Algo digno de todo o financiamento que lhe ofereço. Digno desse palácio que lhe presenteei com muita alegria, assim que pisou nessas terras. Vossa majestade sabe que a Coroa não é nada sem alguém para lhe sustentar e, por essas bandas, não conheço ninguém mais rico e influente do que eu, ninguém nesta Corte de portugueses falidos, sequer vossa alteza... — Elias interrompeu.

D. João tremia sempre que via aquele homem, ele não tinha modos e sempre falava como se a coroa estivesse em sua própria cabeça. Faltava-lhe respeito, discrição e parcimônia. Seu poder o deixava arrogante, violento e impaciente, mas d. João precisava mantê-lo amistoso e calado com uma honraria digna de heróis, uma que o deixasse bem satisfeito e mais generoso ainda.

— Estou guardando uma surpresa para ti. — D. João fez uma cara sapeca. — Sim, você nem desconfia do tamanho da honraria, caro amigo. Que tal Comendador Elias? Cai bem, não é? — indagou, apoiando as mãos nos ombros do comerciante.

— Comendador?

— Sim. Da ordem de Cristo. O próprio! — explanou d. João, apontando o indicador para o céu.

Elias gargalhou, achou irônico, combinava com ele.

— E o que vem com este nome tão bonito, hein, vossa majestade?

— O que vem? É... Não quer deixar nenhuma surpresa para o dia na nomeação, meu caro?

— Não gosto de surpresas, prefiro que se adiante, meu bom amigo.

— Sim, sim, claro. — D. João andava de um lado para o outro batendo os dedos das mãos até ser parado por uma grande ideia. — A propriedade do tabelião da Vila de Paraty, o que acha?

— Bom, muito bom... Será de grande valia. E o que mais, meu bom rei?

— Mais?

D. João sabia que ele não desistiria até ter o que queria. O rei até poderia se passar por bobo com aquela pança bem redonda, as bochechas rosadas e trejeitos atrapalhados, mas, no fundo, ele era bem esperto. Foi o único a tapear Bonaparte, não se esqueçam.

— Será também Fidalgo da Casa Real — sentenciou, sem gracejos dessa vez.

— Administrador do Palácio de São Cristóvão, de toda a Quinta da Boa Vista.

— Exatamente.

— Está feito então. Escreva isso daquela forma bonita que sabe e marque uma data. Não me faça esperar, d. João. — Fez uma reverência e saiu.

"Calhorda", foi o que Pedro pensou assim que o viu sair. Parecia que o Rio de Janeiro tinha seu próprio rei e ele não era dos melhores.

— Precisamos tanto assim dele? — Pedro atravessou, indagando.

— Com toda certeza. Mais do que eu gostaria.

— Por que não me casa com a filha dele? De repente me parece um acordo comercial melhor do que qualquer outro. O dote dela deve ser fantástico. — Pedro lançou como quem não queria nada.

— Está maluco? Nossa linhagem jamais se misturará com aquela corja. Já imaginou o neto de Elias sendo rei?! Que ultraje! Somos nobres.

— E ele será Comendador da Ordem de Cristo, o que é bastante nobre.

— Por um acordo sujo, não porque merece, não porque nasceu da nobreza ou fez algo notório. O sangue deles jamais será da realeza.

Pedro olhou para suas próprias mãos e não viu nada de diferente, mas sabia do que se tratava. A Coroa estava acima de tudo, o sistema monárquico sustentava tudo o que eles tinham, precisavam se manter solenes, nada acessíveis e com certo encanto. Era triste olhar para si e perceber que o que ele tinha se misturava ao que ele era.

— Vou me recolher. Estou com uma leve dor de cabeça. Com licença, papai.

— Não terá tempo para se recompor. Arrume-se, hoje é a missa solene ao padroeiro.

— Hoje?

— Aham… Não quer que eu mude o dia do santo, né, meu filho?

— Claro que não — respondeu entediado.

D. João, com certa preocupação, viu o filho sair. Pedro e Amélia sempre foram próximos, o que parecia interessante. A menina era filha de quem era e já havia morado ali. Por isso, sempre se sentiu muito à vontade pelos jardins e lagos da propriedade, distraindo Pedro das lembranças da fuga da família e de uma viagem terrível.

Miguel até tentou fazer parte, mas era muito pequeno. Além disso, Amélia e Pedro formavam um par excepcional e quase não notavam a presença do outro garoto, que acabou encontrando refúgio em sua própria irmã mais velha, Teresa, que sempre o mimava demasiadamente ou se distraía com a mais nova, Assunção. E todos viam aquilo de forma muito natural. Bem, a verdade é que as crianças nunca foram notadas de fato, mas, naquele momento, d. João estava conseguindo enxergar uma centelha em Pedro, uma chama perigosa ardendo pela filha do novo comendador.

Os sinos da Igreja do Carmo começaram a soar, ecoando pelas ruas do Rio de Janeiro, anunciando o início da celebração do padroeiro. Fiéis vestidos em suas melhores roupas começaram a se reunir no átrio da igreja, enquanto as luzes da manhã banhavam o cenário em tons suaves e dourados.

A fachada da igreja, decorada com flores, guirlandas e bandeiras coloridas, era testemunha visual da festividade que estava prestes a ocorrer. Os vitrais da igreja brilhavam com as luzes do dia, lançando reflexos multicoloridos em seu interior.

Amélia já estava de sombrinha em punho, vestida em rendas claras e de braços dados com o seu pai, aguardando mais uma missa em homenagem a São Sebastião, dono do festejo do dia. A última vez que estiveram ali fora para a Aclamação de d. João, não fazia tanto tempo assim, mas o estado de espírito de Amélia fazia parecer tudo muito distante.

Ao cruzar o átrio, Amélia encarou o interior da igreja e percebeu a grandiosidade do santuário e foi envolvida pela sensação de opulência e fé. As paredes eram adornadas por arabescos dourados, entalhes intrincados e pinturas religiosas que retratavam cenas bíblicas e figuras sagradas. A nave central era espaçosa, com altares laterais dedicados a diferentes santos e virgens. A acústica tornava tudo ainda mais sobrenatural com as vozes ecoando cânticos em latim.

Encaminharam-se para um dos camarotes, mas Amélia não conseguia prestar atenção em nada, ficou perdida entre o barroco dourado que cobria a igreja, o veludo vermelho das cortinas, o cheiro das flores e a Família Real sentada no mais importante camarote. Na fileira da frente, d. João acenou alegre para o povo e depois pareceu cochilar, Carlota tinha um adorno tão grande na cabeça que quase atingia o teto. Com certeza Maria Isabel não enxergaria nada, pois as moças estavam sentadas na fileira de trás, Assunção, sempre fiel ao irmão, de vez em quando apoiava a mão no ombro de Miguel, que, sentado ao lado de sua mãe, mantinha o semblante duro e o olhar fixo, ele nunca sorria. Por último e, mais importante, lá estava Pedro, sentado ao lado do rei e, bem, Pedro também olhava para ela, e seria constrangedor se não fosse bom.

Na saída, a Família Real se instalou no Paço Imperial em posição de destaque, próximo ao palco onde aconteceriam as apresentações culturais. Amélia ficou perambulando ao som da fanfarra que devia estar se apresentando não muito longe dali. Continuou apreciando o artesanato e os doces que estavam à venda na feira. Enquanto Elias doava generosa quantia para obras sociais da igreja, Amélia caminhava tentando não pensar em nada, não queria pensar, estava ferida em seu orgulho, incomodada com as palavras de seu pai e magoada por sua própria impotência. Preferia se distrair com aquela música estranha e com objetos que não eram arte, mas também não eram úteis...

— Olha, te trouxe uma cocada. Sei que é nisto que tanto pensa. — Pedro esticou a mão para ela.

— Na verdade, estava pensando que o ouro que vocês não conseguiram levar está todo nas igrejas.

— Ai… Essa doeu.

— Mas aceito a cocada. Por essa você pagou? — Amélia disse, relembrando a última que ele havia oferecido há tanto tempo.

— A senhora me reconheceu e me deu de presente. Quis pagar, mas ela recusou.

— Outra cocada surrupiada…

— Não diria desta forma… — Ele sorriu e gostou de se lembrar como sempre foram amigos e cúmplices. — Como está?

— Desapontada.

— Achei que diria outra coisa, principalmente depois do que eu ouvi seu pai te dizer hoje.

— Você escutou?

— Sim. Aliás, escutei bastante seu pai pelo palácio hoje. Sabia que ele será Comendador da Ordem de Cristo?

— Está de brincadeira? — questionou, incrédula.

— Preferia estar. E de brinde levou mais títulos, como o de administrador do palácio.

— Ele é impressionante.

— Por isso, "desapontada" me parece tão pouco.

— Não estou desapontada com o meu pai. Eu conheço o pior dele, nada do que me contar vai me chocar demais, mas estou desapontada porque ele tem razão em tudo o que me disse e estou desapontada comigo por achar que poderia ser diferente.

— Amélia… — Ele tentou alcançar a mão dela.

— Não é apropriado, vossa alteza. Não estamos em nossos quintais.

Pedro recuou envergonhado.

— Isso, sim, é errado.

— Não sou eu que crio as regras, eu apenas as sigo… — Hesitou por um momento, avaliando sua fala. — Pelo menos enquanto estão olhando — completou.

— Então quero te ver longe da vista de todos.

— Vossa alteza está bem ousado.

— A frase não soou bem, mas sabe o que estou querendo dizer, sou um cavalheiro e você, uma dama.

— Certamente.

Ficaram em silêncio por alguns instantes até que Amélia interrompeu.

— Tive uma ideia.

— Conte.

— Vou te levar a uma festa de verdade.

— Você se ouve? Se eu pareci ousado, o que essa frase faz de você?

— Não faça eu me arrepender.

— Onde devo te encontrar?

— No lugar que sempre nos encontrávamos quando queríamos fugir dos nossos pais. Ainda se lembra?

— Com toda certeza.

— Quando estiver bem escuro e as luzes do casarão estiverem apagadas.

— Combinado.

Amélia se afastou e foi encontrar seu pai. Circulou com ele entre as pessoas e percebeu que a notícia de que seria comendador já corria à solta, as pessoas o bajulavam ainda mais do que antes e os rapazes faziam filas para cumprimentar Amélia, que executou seu papel com tédio, mas graciosamente.

À noite, conforme combinado, Pedro e Amélia se encontraram embaixo de uma árvore frondosa em uma pequena trilha que levava até um riacho. Ela chegou com um enorme balaio nas mãos, surpreendendo Pedro.

— É feio chegar de mãos vazias — explicou.

— Então, deixa eu te ajudar.

Pedro pegou o balaio de suas mãos e pôde sentir o cheiro de bolo de milho. Caminharam lado a lado sem conversar, aos poucos, os sons de batuques começaram a surgir. Pedro ouvia vozes cantando, mas não distinguia as palavras. Olhou em volta e reconheceu o lugar, já tinha feito aquele mesmo caminho de mãos dadas com Amélia incontáveis vezes. Entendeu do que se tratava e parou de caminhar.

— O que foi?

— Amélia, não posso ir com você.

— Por que não?

— É uma festa de pretos, não é?

— E você tem algum problema com isso? Já fomos antes...

— Quando éramos crianças.

— Que isso, Pedro? Tem problemas com eles agora?

— É claro que tenho. Sou da família colonizadora escravista. Não quero constrangê-los.

— Eles sempre nos aceitaram. Não somos como nossos pais.

— Amélia, eles estão festejando. Deixe que se sintam livres ao menos para festejar.

Amélia pareceu rendida, olhou para trás e viu a fogueira flamejante. Pedro se manteve imóvel.

— Vá e divirta-se.

— Me espera. Vou entregar isso e volto.

— Não precisa. Eu te acompanho até mais perto e depois volto sozinho.

— Mas eu te trouxe até aqui.

— E serei eternamente grato por querer compartilhar isso comigo.

— Eu sou tão tola.

— Não é não. Eu queria poder viver no seu mundo — disse, encostando o dedo indicador na testa dela.

Amélia, naquele dia, percebeu que havia coisas irremediáveis, que sua vida dupla poderia ser mais curta do que gostaria e que, em breve, teria que tomar uma decisão que mudaria tudo. Ela não podia mais ser a abolicionista e, ao mesmo tempo, usufruir dos privilégios de ser filha de um traficante de escravizados. Não podia usar sedas e rendas na festa da igreja durante o dia e querer dançar com os pretos à noite. Não podia ser a candidata mais cobiçada ao casamento e fugir de mãos dadas com o príncipe.

— Parece que meu mundo está ruindo aos poucos.

— Mas ainda não caiu. — Pedro piscou em sua direção.

Amélia deu um sorriso meio triste, Pedro lhe entregou o balaio e ficou observando, enquanto ela seguia em direção à festa. Ele se apoiou em uma árvore e ficou olhando. Começou a se sentir sem forças para ir embora, parecia enfeitiçado pelo barulho dos atabaques, pela canção incompreensível e, acima de tudo, pela dança. As mulheres giravam e gingavam como se estivessem conectadas pelo ritmo, os homens aplaudiam e batiam o pé como se seus corpos também fossem instrumentos. Amélia levantou a barra da saia até os joelhos e gingou com muita destreza. Pedro ficou boquiaberto ao vê-la, com as pernas de fora, requebrando o corpo, com os cabelos soltos e pés descalços. Ela tinha um sorriso largo, olhar sedutor e as têmporas suadas. Parecia tão livre… Tão ela. Pedro desejou poder enlaçar sua cintura e rodopiar também. Ter os corpos e olhos colados até parecerem um só. Estava arrependido de não ter ido junto, mas não conseguia fazer diferente. Pedro brincava de ser irresponsável, mas sempre tentava agir certo. Ficou ali parado por bastante tempo, até a fogueira abaixar, a cantoria acalmar e a festa chegar ao fim. Como poderia ter passado tanto tempo? Adiantou o passo para não ser visto, mas Amélia vinha pelo mesmo caminho e escutou seus passos quebrando gravetos.

— Pedro? — arriscou.

— Eu não consegui ir embora — admitiu.

O rosto dela estava fogueado, o laço da blusa desamarrado e os cabelos desgrenhados. Agora entendia por que as carolas diziam que aquelas festas eram coisa do diabo, Amélia era completa luxúria e tentação.

— Ficou aqui este tempo todo?

— Mas já estou indo e você também devia. Não seria bom ninguém te ver assim.

— Assim? Assim como? Desajeitada? — Amélia olhou para si e acabou sorrindo. Era a primeira vez que via Pedro sem jeito.

— Antes fosse desajeitada.

— Como estou então? Diga — provocou.

Ela se aproximou e olhou languidamente em sua direção.

— De um jeito que não deveria estar. Principalmente em público, à noite e sozinha.

— Você disse que queria viver no meu mundo e no meu mundo, Pedro, eu sou exatamente assim.

— Mas eu ainda sou um cavalheiro, mesmo no seu mundo.

Amélia ainda sentia o calor da fogueira em sua pele, os lábios ardiam secos e seu corpo parecia latejar.

— Ah... príncipe, não é isso que se ouve por aí — falou, encostando as duas mãos em seu peito.

Pedro engoliu seco e se sentiu perturbado. Eles já haviam flertado antes, mas sempre em tom de brincadeira. Agora... Bem, agora estava perigoso demais.

— Amélia... — disse o nome dela como quem quer dar uma bronca, mas não sabe o que dizer.

— Pedro. — Ela, por sua vez, parecia saber que ele gostava de ouvir seu nome pronunciado por ela.

Ela encostou o nariz no rosto dele e sentiu seu perfume. Pedro sentiu como se aquele toque percorresse seu corpo todo. A imagem das pernas nuas dela rodopiando surgiram novamente e ele apertou sua cintura com mais força do que gostaria. Amélia não se importou e sorriu de leve. Encostou seus lábios nos dele, mas foram interrompidos antes do beijo começar.

— Quem está aí?

Os dois se afastaram e olharam para o lado. Pedro esticou uma das mãos na direção de Amélia, e os dois saíram correndo com os dedos entrelaçados. Ao chegarem na árvore que servia de ponto de encontro, Amélia avistou sua criada um pouco mais adiante.

— Ela deve estar preocupada com a minha demora.

— É justo.

— Bem, eu já vou.

— Desculpe pelo meu comportamento, você merece mais respeito do que isso. — Pedro parecia envergonhado.

— Não aconteceu nada. Não se preocupe, vossa alteza — respondeu levemente contrariada.

Amélia seguiu seu caminho sem se despedir. Pedro a acompanhou de longe até não conseguir vê-la e, assim que seus olhos se desgrudaram da silhueta dela, ele arquejou, expirando forte e apoiando as mãos nos joelhos.

— Essa sensação tem que passar. Precisa passar...

Ele repetia isso enquanto tinha ideias sobre entrar no quarto dela e terminar o beijo que quase começaram. Ele imaginava tudo o que faria com Amélia se pudesse, mas não podia, não podia.

— Tem que passar! — quase gritou.

Mas não passou nem para ele, nem para ela. Ficaram a noite sentindo os lábios formigarem e o desejo latejar forte. Sentiram raiva por não conseguirem se afastar da imagem dos dois com os lábios encostados. Amélia se revirava na cama e Pedro andava de um lado para o outro, parecendo que abriria um buraco no chão de seu quarto. Já estava quase amanhecendo quando pegaram no sono. Amélia agarrada no mesmo robe usado na noite em que estiveram juntos no quarto de Ana. Pedro sem nem tirar os sapatos. Ambos sonhando com o beijo que não aconteceu.

♥ 11

A chave lá soa
Na porta segura:
Abre-se escura
Infame masmorra
Da minha prisão.
Mas ah! Que não treme,
Não treme de susto
O meu coração!

"LIRA XII", MARÍLIA DE DIRCEU,
TOMÁS ANTÔNIO GONZAGA

Comichão originalmente significa coceira, mas em português bem brasileiro afirmo que Pedro e Amélia passaram os dias seguintes com uma comichão provocada pela ausência um do outro. Uma inquietação que atormentava mais do que qualquer urticária seria capaz. Só conseguiam pensar um no outro, ora no quase beijo, ora em como seria quando se reencontrassem. E tal qual o sentido inicial da palavra exigia, tentaram controlar a comichão com medidas paliativas.

Amélia estava com a atenção voltada para a busca de sua mãe. As fugas precisaram sofrer uma pausa, pois o esquema de segurança nas fazendas estava fortalecido com a presença dos capitães do mato. Em parte, Amélia se sentia culpada, pois suas investidas abolicionistas tinham piorado muito as condições de vida das pessoas escravizadas. Os capatazes estavam mais impacientes e agressivos e a maioria dos escravizados estava vivendo sob fortes ameaças. Ela pensou em continuar com os planos, mas todos estavam apavorados, por isso, não teve opção, precisou recuar. Isso fez com que voltasse sua energia para a busca por pistas de sua mãe.

É claro que ela pensava em Pedro, mas tinha que evitar, ou a comichão voltava. Como não podia pensar nele, empurrava as lembranças na força do ódio para fora de sua mente, ocupando o tempo com alguma outra coisa para conseguir viver o dia sem correr até o palácio atrás dele.

Pedro também se distraiu. Visitou todos os bares da cidade. Chalaça tratava de colocar as melhores bebidas no copo e as mais belas moças no colo do amigo. No entanto, Pedro não ia adiante. Quando tentava se deixar levar, começava a pensar no rosto de Amélia. Parecia que seu desejo estava assombrado pela imagem de sua velha amiga. Assim, ele se afastava das moças e se aproximava dos copos.

Chalaça estranhou e apertou o amigo até que ele falasse alguma coisa.

— Estou enfeitiçado, amigo. É isso.

— Pedro e suas anedotas.

— Não. É verdade. Não consigo parar de pensar em uma mulher.

— Então vai se encontrar com ela. Enquanto não estiver com ela, vai ficar assim.

— Não posso. Ela é minha amiga.

— Homens e mulheres não são amigos.

— Este é um pensamento bem limitado, meu caro.

— A prova disso é você querer se deitar com ela.

— Eu quero. Quero muito. Mas só se pudesse me casar, porque é o certo e ela merece o certo. É uma mulher de boa índole.

— Isso é que é um pensamento estreito, meu camarada. Todas merecem o melhor, o que não necessariamente significa que o melhor seja o casamento. É o que elas quiserem. O que essa garota quer?

— Acho que está além da sua compreensão…

— Veja, minha esposa está muito contente e satisfeita porque, para ela, o melhor significava um casamento que lhe desse segurança, filhos e uma boa casa. Conseguiu. Vá dizer que não ofereço o que ela quer? Essa senhorita aqui que está sentada em meu colo quer meu dinheiro e alguns agrados. Não é, querida? — A moça assentiu e sorriu, charmosa. — Com certeza, também darei o que ela quer.

— Você é bem prático.

— Pode achar o que quiser de mim, meu amigo. O importante é que eu deixo todas elas felizes.

— Claro! Com toda certeza. — Pedro parecia descrente sobre aquela conversa chegar a algum lugar. — Não vou discutir o seu conceito de vida ideal, está bem? Só sei que me casaria com ela. Casaria mesmo, Chalaça. Apesar de nós dois não enxergarmos o casamento como uma necessidade romântica, principalmente no momento. — Pedro fez uma pausa como se precisasse de tempo para aceitar aquela conclusão tão esclarecedora, inclusive para ele. — Mesmo assim, eu me casaria com ela, teria filhos e faria planos… Ficaria "só" com ela. Eu reinaria com ela. Entende? É mais do que passar uma noite e superar uma fixação.

— Como pode saber?

— Eu sei. A conheço bem. A vida é fácil com ela, simples… Eu só percebo como sou solitário quando chego perto dela, porque sua presença preenche tudo e eu fico me perguntando como aguentei tanto tempo longe dessa sensação. Você não entende…

— Não — respondeu Chalaça com honestidade, afinal quase ninguém entenderia. — Disse isso a ela?

— Claro que não, seu idiota! Seria uma promessa vazia! Há um navio chegando lá na Áustria para trazer uma esposa para mim.

— Você é príncipe e se o seu pai continuar a comer frangos assados como faz, logo você será rei. Pois se case com quem quiser, pegue essa austríaca e passe para o Miguel.

— Disse o homem que acredita que todas as mulheres merecem o melhor. — Pedro se recostou abatido.

— O que estou tentando dizer é que você é o primeiro monarca a acreditar que um casamento é algo realmente sério. Não é. Veja seu pai e sua mãe… Por favor, dona Carlota toma banhos nua no mar, depois volta para o palácio na companhia do escolhido da vez. Isso é casamento.

— Meu pai também se diverte com as criadas.

— Pois é…

— Mas não era nisso que pensava quando falei que me casaria com Amélia. Um casamento com ela evitaria exatamente esse tipo de relação. Nós somos amigos, a inteligência dela me estimula, a gente ri junto, a gente se conhece muito bem… Sempre foi assim e, agora, há esse desejo que me consome. Eu custaria a sair da cama de minha esposa se a mulher que estivesse lá fosse Amélia. Sei que não precisaria de outras para me divertir e isso, meu caro, seria perfeitamente certo. O que quero dizer é: se for pra me casar, por que não com minha melhor amiga?

— Amélia?! Filha do Capiroto, vulgo traficante? O que faz o porto do Rio de Janeiro ver mais navios negreiros do que de açúcar ou café?
— Esse é o ponto.
— Seria tudo o que Elias gostaria. Já pensou? Agora que será comendador, fidalgo e sei lá mais o quê, só lhe falta ser o pai da rainha consorte.
— O que quer dizer?
— Talvez ele até saiba que vocês estão se vendo. Talvez ele goste e queira encontrá-los de forma escandalosa. Basta uma testemunha e ele pressionará d. João a casar você com ela. Bom, mas é isso que você diz querer, então... vai em frente!
— Acha que ela pode estar articulando isso? Está maluco?!
— Eu não sei, meu amigo. Mas dizem que o fruto nunca cai muito longe da árvore — alfinetou.

Pedro virou o que restava no copo de uma só vez e se levantou. Sua cabeça parecia girar, mas não por causa da bebida. Lembrou-se de todas as vezes em que Amélia se insinuou, gracejou ou o tocou de forma despretensiosa. Pensou em sua blusa semiaberta e no jeito com que encostou seus lábios nos dele. A criada estava esperando, viu quando saíram da mata juntos. Não, não podia ser. Amélia era sua amiga. Muitas vezes se encontraram porque ele mesmo a procurou. Pensava e mudava de ideia sem muita lógica. Ora ele a acusava e se sentia manipulado, ora a defendia e se culpava por pensar mal dela, mas a verdade é que ele não tinha mais certezas, e não saber dava margem a muita imaginação. E acredite, imaginar sempre será pior do que a verdade, porque uma cabeça impulsionada por um coração aflito é capaz de construir os mais caóticos cenários.

Assim, ainda aturdido, Pedro montou em seu cavalo. Precisava voltar para casa, tomar um banho e recobrar o juízo, precisava organizar os pensamentos e acalmar aquela avalanche de suposições. Tinha pressa, mas ainda estava na cidade, não podia acelerar o quanto desejava. Algumas pessoas o reconheciam e paravam para fazer uma reverência. Mesmo impaciente, tentava disfarçar acenando para um súdito ou outro. Foi assim até quase chegar à estrada e se deparar com dois homens em seus cavalos.

— Veja só, se não é o principezinho — debochou um sujeito mal-encarado.

— Não perca seu tempo comigo. Minha cavalaria está vindo bem atrás de mim.

— Mas o senhor sempre vem sozinho para este lado da cidade.

— Não desta vez.

Pedro estava desarmado e ligeiramente bêbado. Sabia que era forte e bom de briga, mas, naquele estado, encarar dois malfeitores seria uma derrota na certa.

— Não querem arrumar confusão. Eu tenho alguns réis que me sobraram da noitada. Não é muito, mas podem ficar.

Pedro jogou um saquinho de veludo na direção deles, mas eles estavam de olho no anel e na corrente que ele carregava. Pedro percebeu.

— Joias reais não são uma boa para serem roubadas. Vocês tentarão vender, mas serão pegos. Ninguém quer ficar em má conta com a Família Real e, veja bem, meu pai vai querer essas joias de volta, já que pertenciam ao meu avô, que ganhou de seu avô, que ganhou de seu avô… Bem, vocês entenderam — gracejou Pedro, tentando ganhar tempo enquanto era cercado pelos dois cavalos.

Quando o cerco já se fechava, um outro cavalo se aproximou e um tiro pôde ser ouvido. Os bandidos se assustaram, acreditando ser mesmo a cavalaria, e saíram correndo em disparada. Pedro também estava assustado, mas sua curiosidade era maior que o susto, já que sabia não se tratar de nenhum guarda. Viu o atirador mudando de direção e entrando em uma pequena estrada lateral. Virou seu cavalo e começou a persegui-lo. Gritou que só queria agradecer, mas o homem misterioso não parou, sequer diminuiu o passo.

Pedro já não sabia o que estava fazendo. Apenas seguia seu instinto, queria fugir daqueles pensamentos sobre Amélia e uma aventura parecia ser ideal. Ele se entregou ao momento e cavalgou o mais rápido que sabia, o cavalo sofria com os obstáculos. O cavaleiro da frente era muito habilidoso, fazia o cavalo saltar e avançar como um grande conhecedor de equitação. A curiosidade de Pedro só aumentava e ele se sentia em uma disputa, da qual precisava sair vencedor.

O terreno começou a ficar acidentado e o cavaleiro mudou de direção. Pedro o seguiu e, de repente, uma carruagem cruzou seu caminho. O cavalo da frente arqueou, quase derrubando o cavaleiro desconhecido, que se segurou por pouco. O veículo seguiu em frente, mas atrasou o cavaleiro misterioso, que se embrenhou na mata novamente, mas deu de cara com Pedro em seu cavalo.

— É uma pena aquela carruagem estragar nossa corrida. Gostaria de ter vencido pelos meus próprios méritos. Talvez possamos repetir e eu agradecer adequadamente por ter me salvado, senhor... Como devo chamá-lo?

A pessoa tentou resistir a mostrar o rosto enquanto Pedro falava, mas estava sem saída. Não conseguiria evitar.

Então puxou o capuz revelando seu rosto, que só foi visto por conta da luz do luar.

— Cidade pequena, príncipe.

— Mas que inferno, Amélia!

— Ei! Eu te salvei. Seja gentil.

— Me salvou? A situação estava controlada. Você adora chamar atenção.

— O quê? Eu estou disfarçada. Deu pra notar? Chamar atenção era tudo o que eu não queria, mas você adora se meter em encrencas.

— Você é que tem síndrome de salvadora. Não pode deixar cada um viver sua vida, deixar o mundo ser o que é?

— Posso saber o motivo dessa hostilidade? — Amélia saltou do cavalo e tirou a capa. Estava irritada, frustrada e cansada.

— Você, Amélia. Você é o motivo. Parece que está em todo lugar. — Pedro saltou de seu cavalo e a encarou.

— Eu posso saber o que foi que eu fiz?

— Brincou comigo. Fez parecer que era inocente, mas cada gesto seu foi de caso pensado.

— Você bebeu algo novo, diferente? Sério, parece estar alucinando.

— Eu estou alucinando desde que você se esgueirou até mim feito uma cobra sedutora me deixando maluco, enfeitiçado. Seu plano funcionou, está bem? Eu só penso em você e naquele quase beijo... Pronto, deu certo, seu pai ficará feliz.

— Pedro, meu pai odiaria saber que quase te beijei. Sei que na ordem natural minha família é a escória, mas meu pai pensa exatamente o oposto.

— Mas ele sempre quer mais. Quer títulos, influência… Ser pai da rainha consorte seria tudo o que ele mais quer.

— O que você está dizendo?

— Ele não está atrás de um marido para você? Que marido pode ser melhor do que o príncipe?!

Amélia começou a puxar seu cavalo em direção à estrada. Estava confusa, ofendida e magoada. O olhar de Pedro era de cobiça e raiva e ela nunca esperaria ver coisas tão contraditórias nele.

— Não me vire as costas.

Amélia seguia caminhando. Pedro sentiu as lágrimas surgindo e tentou conter o choro.

— Não vai ao menos se explicar?

Amélia expirava e inspirava pesadamente. Seu peito subia e descia tão rápido que parecia que ela ia explodir. Ela foi em direção a Pedro e, com o dedo em riste, começou a esbravejar:

— Você acha que eu perderia um segundo da minha vida armando um plano para me casar contigo, seu idiota? Seu egoísta e egocêntrico. Acorda! Meu pai precisa trabalhar nas sombras, ele quer título, mas não quer ser visto e, por isso, é especialista em manipular. Ele não precisa ter uma filha rainha, ele usa o seu pai como marionete e fará o mesmo com você. Porque o dinheiro sujo dele compra tudo. E tudo o que vocês querem e precisam.

Ela fechou os punhos, bateu contra o peito de Pedro, abaixou a cabeça e continuou.

— Eu não sei de onde você tirou essas ideias, mas se acha impossível eu ter me perdido no desejo por um instante, não posso fazer nada.

Pedro segurou Amélia pelos pulsos e sentiu sua respiração entrar em compasso com a dela.

— Me perdoe. Por favor… Eu não sei onde estava com a cabeça…

Ela tentou abaixar os braços, mas Pedro a segurou. Amélia levantou o rosto e encarou a expressão sofrida e arrependida dele. Estava sendo sincero. Ela concordou e Pedro a soltou. Mas Amélia continuou com as mãos espalmadas em seu peito, sentindo o coração dele acelerado.

— O que está acontecendo com a gente? — perguntou ele.

— O pior que poderia ter acontecido.

Pedro passou as mãos no rosto dela. Afastou seus cabelos, deslizou o dedo pelos lábios e viu quando os olhos dela se fecharam em agonia.

— Eu não consigo mais ficar perto de você — ele confessou.

Ela aconchegou o rosto na mão grande dele como um gato que se esfrega em nossas pernas buscando carinho. Pensou no baile, quando suas mãos se tocaram, mas com uma luva entre elas. Preferia assim, preferia ter a pele dele contra a dela.

— Vá embora, Amélia — pedia Pedro, enquanto descia as mãos por suas costas.

— Não vou. — Amélia se aninhou um pouco mais

— Por favor, saia daqui — pediu sôfrego, subindo as mãos por sua barriga.

Olhavam-se nos olhos, os lábios semiabertos desejosos, os corações palpitando ansiosos. Não havia saída e eles pararam de procurar por uma. Pedro e Amélia se beijaram com pressa, como se estivessem certos de que aquele momento seria muito curto. Tocaram e se abraçaram com certa brutalidade, como se fossem um terreno amplo demais para explorar com calma. Pedro queria devorar Amélia ali mesmo e ela seria a mulher mais feliz se ele o fizesse, mas ele apertou o tecido de sua saia até os nós dos dedos ficarem brancos e recuou.

Os dois ficaram inertes, com a respiração acelerada. Permaneceram em silêncio, tentando colocar os sentimentos em seus devidos lugares, tentando diminuir aquele frenesi. Pedro a beijou novamente, com calma dessa vez, e se afastou.

— É melhor ir para casa. A gente está em um lugar perigoso e já é tarde.

— Eu sei me cuidar.

— Eu tenho certeza disso, mas não suportaria se alguma coisa ruim acontecesse com você. Então, por favor, seja lá o que você veio buscar neste lado da cidade, deixa pra lá.

— O que vim buscar, eu já encontrei — disse Amélia com sinceridade e nem estava falando dos documentos sobre a venda de sua mãe, que também havia encontrado.

♥ 12

Se penso que posso
Perder o gozar-te,
A glória de dar-te
Abraços honestos
E beijos na mão,
Querida, já treme,
Já treme de susto
O meu coração!

"LIRA XXII", MARÍLIA DE DIRCEU,
TOMÁS ANTÔNIO GONZAGA (ADAPTADO)

— Outro baile? Mas que inferno! — Amélia esbravejou para o pai, disfarçando a satisfação em ter um motivo para estar com a realeza, ou melhor, com um integrante bem específico da Família Real.

— Sim, é um inferno mesmo, mas já está marcado há dias. Esqueceu? Quero que neste baile você use um vestido novo e joias que foram presentes da rainha. — Elias esticou uma caixa coberta de veludo para Amélia.

— Não pode ser! Quanto o senhor pagou neste exagero? — perguntou, encarando o conjunto de colar, brinco e pulseira cravejados de rubis. Uma ostentação.

— Não importa. No final, você agradecerá o presente e todos ficarão com inveja do tanto que os monarcas nos levam em boa conta. Será bom pra você ser vista como uma quase parente, digamos assim.

— E posso saber o motivo deste baile ser tão especial?

— D. João já lavrou o documento e lerá para a Corte hoje. Eu estou ansioso pra ver a cara de toda aquela corja quando eu for nomeado Comendador da Ordem de Cristo e Fidalgo da Casa Real.

Amélia abaixou a cabeça, mais por vergonha do que por respeito. Seu pai não tinha a menor consciência de sua falta de escrúpulos, ao contrário disso, sentia-se muito esperto, ardiloso e competente. E, para ele, todas essas palavras eram elogios. Um simples mercador se tornando político, o traficante de maior sucesso, o homem mais rico e agora comendador da ordem mais respeitada que existia. Elias havia conquistado o melhor e, para ele, não importavam os meios.

Olhou para sua filha e um lampejo de ternura o alcançou. Lembrou-se de quando o ventre da escravizada começou a se destacar. Ele se deitava com ela há muito tempo, mas não sabia o que ela fazia na senzala. Encurralou a mulher um dia, de chicote em punho, e a fez confessar que o bebê só poderia ser dele. Não acreditou de imediato, mas ordenou que ficasse em um dos quartos dos criados da casa. Ordenou que se alimentasse melhor e esperou pelo dia do nascimento da criança. A menina nasceu com a pele clara o bastante e nariz estreito. A penugem que lhe cobria a cabeça era fina e lisa o suficiente, o que bastou para Elias se convencer de que Amélia era muito parecida com sua mãe. Arrancou a recém-nascida dos braços da mãe, ignorando os gritos de desespero que cortavam o ar da fazenda. A mulher gritou a noite toda por seu bebê e, no dia seguinte, o silêncio se fez. Elias a vendeu como ama de leite para um comparsa, que prometeu vendê-la novamente depois que seu filho já tivesse o tamanho adequado para ser desmamado.

Foi assim que Amélia foi alimentada por outra mulher que também não pôde amamentar seu próprio filho, enquanto sua verdadeira mãe amamentava outra criança que não era a dela.

Contudo, Elias não pensava nessa parte, na mãe e na filha que foram separadas. Em seu hábito de se auto vangloriar por qualquer ato, se convenceu de que aquela preta não tinha nada de bom a oferecer para sua filha. Ela mal sabia falar e se portar. Era uma ignorante sem alma que apenas serviu de incubadora para sua filha tão inteligente e bonita. Amélia era dele. Bastava olhar: o melhor dele mesmo.

— Vá até a modista. Encomendei um vestido para você. Ela vai ajustar até que fique perfeito.

— Não precisava, tenho vários vestidos novos.

— Hoje tem que ser um especial. Mandei trazer tecidos exclusivos em nossos carregamentos. Nem as princesas terão vestidos tão preciosos.

— Sim, senhor. Com sua licença.

Amélia se retirou sem ânimo para discutir. A carruagem já estava pronta esperando. O sacolejar sempre a fazia preferir estar no lombo do cavalo a encarar aquele caixote. A parte boa era poder se recostar no banco e pensar na noite anterior. Entre um solavanco e outro, Amélia se lembrava do calor dos lábios de Pedro, de suas mãos fortes percorrendo seu corpo e do arrepio que quase a tonteava. Tinha o pensamento arrancado a cada sacolejo, mas, quando amenizava, se deixava levar. E foi assim até chegarem ao Centro, onde o comércio fervilhava.

Visitar o Centro era uma experiência sensorial, cercada de cores, sons, cheiros e emoções. Não se assemelhava em nada ao lugar sossegado onde ela vivia. Ali, até o barulho era diferente. De dentro de sua carruagem, Amélia ouvia o burburinho de pessoas conversando, o tropel dos cascos de cavalos nos paralelepípedos e até mesmo o pregão dos vendedores ambulantes se misturando de forma única. A presença de carroças e carruagens conferia uma sensação de movimento constante. Amélia puxou a cortina de leve e se encantou com os edifícios coloridos de arquitetura colonial, muitos com fachadas ornamentadas e janelas de madeira. Gostava daquela parte da cidade, apesar de se incomodar com as diferenças sociais sempre tão notórias. Ali circulavam desde a aristocracia e os comerciantes abastados até os trabalhadores e escravizados, dando a alguns a ilusão de certa igualdade. Mas, normalmente, só usa essa venda nos olhos quem dela se beneficia.

A carruagem seguiu e Amélia percebeu que estavam quase chegando, pois a paisagem era de lojas de roupas finas e ateliês de costura elegantemente decorados ao longo das ruas centrais. As vitrines exibiam peças de vestuário da moda da época, com detalhes em renda, seda e brocado. Um espetáculo preparado para seduzir todas as damas do Rio de Janeiro.

A carruagem parou abruptamente, tirando Amélia de seus pensamentos. Ao cruzar uma porta ornamentada, Amélia encontrou Isabel e Ana sentadas. Ana estava ocupada, encarando anotações, e Isabel parecia encantada pelo vestido que a modista ajustava em Teresa.

— Altezas. — Amélia se inclinou para cumprimentar as princesas.
— Só um instante, querida — pediu a modista.
— Imagine, quer que eu volte depois?
— Não precisa. Falta pouco.

Amélia se sentou no sofá da frente e Ana veio logo se sentar ao seu lado.

— Veja, Amélia, estou fazendo anotações para escolher o meu marido.
— Como é?!
— Sim. Preciso arranjar um nobre que goste de artes, de vida boêmia e que tenha uma cabeça aberta. Bem, tem que ser europeu porque quero voltar para a Europa. Por isso, estou escrevendo os nomes e algumas características para poder decidir.
— Seu pai permitiu que você escolhesse seu marido? Você não é muito jovem? Suas irmãs mais velhas começaram a procurar por maridos agora. Tem muito tempo pela frente para isso, Ana.
— Você não entende, eu preciso me adiantar. Se eu mesma não encontrar um marido interessante para mim e, ao mesmo tempo, para a Coroa Portuguesa, estou perdida.
— Sinto muito em ver que anda tão preocupada com isso.
— Eu vou encontrar um homem que me permitirá estudar, conviver, dar festas e que será feliz com uma mulher inteligente e à frente de seu tempo. Mas também tem que parecer interessante para meus pais. Por isso, as anotações — disse, mostrando os papéis de forma inocente.
— Entendi, espero que encontre o tal cavalheiro.
— Você bem que podia me ajudar, né?
— Eu? Por quê? Você tem tantas irmãs.
— Exatamente. Irmãs... Elas não têm a menor paciência comigo. Sou a caçula, aquela que está sempre incomodando os mais velhos. O único que me aguenta é o Pedro, mas ele tem seu próprio casamento para se preocupar.
— Eu não entendo nada de títulos, nem sei o que um reino pode oferecer ao outro, mas podemos analisar os perfis e ver se tem algum rapaz legal aí na sua lista. Que tal?
— Sim. Exatamente. Você pode ir até minha casa amanhã, por favor? Na hora em que puder, eu nunca saio mesmo...

Amélia olhou para Ana, uma menina tentando ter algum controle sobre seu futuro, e se sentiu inspirada. "Talvez as próximas gerações mudem algo, evoluam e sejam donas de suas escolhas", pensou. Ana não podia fugir de um casamento, então era justo lutar por um que atendesse às suas necessidades.

A modista embalava o vestido, enquanto Teresa se trocava. Amélia percebeu que Isabel não tirava os olhos da modista. "Será que não era na obra que estava interessada, e sim na criadora?", Amélia sacudiu a cabeça, tentando espantar o pensamento, não tinha nada a ver com a vida de ninguém.

— Amélia, querida, venha. Vou trazer o vestido para você provar — disse a modista enquanto esticava a caixa com o vestido para Isabel.

As mãos delas se tocaram e Amélia abaixou os olhos para disfarçar. Era como se ela tivesse visto demais novamente.

— Sim, claro. — E foi para o salão de provas.

— Desculpe a demora, mas esses bailes e as princesas em idade de se casar estão rendendo boas encomendas.

— Fico feliz por você. É sempre bom ver uma mulher prosperar.

A modista era nova na cidade, viera da Europa e já era viúva. Algumas pessoas conheciam sua fama. Dizia-se que muitos incentivaram sua vinda, já que no Brasil não havia uma boa modista, o que significa que não havia nenhuma francesa, espanhola, europeia. Você sabe, aquela mania de valorizar sempre demais o que não nos pertence…

— Seu pai escolheu um belo vestido. Trouxe um carregamento de tecidos nobres da Inglaterra, ou seja…

— Não há nada melhor no mundo — completou Amélia, entediada.

— Veja esta beleza!

— Uau! — Amélia estava sem palavras. O vestido era um assombro, lindo.

— Vamos vestir?

Amélia concordou. Colocou o vestido e, ao se olhar no espelho, teve certeza de que nunca tinha vestido algo tão bonito. Era justo na cintura, drapeado no busto e com uma enorme saia rodada. O verde-escuro da seda reluzia e parecia iluminar o tom acobreado de sua pele. Era um vestido realmente diferente de todos os que já havia experimentado.

— Está perfeito — constatou.

— Não está não. Vamos apertar essa cintura e valorizar esse busto. Você causará espanto ao chegar ao baile hoje, senhorita.

As duas riram. Amélia gostou daquela modista.

— Desculpe, mas não me lembro do seu nome.

— Rosa.

— Você não é europeia, não é mesmo?

— Vamos dizer que essa informação é controversa, mas eu gosto da versão que diz que sou francesa. Sabe por quê?

— Não faço ideia.

— Porque isso me permite cobrar mais caro.

As duas riram mais alto ainda, Rosa também havia gostado do jeito de Amélia.

— Vamos lá, vou te deixar estonteante.

Estonteante era a palavra ideal para a imagem de Amélia refletida no espelho de seu quarto. Ela estava penteada com um belo coque baixo, maquiada suavemente e dentro do vestido mais bonito do mundo. As joias eram um exagero de fato, mas o vermelho dos rubis contrastando com o verde brilhante da seda era um espetáculo por si só.

— A senhora está muito bonita — disse sua governanta.

— Será que não é demais? Esse vestido me parece muito moderno, exagerado. É escuro, sem rendas e com esse corte... Não sei...

— Não, de forma alguma, caiu muito bem em você.

— Obrigada. Pode ir descansar. Eu já vou descer.

— Vou avisar a seu pai que está pronta.

Amélia desceu as escadas hesitante, mas seu pai se espantou ao vê-la tão bonita.

— Devia se arrumar mais vezes. Você é sempre bonita, mas hoje está uma obra de arte.

— Hoje tem o vestido, o cabelo, as joias... Ilusões que nos fazem parecer mais belos.

— Você se parece tanto com seu pai, tão irônica — disse Elias, rindo e estendendo o braço para a filha.

Amélia sentiu enjoo ao ouvir essa afirmação. Era sempre difícil lembrar-se de que o sangue dele percorria suas veias. Ela passou a vida tentando não ter afinidade com aquele homem que até era bom com ela, mas era péssimo com tantas outras pessoas.

Elias e Amélia adentraram o salão chamando a atenção de todos. Eles estavam a cara da riqueza, da nobreza e de tudo o que há de mais caro no mundo. Muito tecido fino, muitas joias e luxo. Amélia desfilou arrastando comentários invejosos e também de admiração. Pedro estava ao fundo, ao lado do trono de d. João, e sentiu o coração descompassar quando Amélia e seu pai se aproximaram.

— Vossa majestade. Príncipe Pedro. — Elias se adiantou enquanto Amélia fazia a reverência.

— É uma honra recebê-los — falou d. João, amistoso.

— A honra é nossa, vossa alteza.

Nesse instante, Carlota adentrou o salão ao som de clarinetes. Carregava um vestido imenso, vermelho, rendado e decotado. Era uma mulher madura, mas muito ornamentada e um tanto espalhafatosa. Ela podia, era a rainha e, por isso, caminhava esticando o braço e oferecendo a mão para que os convidados beijassem, enquanto sorria e abanava um leque de penas suntuoso na outra.

Elias e Amélia se afastaram para dar espaço para Carlota e seu vestido imenso passarem em direção ao seu trono. Pedro cumprimentou a mãe e saiu em busca de sua amiga, porque sabia que a chegada dela significava o início das danças. Assim que o primeiro acorde soou, Pedro se inclinou em frente à sua velha amiga e a convidou para dançar. Elias acenou uma autorização desinteressada e foi tratar de encontrar pessoas importantes para seus negócios. Os bailes funcionavam desta maneira: os políticos articulavam; as fofoqueiras fofocavam; os mercadores negociavam; e os amantes flertavam. Era isso.

Os primeiros passos de dança foram dados em silêncio. Pedro não conseguia tirar os olhos de Amélia, que retribuía os olhares com afeição.

— Mais uma primeira dança para nossa conta.

— Não sabia que estava contando.

— Está ciente de que é a mulher mais bonita deste salão, não é mesmo?

— Estou enrolada em seda inglesa e rubis, Pedro. É claro que estou ciente.

Pedro riu de seu ar debochado.

— Que bom que sabe, pois entenderá se eu não me contiver e te beijar bem aqui e agora na frente de todos. Acho que ninguém ficaria surpreso se isso acontecesse.

— Claro que não, eles diriam: "Também, vocês viram o vestido que ela estava usando, praticamente pedindo para que qualquer um a beijasse."

De repente, Pedro ficou sério, ligeiramente triste.

— O que foi? Não estava falando sério. Sei que é um cavalheiro comigo.

— Não é nada. Eu sei que estava sendo irônica e divertida. Eu adoro isso em você.

— Por que ficou tão sério?

— Porque adoro tudo em você e gostaria mesmo de poder beijá-la agora.

— Sabe que o que aconteceu não poderá se repetir.

— E ainda me pergunta por que fiquei sério?

Ele a rodopiou pelo salão e fez todos os passos como o bom dançarino que era. Amélia encantou todo o salão com seu vestido verde, rubis e, claro, todo o seu charme natural. Olhando de longe, ninguém diria não se tratar de uma nobre dama sendo cortejada por um príncipe, mas todos sabiam, inclusive ela e Pedro, que não eram nada além do que amigos de infância.

— A propósito, o que fazia naquele lado da cidade à noite e tão tarde?

— Eu encontrei uma pista sobre a venda da minha mãe, mas não ajudou muito. Era uma página de algum caderno de controle de compra e venda, as datas até batem, mas os donos, não. Mas cheguei a um nome estranho escrito, que fica martelando na minha cabeça, na verdade não sei se esse nome significa alguma coisa. Então é quase um beco sem saída, nem sei se pode ser sobre ela mesmo…

— Se puder me mostrar, posso ajudar.

— Claro. Voltarei aqui para ajudar a Ana, posso vê-lo também.

— Ajudar a Ana? — E mais um rodopio.

— Sim, ela está fazendo uma lista com prováveis pretendentes.

Pedro gargalhou.

— Ela só quer ter algum tipo de controle — Amélia apaziguou.

— Eu sei e não duvido. Talvez ela seja a única de nós a conseguir a vida que deseja.

— Espero que não a única.

Pedro suspirou e a música parou.

— Madame. — E a reverenciou.

— Vossa alteza.

Pedro sentiu dificuldade em se afastar, mas sabia que não podia ficar grudado nela a noite toda como gostaria. Precisou dar atenção às outras moças circulando pelo salão e distribuindo boas noites, era parte de seu trabalho, mas Amélia sentia uma pontada no coração a cada cochicho entre as garotas que o observavam.

— Senhorita Amélia, daria a honra desta dança?

Um jovem rapaz lhe estendia a mão. Ele era filho de um amigo próximo do rei. Sua família tinha vindo de Portugal com a Família Real, mas ela não conseguia se lembrar do nome dele.

— Claro.

Amélia lhe deu a mão e eles seguiram para o meio do salão, onde dançaram com destreza a linda valsa que estava tocando.

— Formam um belo casal — Pedro ouviu uma senhora dizer a Elias.

— Formam mesmo, teriam filhos lindos — uma outra incentivou.

O humor do príncipe desvaneceu e ele deixou de enxergar todo o resto, fixando o olhar na mão do jovem nas costas de Amélia, as mãos deles se tocando e ele com o rosto tão perto do dela. Sem aguentar, saiu pisando firme. Era difícil controlar seus humores, sobretudo quando se tratava de paixões. Era como se ele tivesse um vulcão dentro dele sempre pronto para entrar em erupção.

Ninguém notou sua abrupta saída, exceto ela, a garota no vestido bonito, que parecia ter renascido para aquela sociedade naquela noite.

A dança acabou e Amélia se retirou para um canto mais afastado. Viu Ana correndo de camisola no fundo da propriedade e seguiu em sua direção.

— O que está fazendo, Ana?

— Procurando Pedro. Os empregados não o estão encontrando, mas eu sei onde ele está.

— Onde?

Ana hesitou, mas acabou dizendo:

— No gazebo próximo ao lago.

— Mas não pode ir até lá vestida assim, Ana.

— E não posso contar a mais ninguém que é pra lá que ele foge quando fica nervoso.

— Eu vou atrás dele.

— É melhor não.

— Por quê? Não confia em mim?

— Eu não confio em vocês dois juntos.

— Ana…

— Tá bom. Vá atrás dele e veja se não vão fazer besteira. Precisam voltar, estão procurando por ele para o meu pai ler a nomeação do seu.

— Está certo, vá para a cama.

— Nunca, eu sempre fico olhando tudo lá de cima. Tudo, Amélia. Ouviu? Tudo. — A menina apontou dois dedos para os seus próprios olhos e depois para a Amélia, que saiu constrangida.

Após atravessar o gramado, conseguiu ver Pedro apoiado, observando o lago.

— Droga, Pedro, você me fez tirar os sapatos para conseguir vir te buscar.

— Não precisava ter se dado ao trabalho.

— O seu pai o espera para a nomeação.

— Que seja… — Ela já estava saindo.

— O que houve?

— Nada. Só me retirei para você se divertir à vontade. Deve ter uma fila de jovens nobres esperando para dançar contigo e, quem sabe, serem aprovados como candidatos. Você poderá escolher.

— Sim, poderei. Só é uma pena que o único que me interessa não pode estar nesta lista. E quer saber? A culpa não é minha! — Amélia juntou a saia num braço e carregava os sapatos na outra mão.

— E nem minha!

— Não? Quem é que já está praticamente noivo?

— O que quer que eu faça? Que eu seja rebelde, o filho que renunciou?

— Não sei! Quem sabe?

Pedro se aproximou e encarou seus olhos.

— Quer que eu rompa com a minha família e fuja contigo? É isso?

Amélia ficou em silêncio.

— Diz, a culpa é minha então? Eu estou jogando você nos braços daqueles abutres?

Amélia não se movia, permanecia abraçada na barra do vestido e nos sapatos. Não podia dizer nada, não havia nada que pudesse remediar aquilo tudo. Pedro enlaçou seu rosto e mordeu o lábio.

— Bastaria eu desistir. Entregar a Coroa para Miguel, que tanto a quer… — disse ele, aproximando-se do pescoço de Amélia. — Nós iríamos para o campo, encontraríamos sua mãe e teríamos uma vida simples. É isso? — Ele deu um pequeno beijo nela e sentiu seu perfume.

Amélia se arrepiou, mas deu um passo para trás.

— Jamais lhe exigiria isso, mas também não tem o direito de exigir nada de mim.

Pedro abaixou os braços e respirou fundo.

— Acho que meus sentimentos são maiores do que os seus.

— Nem ouse… Não sabe nada do que se passa dentro de mim, nada.

— Mas foi você que deu um passo para trás e não esboça nenhuma contrariedade nunca. Não se revolta com toda essa situação?

— Não se atreva a dizer que sente mais só porque eu disfarço melhor.

— É? Então diz, por favor!

— Pra quê? Pra que você quer saber que eu vejo cada mulher que te olha? Que me mata saber que você está sempre de um lado da cidade repleto de luxúria? É o seu ego ou o quê? Eu não vou rastejar dizendo que perco o sono pensando nesta mulher que ainda está do outro lado do oceano, mas já tem mais de ti do que eu. Não, Pedro, você não precisa saber tudo o que sinto, porque você não pode fazer nada a respeito.

Pedro arquejou e a beijou. Com as mãos ocupadas, Amélia se deixou beijar entre lágrimas. Foi um beijo triste, desolado, mas apaixonado.

— Tem que haver uma maneira — sussurrou Pedro.

Amélia se desvencilhou e saiu correndo. Ela não queria ter esperanças, porque doeria mais quando acabasse. Não queria vislumbrar uma possível chance porque se agarraria a ela mais do que tudo. Ela e Pedro eram um caso sem solução, por que não conseguiam se dar conta disso e se afastar de vez?

Amélia foi até o banheiro, calçou os sapatos e olhou-se no espelho. Ajeitou o cabelo e secou o rosto. Felizmente sua maquiagem era leve ou aconteceria um desastre. Seguiu caminho até o pai e permaneceu de cabeça baixa. A solenidade começou e todos comentavam como a filha de Elias estava emocionada com a nomeação de seu pai.

Pedro ficou em pé, altivo, enquanto d. João lia:

> *Atendendo ao notório desinteresse, e demonstração de fiel vassalagem que vem de tributar à Minha Real Pessoa Elias António Lopes, Negociante da Praça desta Capital, no oferecimento que Me fez de um prédio situado em São Cristóvão de distinto e reconhecido valor em benefício da Minha Real Coroa, e desejando fazer-lhe honra e Mercê como ele merece por esta ação voluntária de repartir com o Estado os lucros adquiridos pelo seu comércio: Hei por bem fazer-lhe Mercê de uma Comenda da Ordem de Cristo das de África, que vagar podendo usar logo da Insígnia de Comendador, como também da Propriedade do Ofício de Tabelião Escrivão da Comarca e Almotaceira da Villa de Paraty, logo que finde a arrematação, e de Administrador do referido Prédio. Por fim, o nomeio Fidalgo da Casa Real e administrador deste Palácio.*

Antes das costumeiras palmas, houve um segundo de silêncio. Todos estavam impressionados pela Coroa ter Elias, o Capiroto, em tão alta conta. Por esse motivo, após o pequeno susto, os convidados trataram de caprichar nas palmas e se amontoaram em volta do novo comendador a fim de cumprimentá-lo e dá-lhe os parabéns.

D. João assistia a tudo meio cabisbaixo, perguntando-se como foi que chegou àquela situação: vendendo títulos e honrarias, sendo traído descaradamente e acusado de abandonar sua terra natal.

Pedro queria se retirar, mas sabia que não seria de bom tom. Observava Amélia com os olhos úmidos, fazendo um esforço para sorrir para todos que a cercavam.

— Estamos cada vez mais afundados em mentiras, papai.

— Mas estamos vivos e com a coroa na minha cabeça, o que garante que ela vá parar na sua um dia.

— E se eu não quiser? A coroa, se eu não a quiser?

— Miguel arruinará tudo. Ele se acha tão capaz, mas sua ira o domina. Ele é vaidoso... Se ele for rei, tentará recuperar a Espanha para entregá-la à sua mãe ou fará alguma outra loucura... Será o nosso fim. Será o fim da Casa dos Bragança.

Pedro abaixou a cabeça e encarou os próprios pés: a coroa nem estava com ele e já pesava toneladas.

♥ 13

Vejo a sórdida inveja
De ira morder-se, e as serpes sacudindo,
Por se tragar forceja;
De pejo e de vergonha em vão cobrindo
Co'as frias mãos no rosto,
Geme a calúnia no mortal desgosto.

"ODE", MARÍLIA DE DIRCEU,
TOMÁS ANTÔNIO GONZAGA

As paredes de simples casas são capazes de testemunhar muitas coisas, agora, imaginem as paredes de um palácio que abriga uma Coroa como a Portuguesa na segunda década de 1800. As cortinas cheiravam a segredo, as tapeçarias, a discórdia e as camas, bem, as camas... É melhor deixar para lá.

Naquela manhã, a discórdia secreta estava por conta de Miguel, Teresa e Assunção, que tomavam o café da manhã juntos. Teresa tinha uma adoração estranha pelo irmão, muito provavelmente por ser a primogênita e ter acompanhado a loucura que Carlota sempre destinou a ele. Seguiu os passos de sua mãe e o encheu de mimos. Assunção acreditava que tudo o que ele dizia era lei, se Miguel dissesse que o céu era verde, ela nem questionaria, mais do que isso, lançaria aos quatro ventos a nova informação e perseguiria quem discordasse. A única pessoa para quem não podia defender Miguel era Pedro, o protegido de d. João, e isso a irritava fortemente.

— Parece cabisbaixo, irmão — iniciou a primogênita.

— Os planos de mamãe só andam em círculos.

— Como assim?

— Ela não avança. A verdade é que querem devolver a Espanha ao seu rei, e não a uma nova rainha.

— Isso é óbvio. O rei não está morto, está preso. Ela teria um reinado ilegítimo — interrompeu Assunção.

Miguel enfiou a faca num pão enorme e encarou a mesa com raiva.

— O Reino de Portugal e o resto estão mais fáceis do que qualquer outro — afirmou Teresa.

— Está sugerindo que eu mate Pedro, irmã?

— Jesus! Claro que não. Nem seria preciso… — insinuou Teresa.

— O que você sabe?

— Desde que chegamos ao Brasil ele anda atormentado de paixão por aquela garota que vive aqui.

— Que *démodé*. A amiguinha de infância? — zombou Assunção.

— Vai ver que ele acha que, por ser príncipe, precisa viver algo novelesco. É o Pedro… — concluiu Teresa, destilando veneno.

— Eu sei, é ridículo, mas o que tem a ver com a Coroa? — Miguel parecia impaciente.

— Dizem que ele parou de visitar os bordéis — Assunção acrescentou.

— Então é mais sério do que uma paixão?

— Ao que parece… A maioria das pessoas acredita que Pedro vê Amélia como irmã, por isso mantém certas liberdades, mas Miguel… Ontem, durante o baile, bastava querer ver. Foi um escândalo com direito a fuga para o jardim.

— Entendi, mas ainda não sei como isso pode ajudar. Pedro vive apaixonado, as cartas dos tutores sempre mencionavam a natureza inquieta dele, inclusive com episódios de sumiço das aulas porque estava na casa de alguma mulher, algumas bem mais maduras do que ele, inclusive. Ao que se sabe, Pedro estudou muito na Europa, só não sei se precisou dos livros para tal.

— Mas eu vejo que essa moça tem provocado uma mudança de comportamento nele. Como se ele estivesse com um problema a ser resolvido. Eu só não sei o que o desestabilizaria mais: ficar mais perto dela ou perdê-la de vez.

Miguel sorriu de um jeito estranho, provavelmente por falta de hábito.

— Você é um gênio. Vamos fazer o seguinte: aproximá-los, criar situações em que se vejam e tenham chances para alimentarem seja lá o que há entre eles e, depois, os separamos de vez.

— E posso saber como fará isso?

— Juntar é trabalho de vocês duas. Façam visitas, passeios, chás... Eu, honestamente, não sei. Separar, deixe comigo. Ontem vi o filho do barão dançando com ela, talvez seja sinal de interesse. Farei uma visita e incentivarei este casamento. Eles estão beirando à falência e dependem de nós.

— Eles adorariam uma garota com o dote bem alto.

— E ninguém deve oferecer um dote tão alto quanto Elias. Talvez seja um incentivo, mas, se não for, eu mesmo resolvo essa questão. — Miguel levantou-se, decidido. — Bem, não sei se dará certo, mas, de qualquer forma, vou adorar trazer algum transtorno. É capaz de Pedro fazer alguma besteira e precisar voltar para a Europa de vez.

— Miguel... E a tal Princesa da Áustria? — lembrou Teresa.

— Não sei, enquanto não inventarem um meio mais rápido do que navios, teremos que passar por essas longas esperas.

— Pedro, estando casado, diminui suas chances. Se tiver um filho homem, então... — alertou Assunção.

— É, tem razão. Alguns meses é todo o tempo que temos para evitar a catástrofe de Pedro definir, de uma vez por todas, a linha de sucessão.

Amélia ainda estava na cama encarando o documento que havia conseguido. "Elie Antun Lubbus"... Quem poderia ser? Tinha a sensação de que conhecia aquele nome, mas de onde? Olhava fixamente o nome, mas ao ouvir a maçaneta de seu quarto girar, enfiou o papel debaixo de um dos travesseiros e encarou o teto. A porta se abriu apenas em uma fresta.

— Está vestida? — indagou Elias, sério.

— Sim.

— Por que você está na cama? Está se sentindo mal?

— Um pouco. Só cansaço.

— Faz um bom tempo que não vejo você logo cedo andando pela fazenda. E na última vez, era febre amarela.

— Não estou doente, sequer febril. Acho que é só cansaço mesmo.
— De qualquer forma, descanse. Tire o dia para ficar na cama.
— O dia todo?
— Sim, leia alguma coisa. Tem tantos livros jogados por esse quarto.
— Está bem. Pode mandar alguém avisar a Ana que não poderei ajudar com os estudos hoje. Ela queria minha ajuda para entender um livro, poema, não sei...
— Sim, mando, claro.
— Obrigada.

Amélia aceitou as ordens facilmente porque não queria mesmo ir até o palácio ajudar Ana com sua empreitada, nada contra a busca da menina, mas a imagem de Pedro perturbado ainda estava muito fresca em sua memória. Precisava se afastar até que conseguissem conviver amigavelmente de novo.

Olhou em volta e puxou um livro: *O Uraguai*, de Basílio da Gama. Já tinha lido, mas valia uma nova visita. Era melhor pensar sobre a guerra entre portugueses e espanhóis no sul da América do que em qualquer outra coisa. Abriu aleatoriamente:

> *Os séculos por vir hão de cantar-te*
> *Com mil louvores, bela America,*
> *E muito antes de então já de ti*
> *Os claros vates entre as longes gentes*
> *Perpetuaram teu venturoso*
> *Destino.*

Pensou no oceano que divide a América de Portugal, imaginou como ela e Pedro foram jogados pelo destino na mesma rua. Como ele vivia tranquilamente sua infância no Palácio de Queluz, enquanto ela dava os primeiros passos pelos corredores da Quinta da Boa Vista, que hoje é a casa dele. Por que a vida o teria feito atravessar o imenso mar até ali se ela, por sua vez, não podia sequer atravessar a rua até ele?

Amélia jogou o livro longe. Será que a partir de agora tudo seria sobre ele? A invasão do Brasil, a expansão napoleônica, a cor do céu, a profundidade do mar... Tudo sobre Pedro ter sido trazido de longe para a sua vida.

Ah, então é isso que os poemas de amor tentam dizer? É sobre esse cérebro contaminado, viciado no outro, pedinte por mais? Era patético. O amor é constrangedor. Amor? Foi isso mesmo que passou pela cabeça dela? Será que amava Pedro? Não era muito experiente no assunto, mas poderia ser outras coisas: amizade, paixão, desejo... Isso, ela tinha certeza de que era, mas amor... Lembrou-se do sorriso dele, da cara zangada quando se sentia contrariado, de seus dedos tocando piano quando ainda era criança e de seu olhar profundo que a fazia derreter quando dançavam. Eram muitas memórias que dividiram e todas traziam inúmeras sensações, mas Amélia não conseguia definir. Ela sentia, isso era um fato. Sentia algo intenso, capaz de fazer seu coração acelerar e suas mãos suarem, mas que nome tinha aquilo tudo, não sabia. Era como se o sentir se perdesse da definição, como se pudesse se esconder para fugir de qualquer compreensão óbvia demais.

Amélia sentia e isso bastava para lhe tirar o sossego.

Mais tarde, Ana arrastava suas anotações com desânimo pelo palácio. Pedro estava descendo de seu quarto e encontrou a garota com o semblante abatido.

— O que foi, Ana?

— Amélia está doente, não poderá vir me ajudar.

— Doente?

— É, Pedro, a parte que *EU* preciso de ajuda você não ouviu, né?

— Ouvi e sinto muito. Pode deixar essa lista comigo para eu dar uma olhada. Voltei da Europa há pouco tempo e conheci muitos párias, se tiver algum nessa lista, eu corto.

— Boa! Seria muito útil, irmão.

— Então vá até o meu quarto e deixe em cima da escrivaninha, prometo olhar quando voltar.

— Vai atrás dela, não vai?

— É claro que vou. Preciso saber o que ela tem.

Pedro acelerou, mas teve que parar porque Ana o chamou.

— Só tome cuidado, tem bastante gente de olho em vocês.

— Do que você está falando, Ana?

— Eu escuto e vejo coisas… Ela é uma fraqueza sua e todo mundo quer saber qual é a fraqueza do futuro rei — Ana fez uma pausa, suspirou e completou: — para usá-la contra ele.

— Você é assustadora, sabia?

— Talvez…

— Vou tomar cuidado. Prometo.

— Até mais tarde.

Pedro cavalgou depressa até a propriedade de Amélia e, ao chegar, encontrou uma carruagem parada em frente ao portão. Conhecia aquele brasão e revirou os olhos, enjoado. Entrou sem ser anunciado porque não deu a mínima para o empregado avisando que Elias não estava em casa. Entrou sem cerimônia e na antessala encontrou o mesmo patife que tinha dançado com Amélia na noite anterior. Ele estava sentado com a coluna bem reta, segurando uma caixa de presente, ao lado de sua mãe, igualmente ereta. Assim que o viram, ambos se levantaram para fazer a reverência.

— Não se preocupem com isso. — Pedro tentou ser gentil, mas soou impaciente.

A governanta se curvou, mas parecia tão impaciente quanto ele.

— Como eu estava dizendo, a senhorita Amélia agradece a visita, mas não pode receber ninguém. Está descansando porque acordou indisposta.

— Certamente. Deixaremos o presente e um convite para que ela e seu pai nos visitem para um jantar, assim que ela estiver bem.

— Eu darei o recado, madame — respondeu a governanta, estendendo os braços para pegar a caixa.

Mãe e filho se retiraram, mas Pedro continuou parado como se não tivesse ouvido tudo o que foi dito.

— Como disse, vossa alteza…

— Vou vê-la. Só não subi e abri todas as portas até encontrá-la porque seria inapropriado, mas não volto para casa sem saber como ela está de verdade.

— Ela está bem. Só anda cansada, vossa alteza sabe muito bem que a senhorita Amélia anda tendo dias bem agitados, não é mesmo? Dê um pouco de paz para a garota.

Pedro se sentiu contrariado, mas também culpado. Percebeu que a governanta sabia bastante da vida de Amélia e isso lhe trouxe uma sensação nova: constrangimento.

— Certo. Pode avisar que estive aqui, por gentileza?

— É claro, vossa alteza.

Amélia, já estava em pé, banhada e vestida, mas continuava em seu quarto. Não queria ver o tal rapaz com o presente, mandou que se livrassem dele. Ficou observando de uma janela os dois saírem e se sentiu aliviada ao perceber que a carruagem já não estava nas redondezas. Já ia voltar para a cama quando avistou Pedro, também indo embora, mas pisando muito mais duro do que os convidados anteriores. Será que tinha vindo visitá-la e a governanta o havia dispensado também? Que fosse! Melhor assim. Ficou observando, mordendo a ponta do dedo, se segurando para não sair daquele quarto.

— Não vou a lugar nenhum... — disse para si mesma.

Contudo, inesperadamente, Pedro foi ao chão. Amélia custou a entender, mas não hesitou. Saiu correndo segurando a barra da saia, sem dar explicações a nenhuma pessoa que cruzou seu caminho. Quase caiu, mas não diminuiu a velocidade. Chegou ao jardim e encontrou Pedro no chão, seu corpo sacolejava com força. Amélia se aproximou e colocou a cabeça dele em seu colo. Apoiou de leve a mão em seu peito e se sentiu apavorada. Tentava rezar, mas tropeçava nas palavras. Não tirou os olhos dele até ver seu corpo serenar. De uma agitação terrível, ficou imóvel. Parecia dormir, estava desmaiado. A governanta e mais dois criados estavam em pé atrás de Amélia com os semblantes assustados.

— Estão olhando o quê? O príncipe precisa de ajuda. Levem-no para o quarto de hóspedes e não quero ouvir um pio sobre isso. Estão entendendo?

— Claro, sim, sim, senhorita.

Um homem alto e forte carregou Pedro levando-o por baixo dos braços enquanto outro ia segurando suas pernas. Subiram devagar, atendendo aos pedidos de "cuidado", que Amélia repetia sem cansar. Ela ajeitou os travesseiros e ordenou que o apoiassem devagar. Todos estavam assustados, encarando o príncipe, que sempre parecera forte mas, ali, estava tão frágil e pálido.

— É só estafa. Ele tinha episódios assim quando era criança. É como um desmaio. Só isso. Ele vai dormir um pouco e acordar como se nada tivesse acontecido. Vocês vão ver — Amélia os acalmou. — Não quero que comentem com ninguém, está bem?

— Claro — assentiu a governanta. — Voltem ao trabalho — ordenou aos outros, tentando parecer tranquila. — Vou buscar uma bacia com água, um chá e...

— Não precisa, ele vai dormir bastante agora.

— O chá era para a senhora.

Amélia encarou suas mãos trêmulas.

— Obrigada, mas não precisa.

A governanta olhou para aqueles dois jovens e teve certeza de que precisava ficar por perto, mas quando Amélia mandava, estava mandado, nem seu pai poderia reclamar, já que a tinha criado assim.

Sozinha com Pedro, Amélia se esforçou para tirar seus sapatos, desabotoou o colarinho e o botão de sua calça. Estendeu um lençol sobre ele, sentou na beirada da cama e segurou sua mão. Ela já tinha visto Pedro ter um ataque como aqueles, mas fazia muitos anos e seus empregados o levaram para longe dela. Seu amigo às vezes não se sentia bem, mas não gostava de ser visto assim, por isso, não falava muito sobre o assunto.

O dia já estava acabando quando Pedro abriu os olhos. Estava confuso, tentando se lembrar de algum fato que o fizesse se situar, mas sua mente parecia enevoada. Tentou se sentar, mas Amélia o impediu.

— O que estou fazendo aqui? Não me diga que...

— Está tudo bem agora.

Pedro se sentiu envergonhado, com vontade de ir embora e sem coragem de encarar Amélia.

— Cadê os meus sapatos? — indagou, olhando para o chão, tentando se desvencilhar dos lençóis.

— Ei, pode parar! Você não vai a lugar algum.

— Preciso ir embora.

— Não precisa não. Precisa descansar.

— Amélia, eu não...

— Por favor, pare — pediu Amélia com voz chorosa.

Pedro compreendeu sua expressão aflita e seu coração se desmanchou. Ela estava trêmula, parecia apavorada e nervosa.

— Estou bem, pequena Amélia.

A garota assentiu com a cabeça e se esforçou para acreditar nele. Pedro se encostou na cama, sem mais tentar sair e viu o semblante dela se suavizar. Queria tranquilizá-la, por isso, tentou se esforçar para não parecer tão envergonhado.

— Não precisa ficar assim. É algo que tenho de vez em quando.

— Eu fiquei desnorteada. Parecia que você estava morrendo.

— Todos estamos, um pouquinho por vez.

— Não estou brincando.

Ele abriu os braços e ela se recostou. Ali, quietinha, ouvindo o coração sereno de Pedro, Amélia teve certeza de que o amava, mas não apenas de forma romântica. Amava a pessoa gentil, engraçada e livre que ele era. Amava seu amigo de infância, seu jeito meio bobalhão e arteiro. Amava o homem que ele estava se tornando e tudo o que eles eram quando estavam juntos. Por isso era tão difícil entender e definir, era muito amor por uma pessoa só.

— O que o médico diz sobre isso?

— Amélia, só Deus sabe o dia em que chegamos e quando partiremos desta terra. Desculpe ter te assustado. Se eu pudesse escolher, você nunca teria me visto assim.

Amélia se ajeitou e ficou com o rosto bem em frente ao dele. Olhou cada traço de Pedro com carinho. Notou que ainda estava um pouco pálido e cansado. Viu que seu rosto era puro medo, embora ele tentasse disfarçar com todas as suas forças.

— Vou pedir para que lhe tragam uma sopa.

— Se quiser que eu coma, comerei.

— Depois, vão te preparar um banho bem quente.

— Como quiser — respondeu, fazendo um carinho em sua bochecha.

— Vai ter uma longa e restauradora noite de sono.

— Sim, senhorita.

— Vai se alimentar fartamente pela manhã e só então poderá ir embora.

— Tudo o que quiser — disse, passando as mãos em seus cabelos. — Só quero que se acalme.

Amélia se levantou para dar as ordens. Estava na cozinha acompanhando o preparo da sopa quando seu pai chegou.

— Vejo que está melhor.

— O príncipe sofreu um desmaio em nosso jardim — despejou sem cerimônia.

— Ele está bem? — perguntou Elias, com expressão surpresa.

— Sim. Está no quarto de hóspedes. Queria ir embora, mas acho que ainda está pálido. Recomendei que passasse a noite aqui. Está tudo bem para o senhor?

— Claro que sim. É o príncipe, afinal de contas, mas, você tente ficar longe do quarto dele, ouviu?

— Estou cuidando de um hóspede bem solene. Só isso.

— Amélia, você me ofende quando tenta me engabelar. Pedro é seu coleguinha de infância. Vocês andam de braços dados por aí de forma nada solene. Só quero que saiba onde está se metendo. Quer brincar com ele? Eu não vou ficar fingindo que não sei que está crescida. Só saiba que nada sério ou duradouro virá disso.

Amélia ficou em silêncio e sem jeito ao perceber os empregados fingindo não ouvir os comentários tão inadequados de seu pai.

— Ofendida estou eu vendo o senhor imaginar que Pedro e eu estaríamos…

— Você se lembra de quando ele partiu para estudar na Europa? Você ficou amuada pelos cantos quando ficou sabendo que ele ficaria anos sem pisar aqui, nem ao porto foi se despedir de tão desanimada que estava, e sabe no que isso deu? Em nada. Ele foi. Viveu o que quis e só voltou quando deu na telha. Será exatamente assim quando a noiva dele aportar por aqui. Ele vai se casar com ela sem olhar para trás — o patriarca a interrompeu.

— Eu sei.

— Que bom! Fico aliviado! Posso continuar despreocupado, então. Você é esperta, sei que está vivendo sob seus termos e vou apoiar sua decisão enquanto não tiver que limpar nenhuma bagunça sua, entendido? Não abaixe seu valor no mercado de casamentos. Esconda bem os seus segredos.

Elias deu um tapinha na mesa e saiu. Amélia olhou ao redor e percebeu que os empregados a espiavam pelos cantos dos olhos. Seu pai estava certo mais uma vez, e ela odiava toda vez que isso acontecia.

— Levem a sopa para o príncipe, certifiquem-se de que ele esteja bem acomodado. Tratem vossa alteza como merece.

— Sim, senhorita.

Amélia subiu e passou pela porta do quarto em que Pedro estava, parou por alguns segundos e cogitou entrar para desejar boa noite, mas sabia que se o visse perderia a razão. Sabia, por estar virando um terrível hábito, ter pensamentos e atitudes contraditórias. Parecia que a garota passava o dia a dar conselhos a si mesma, apenas para esquecer todas as instruções assim que pousasse os olhos em Pedro. Faça-me o favor! O anjo que costumava acompanhá-la parecia não ser forte o suficiente para resistir ao diabo que a presença dele invocava.

Deus nos ajude, pois, pelo visto, essa noite vai ser bem longa.

♥ 14

Mal durmo, querida, sonho
Que fero leão medonho
Te devora nos meus braços:
Gela-se o sangue nas veias,
E o solto de sono os laços
À força de imensa dor.
Ah! Que os efeitos, que sinto,
Só são efeitos de amor.
"LIRA XXI", MARÍLIA DE DIRCEU,
TOMÁS ANTÔNIO GONZAGA (ADAPTADO)

$\mathcal{A}$s pessoas não costumam entender por que o primeiro amor é tão poderoso, mas a explicação é bem simples: o primeiro amor é aquele que te ensina a amar. É fácil guardar a primeira vez que sentimos alguma coisa, seja um acesso de raiva, uma tristeza profunda, uma decepção irremediável, traição ou também carinho, desejo, afeto. Todas as vezes que sentimos algo pela primeira vez, nos transformamos um pouco. Às vezes, para o bem, outras nem tanto, mas indiscutivelmente ficamos diferentes, porque não sabemos do que somos capazes até sermos. A verdade é que você não sabe como reagirá a um assalto, até viver um e, honestamente, desejo que não precise sentir toda a lista de coisas ruins que existem no mundo. Infelizmente, sei que, por algumas delas, será inevitável passar. E, acredite, não se sabe até saber. Não se pode mensurar a perda de alguém importante até acontecer. Não se conhece o gosto amargo do desprezo até ser o alvo dessa força. Obviamente, também não se tem como mensurar o poder do amor romântico até ser inundado por ele.

Isso posto, vale lembrar que a vida não é feita de teorias, está mais para o campo da experimentação e, nessa brincadeira de provar uma coisa ou outra, esbarramos em situações doces e amargas, misturamos as coisas, guardamos, exploramos, dividimos, escondemos, mas não esquecemos. Está tudo dentro, tudo construindo essa coisa agridoce que é o ser humano.

A primeira vez que sentimos algo nos marca e, apesar de reconhecer que tudo nos importa, o amor ao lado de seu irmão gêmeo malvado, o ódio, são os sentimentos mais poderosos, são eles que conhecem os esconderijos de nossa mente e os atalhos para o nosso coração.

Mas falemos de amor, falemos de Amélia olhando para o teto e imaginando que Pedro estava a poucas paredes dali. Falemos desse sentimento tão incompreendido, que desafia poetas, músicos e todos nós a tentarmos traduzi-lo. Falemos de Pedro encarando a maçaneta, louco para sair da clausura e procurar o motivo de sua adoração. Falemos de amor, que tanto nos falta e tanto nos cura.

Amélia se virava na cama como se houvesse pulgas em seus lençóis, sua mente experimentava, pela primeira vez, um tempero interessante: o medo. Não medo de seu pai ou do futuro, e sim, medo de perder Pedro sem ter tido a chance de construir mais memórias com ele. Testemunhar o príncipe em seu quintal, caindo no chão feito um tronco cortado, após ter decidido não falar com ele, trouxe uma perspectiva diferente e uma urgência inesperada. Parecia contraditório admitir que a vida seria tão efêmera e, ainda assim, não fazer nada a respeito. Em sua mente apenas flutuavam fragmentos de lembranças, emoções inexplicáveis. Se aquele tivesse sido o fim, ela teria todas as memórias de que precisava para continuar a vida sem ele? Essa ideia trouxe alguma ordem para seus pensamentos, que até então estavam soltos, como se um maestro tivesse tomado as rédeas de sua mente, deixando tudo mais claro. Ela aceitou o que tivera dificuldade em admitir e teve certeza de que precisava mais de Pedro em sua vida. E isso fez os acordes reverberarem no resto de seu corpo e, como uma boa música faz, dominarem seus sentidos. Amélia se levantou acreditando que Pedro estaria dormindo e ela só daria uma olhadinha. Estava preocupada e precisava ver se ele estava bem. Entraria, o olharia e voltaria mais tranquila. Só isso. Que mal faria?

Ah! As primeiras vezes são sempre acompanhadas de ilusão. A cegueira nos faz querer ter razão, ter controle, mas, normalmente, são apenas desculpas que inventamos. No fim, é só impulso — e não estou julgando: o que seria de nós sem os nossos instintos?

Um passo cuidadoso e silencioso de cada vez, Amélia atravessou o corredor. A música de sua cabeça parecia tocar mais alto, vigorosa, em uma crescente. Girou a maçaneta e se espantou ao ver Pedro em frente à porta. Foram necessários alguns segundos para que um dos dois conseguisse falar. Eles pareciam estar em transe.

— Pensei que estivesse dormindo — falou Amélia baixinho.

— Talvez eu devesse estar.

— Sim, devia. Está se sentindo bem?

— Honestamente? — Pedro continuava em agonia. — Eu não sei o que é isso que estou sentindo. Porque não como direito, mal durmo e não faço mais nada além de pensar em você, mas isso não é o pior... O que está me enlouquecendo é me sentir tão dividido.

— Dividido? — indagou sem entender.

— Estou dividido agora mesmo, porque uma parte quer te beijar, minha boca queima pedindo pela sua, mas, ao mesmo tempo, tenho vontade de sair correndo para te livrar de mim.

— E qual a razão de querer que eu me livre de você? — questionou aliviada.

— Ah... Pequena Amélia...

Pedro queria falar sobre responsabilidade, respeito, dever e todas as coisas que repetia para si mesmo o tempo inteiro. Queria pedir para ela sair correndo antes que ele fosse quem era e fizesse o que sabia fazer muito bem, mas Amélia se adiantou:

— Você não é um lobo e eu, um cordeirinho.

— Não sabe o que está dizendo. — Ele negava com a cabeça e apertava os lábios com força.

— Já passou pela sua cabeça que eu posso ser o caçador?

Pedro, boquiaberto, aceitou a mão que ela estendia. Os dois se abraçaram e se olharam por um instante.

— E amanhã? — perguntou Pedro.

— Que amanhã?

Amélia enlaçou seu pescoço e tombou a cabeça de leve. Pedro se aproximou de leve e beijou seu pescoço. Neste instante, a melodia que ela ouvia parecia ressoar no corpo todo dele, pois os braços, lábios e as mãos pareciam estar coreografados. Cada carícia e beijo os tomava por completo, ensinando um novo ritmo. Pedro a carregou até a cama e se deitou ao seu lado.

— Eu me importo de verdade com você — disse, entre um beijo e outro.

— Para de falar como se precisasse se explicar — retrucou, entrelaçando sua perna na dele.

— Mas eu preciso... — justificou ele, subindo uma mão por suas coxas.

— Você não está condenando a minha vida.

— E se eu estiver? — Pedro a encarou.

— Você vale a pena.

Amélia desabotoou a camisola devagar, enquanto a canção parecia acelerar junto com sua respiração. Por um instante, cogitou estar sonhando, mas o calor das mãos de Pedro desvendando seu corpo era muito real.

— Vou cuidar de você — Pedro repetia, enquanto se deitava sobre ela. — Vou cuidar de você para sempre.

Amélia não tinha forças para lutar contra aquela sugestão com jeito de promessa. A pele dela suando junto da dele, as mãos entrelaçadas sobre sua cabeça e as testas grudadas pareciam tomar toda a sua atenção. O corpo dela em espasmos sob o dele, os beijos e os olhos dele eram a situação perfeita. Estava vivendo o seu "para sempre" que nada tinha a ver com o futuro. O "agora" já estava destinado a ser eterno porque ela jamais esqueceria tudo aquilo, uma verdadeira orquestra de sensações regidas por ela e Pedro.

Último acorde e aplausos no fim.

Perfeição.

O dia raiou encontrando o corpo nu de Pedro espalhado entre os lençóis do quarto de hóspedes da casa de Elias. O sol, incomodado, brilhou como um rei no rosto do príncipe, despertando-o. Suas mãos procuraram alguém na cama, mas nada encontraram. Teve dificuldade em abrir os olhos. Será que tinha tido uma alucinação? Se fosse isso, não queria sair daquele estado. As lembranças vinham como ondas: cada pedaço que descobriu do corpo dela, as expressões de prazer que testemunhou e seu coração, que parecia ter desaprendido a bater. Percebeu que o cheiro dela ainda estava ali, puxou o lençol para conferir e entendeu que era nele próprio que o cheiro da pele de Amélia estava impregnado, e isso o fez pensar que, de alguma forma, aquele aroma jamais sairia de si.

A presença dela era sempre marcante, mas agora o tomava inteiro, como se cada centímetro dele ansiasse pela completude que só alcançou estando dentro dela. E isso era novidade, era a primeira vez que Pedro sabia exatamente o que queria, continuava com o mesmo pensamento fixo, queria estar com ela naquele instante e não a deixar sair de perto dele nunca mais. Assustou-se com seu desejo, mas reconheceu que, apesar de novo, era um sentimento bom. Algo que fazia ele se sentir corajoso, revigorado, feliz...

Movido por essa nova animação, levantou-se, vestiu-se e decidiu descer as escadas. Foi recebido pela governanta, que o acompanhou até a sala de jantar. A mesa estava posta com tanta comida que parecia um banquete para dez pessoas.

— Onde estão o senhor Elias e sua filha? — indagou, tentando disfarçar.

— O senhor Elias saiu muito cedo por causa do trabalho e a senhorita Amélia está na cozinha, pois acabou de retornar do rancho, um potro nasceu e ela foi conferir.

— Onde fica a cozinha? — perguntou, levantando-se.

— Posso ir chamá-la, alteza.

— Não é necessário. Vou apenas me despedir e não quero que ela suje tudo com aquelas botas cheias de terra que tenho certeza de que ela está usando.

Pedro saiu sem direção, mas logo foi direcionado pela governanta. Ao chegar na cozinha, causou um alvoroço em todos, que pararam o que estavam fazendo para reverenciá-lo. Todos, menos Amélia, que enfiou na boca mais uma uva.

— Está faltando algo na mesa, alteza? Alguma coisa que fez o senhor colocar os pés na cozinha? — brincou Amélia.

— Sim, está faltando.

— Pode me dizer o quê?

— Uvas.

— Mas, senhorita... — tentou interferir a governanta.

— Pode deixar, eu mostro onde estão.

Amélia, que a propósito já tinha tirado as botas de trabalho, seguiu em direção à sala de jantar. Pedro a acompanhou mais próximo a ela do que deveria, mas distante o suficiente para não se encostar sequer em sua saia.

— Na verdade, estou indo embora e gostaria de me despedir adequadamente, já está adiantada a manhã, não quero parecer inconveniente.

— Espero que tenha gostado da estadia. — Amélia se perguntava se algo tinha mudado em sua aparência, pois se sentia totalmente diferente.

— Meu tipo de noite preferida. — Amélia fez cara de contrariedade. — Você é meu tipo de noite preferida, e de dia também... Eu não sei o que estou dizendo. Você confunde meus pensamentos.

Amélia apenas riu, gostou de vê-lo sem graça.

— Não se esqueça de que está devendo uma visita à Ana. Minha irmã ficará muito feliz em vê-la no palácio.

— Receio que não poderei ver sua irmã hoje. Mas quem sabe em breve, numa ocasião menos... é... como poderia explicar?

— Tentadora?

— Isso.

— Quando, então?

Amélia notou a urgência nos olhos de Pedro, olhou em volta e o puxou para o canto.

— Eu não posso me arriscar assim.

— A gente sempre se encontrou.

— Mas antes a gente só se encontrava. E agora...

— Agora continua sendo a gente...

— Sem roupa.

— A melhor versão da gente — brincou ele, notando, logo depois, um ar de preocupação. — Não sei por que está assim, nunca se importou, sempre fomos próximos.

— Não é isso…

— Está arrependida, não está? — Pedro recuou.

— Não, nunca.

— Não é o que parece.

— Tenho que me acostumar a conviver contigo mesmo tendo essa vontade desesperada de correr até você. Eu fiz isso ontem e faria agora mesmo se obedecesse a meus impulsos, mas eu tenho que parar de correr até você, senão, só vou fazer isso da vida.

— Então eu vou viver esperando que você venha até mim, enquanto você vive se controlando para não vir até mim?

— Exatamente.

— Não parece sensato.

— É o mais sensato que consigo imaginar.

Pedro estava pronto para retrucar, mas Elias chegou esbravejando na sala, se fazendo escutar de longe. Amélia foi ao encontro de seu pai, seguida de Pedro que franziu o cenho, parecendo muito sério.

— Obrigada pela acolhida, comendador. Deixe que os receba para um almoço ou jantar em forma de agradecimento.

— Espero que vossa alteza esteja se sentindo melhor.

— Certamente. Conto com sua discrição em relação ao ocorrido.

— O que acontece na minha casa não é da conta de ninguém. Vossa alteza pode ficar tranquilo.

Falavam do episódio da convulsão, mas Pedro se sentiu constrangido por ser parte de outro segredo que aquelas paredes também deveriam guardar e o fato de precisar ser escondido fazia parecer errado. Um incômodo grande o acertou.

— Agradeço. Enviarei um aviso sobre o almoço ou… Bem, o senhor veja a melhor data e horário.

— Aguardarei seu criado.

Pedro saiu sem se despedir de Amélia, que notou sua mudança de humor, mas disfarçou o máximo que pôde. Notou que o casaco de Pedro tinha ficado para trás. Então pegou-o e apressou o passo para entregá-lo.

— Pedro?! — chamou, fazendo o príncipe parar no meio do jardim. — Você esqueceu.

— Obrigado — agradeceu, encarando o chão.

— Você mudou de repente. De novo.

— Eu queria pegar a sua mão e dizer ao seu pai que estou levando você embora, mas acabo notando que nós somos um segredo, como um pecado que não pode ser confessado, só esperar pela penitência.

Os olhos de Amélia brilharam, ela tinha aprendido a ser dura, a engolir o choro e a seguir em frente. Sentia que precisaria, mais uma vez, saber engolir o choro e seguir em frente sem reclamar, relutar ou esbravejar. Tinha aprendido muito cedo que havia coisas irremediáveis na vida. Exatamente por isso, tinha se deixado levar, porque possuía pouco domínio sobre o que aconteceria com eles no futuro, mas sabia muito bem o que queria que acontecesse naquela noite.

Pedro já ia seguir seu rumo, mas, de repente, desistiu.

— Eu fico pensando... Quantos sorrisos eu vou perder? Quantos olhares vamos deixar de dar? Dez segundos longe de você já parecem tempo demais e eu nem sei quando vou te ver de novo — disse, magoado.

— A gente ainda tem tempo. Talvez o navio afunde e não chegue à Áustria — Amélia gracejou, amenizando o clima.

— Eu estava falando sério quando disse que cuidaria de você.

— Não preciso que cuide de mim.

— Eu sei, mas queira que eu cuide.

Amélia se sentia vulnerável, sensível e exposta. Não era confortável para ela, mas notou que tudo já estava perdido, não havia mais nada que pudesse disfarçar ou barganhar. Não podia mais esconder que estava tão envolvida quanto ele.

— Ainda temos tempo. — Quase desejou.

Pedro quis dizer que todo o tempo do mundo parecia pouco. Quis confessar que tinha medo de piscar e perdê-la de vista, que se apaixonou como quem desperta de um longo sono, sem notar, de forma inevitável, natural. Queria dizer aquilo e tantas outras coisas, mas não disse. Preferiu abafar um pouco aquela avalanche que lhe enchia de prazer e também de frustração.

— Estou assustado com todos esses sentimentos.

— Eu também, mas eu tenho uma certeza: era pra ser. Sabe? A gente... Era pra ser. Isso me acalma.

Pedro deu um meio sorriso, beijou a mão de Amélia e partiu. Era verdade, tudo na vida deles os tinha levado até aquele momento e o universo não gosta de se colocar entre casais predestinados. Bagunça tudo, muda a órbita, desalinha os planetas e causa um sofrimento desenfreado. Ninguém evitaria, ele e Amélia eram para ser e seriam, de uma forma ou de outra.

♥ 15

Apenas me sentar, então, movendo
Os olhos por aquela
Vistosa parte, ficar fronteira,
Apontando direi: Ali falamos,
Ali, ó minha bela,
Te vi a vez primeira.

"LIRA XVIII", MARÍLIA DE DIRCEU,
TOMÁS ANTÔNIO GONZAGA

Você já viveu um momento tão bom que, ao acabar, foi difícil retornar à vida normal? Você tenta cumprir as tarefas, dar conta da rotina e não ficar com cara de abobalhada por aí, mas falha miseravelmente. Era desse jeito que Amélia e Pedro ficavam nos dias seguintes. As horas eram longas, as noites intermináveis e tudo parecia enfadonho.

Pedro saiu para caçar, mas não acertou um tiro sequer, recusou convites e suportou as zombarias de Chalaça sobre ele não sossegar enquanto não estivesse romanticamente com Amélia, mas o fato é que ele já havia estado de todas as formas possíveis com ela e isso só tinha aumentado sua adoração, e não o contrário. Apesar disso, Pedro não contaria ao amigo. Não desta vez. Não podia falar tudo o que pensava sobre aquela noite, sobre o que fizeram antes de dormirem entrelaçados. Não podia, porque sentia necessidade de guardar a intimidade compartilhada com ela. Pedro não ousaria dividir com ninguém a imagem de Amélia sôfrega de prazer em sua cama. Não suportaria se outro homem pensasse nela assim. Aquela Amélia era só dele, assim como o Pedro que ele foi naquele momento a pertencia.

Amélia, por sua vez, tentava recuperar na memória de onde conhecia aquele nome tão incomum: "Elie Antun Lubbus". Repetia mentalmente, pois, na impossibilidade de realizar qualquer outra coisa, tentava organizar as poucas pistas que tinha. Tentava vasculhar o cérebro atrás de uma pista e uma imagem quase lhe surgia, mas acabava escapando e tudo o que restava em sua mente era Pedro em suas diversas versões.

Nunca havia sido fácil conseguir informações ou realizar qualquer coisa sem que seu pai desconfiasse, mas ultimamente tudo estava ainda mais difícil, pois, além do cerco se fechando em torno dos escravizados e abolicionistas, Elias parecia estar rondando com mais frequência. Como se já não bastasse, somado a toda essa confusão, estava Pedro, que lhe roubava horas e pensamentos.

Amélia esfregou o rosto como quem tenta acalmar a própria cabeça. Precisava se concentrar, pois a governanta havia acabado de chegar com um bilhete enviado pelo grupo abolicionista de que Amélia fazia parte. Sim, Pedro tinha razão quando notou que a governanta sabia muito sobre a vida de Amélia. No entanto, apesar de ser um grupo bem organizado, pouco se sabia sobre eles. Claro que Amélia se destacava por estar infiltrada, mas não era seguro saber nomes reais, onde moravam ou detalhes desse tipo. Caso um deles fosse pego, morreria sozinho, como devia ser.

No bilhete, um plano grandioso. Algo que estava sendo estudado há muito tempo, mas sem sucesso, estava, enfim, para acontecer. Amélia estava ciente de sua importância para que tudo desse certo. Por isso, ela passou a revisar o plano, e poderia incluir dez dos escravizados de seu pai. Como decidir? Era cruel vê-los cogitando sobre quem teria alguma chance. Alguns não queriam se arriscar, é verdade, por mais estranho que fosse, mas tente entender, às vezes, um cenário conhecido, que, muitas vezes, se apresenta como único, pode parecer menos perigoso do que se arriscar. O lugar onde se aprendeu a controlar os danos pode parecer mais seguro do que algo não tangível. Para alguns, a ideia da fuga soava como um sonho distante. Além disso, o medo cruelmente nos adestra e alguns deles só conheciam temer. Felizmente, não a maioria. A resistência vibrava entre aqueles corações injustiçados, e, por isso, Amélia não se envolvia na escolha. Avisava para o representante a quantidade disponível e aguardava o grupo no local e horário indicados. Normalmente, ela só sabia quem iria quando eles se encontravam, nunca antes, pois a escolha não lhe cabia.

Escreveu o número dez em um pequeno papel, entregou à governanta que, sem olhar, guardou o papel entre os seios.

— Eu aviso exatamente quando, mas será logo.

A governanta aquiesceu e saiu discretamente.

Amélia já estava saindo, quando foi surpreendida por Elias.

— Aonde está indo? — indagou ele.

— A lugar algum. Só vou dar uma volta, tomar um ar.

— Então vá tomar um ar no palácio, há um evento acontecendo... Vá tomar um chá e aproveite para ver Ana, todas as vezes em que vou até lá, ela pergunta por você.

— O dia está quente feito o inferno... Tomar chá não me parece uma boa escolha.

— Tome um refresco, então. Só coloque uma roupa adequada e passe um tempo por lá. Não dificulte.

— Mas não recebi convite para esse evento.

— Recebeu, sim. Onde está com a cabeça? Está marcado há bastante tempo.

— Devo ter me esquecido.

— Há um vestido novo esperando por você em seus aposentos — Elias disse irritado. — Arrume-se e vá.

— Sim, senhor — respondeu contrariada.

Era cedo para ver Pedro, queria voltar a agir normalmente quando estivesse com ele, mas passou a ter o comportamento estranho de ter as mãos suadas e palpitações apenas em imaginar a presença dele.

Colocou o vestido floral, com mangas plissadas e decote coração, passou colônia e escolheu pérolas. Lá estava ela, novamente se arrumando, se enfeitando e se embonecando para ir até um evento no palácio. Como isso aconteceu? Antigamente, conseguia evitar alguns desses compromissos, mas agora, aparentemente, havia se transformado de vez em uma mocinha de algum livro romântico.

Encarou o espelho e decidiu se afastar daquela ideia, pegou o documento que havia conseguido na cidade, cujo nome esquisito estava escrito, e enfiou no corselete. Ela até poderia ir tomar chá, mas se lhe dessem uma chance, vasculharia os arquivos da Quinta na tentativa de encontrar algum documento sobre sua mãe. Precisava encontrar mais alguma coisa com tal nome, quem sabe aquela sensação de quase reconhecimento vinha de algum papel que havia visto ali anteriormente. Uma parte dela acreditava nisso, é verdade, mas a outra só precisava se sentir engajada em algo que fizesse sentido para ela. Precisava investigar onde pudesse.

O jardim do Palácio de São Cristóvão em um dia de festa era um lugar onde a natureza, a elegância e a celebração se fundiam harmoniosamente, proporcionando aos convidados uma experiência memorável. Todos eram recebidos pelo aroma doce das flores, que permeava o ar. O jardim se estendia como um verdadeiro oásis de tranquilidade e beleza. Os canteiros cuidadosamente planejados e as trilhas de cascalho se entrelaçavam, criando um labirinto de cores e texturas. As árvores altas e frondosas lançavam sombras suaves em áreas de descanso, oferecendo um alívio bem-vindo do sol radiante.

Arcos ornamentais se erguiam nas entradas principais do jardim, formando portais encantados, que conduziam os visitantes a um mundo quase paralelo. Guirlandas de flores pendiam das árvores e dos postes, criando uma explosão de cores que dançavam ao vento. Bancos de madeira esculpida e pátios sombreados com toldos de tecidos leves serviam de convite para relaxar e apreciar a vista.

No coração do jardim, uma área especialmente designada para a festa estava decorada com mesas elegantes, toalhas rendadas e arranjos florais deslumbrantes. Lá, os convidados podiam desfrutar de um banquete requintado enquanto apreciavam a vista panorâmica iluminada pelos raios dourados do sol poente.

Em um palco montado estrategicamente no canto, uma banda de músicos entretinha os convidados com melodias animadas e dançantes, incentivando todos a se moverem ao ritmo da festa.

As crianças corriam alegremente pelas trilhas, empolgadas com brincadeiras e jogos especialmente preparados para elas. Balões coloridos flutuavam pelo ar, conferindo um ar lúdico à atmosfera.

Contudo, nada dessa magia parecia encantar Amélia, que cruzou os portões do palácio, encontrando as mulheres já sentadas sob a sombra dos toldos e os homens em pé, conversando, segurando seus copos, com um ar amistoso. Amélia pôde perceber que a recepção estava acima de um simples chá da tarde. Apesar da ausência de d. João e dona Carlota, o jardim estava decorado como nas festividades maiores, e muita gente da Corte se espalhava pelo gramado.

Isabel se mantinha ao lado de Maria e Teresa, as irmãs mais velhas, que estavam em posição de anfitriãs, o que indicava que o evento não era uma solenidade, e sim uma trivialidade para os jovens se divertirem com danças, comidas e jogos de salão. Apesar de muitas moças solteiras estarem acompanhadas por pais ou amas, as mais velhas estavam sozinhas. Era um chá da tarde para pessoas ricas, o que dava maior liberdade. Contudo, apesar do ar inocente e casual, uma simples festa vespertina podia esconder um ambiente propício à caça. Bem, não uma caça propriamente dita, mas a busca de um par através de olhares, sorrisos e palavras lisonjeiras. Assim como nos dias de hoje, um evento destinado somente ao lazer das moças e moços era bastante comum.

Amélia caminhou lentamente, cumprimentando as pessoas com as quais cruzava. Não encontrou Pedro logo de cara, talvez estivesse mais adiante ou aguardando para fazer uma entrada triunfal, como gostava. Um serviçal lhe esticou uma bandeja repleta de refrescos e, também, água. O calor estava escaldante, uma bebida gelada era uma ótima opção.

— Qual o tamanho do tédio de alguém para beber água em uma festa?

Amélia reconheceria a brincadeira se viesse de outra boca, mas ver Miguel tentando parecer amistoso era muito estranho.

— Vossa alteza — disse ela, fazendo a reverência habitual.

— Não precisa ser tão formal, já corremos muito por aqui, não é mesmo?

Para Amélia, era difícil incluir Miguel em suas memórias, porque ele nunca ficava muito tempo com ela e Pedro. Lembrava-se de como ele desistia das aventuras, achava a água do lago suja e arrumava um jeito de sair esbravejando, dizendo que contaria à Carlota que os dois o destratavam, embora fosse ele quem costumava chamá-los de selvagens.

— Faz bastante tempo — falou, tentando se esquivar.

— É verdade, faz tempo que sequer conversamos. Pedro costuma te monopolizar.

— Mesmo? Faz tempo que não vejo Pedro também — disfarçou.

— Aceita dar uma volta no jardim? Podemos conversar sobre as expectativas que você tem com as novas funções de seu pai.

Amélia pensou em dizer que preferia ser picada por cem abelhas a passear com Miguel para conversar sobre seu pai, mas tentou encontrar uma desculpa mais gentil. Ainda bem que Ana a alcançou, apressada.

— Amélia, quanto tempo!

— Parece que a família toda tem apreço pela senhorita.

— É recíproco. Com vossa licença.

Amélia se deixou ser arrastada por Ana. Miguel estava diferente, cheio de palavras e olhares. Não era comum ser gentil com ninguém, muito menos com ela.

— Sabe por que seu irmão está tão estranho?

— Qual deles?

— Miguel.

— Ele é estranho.

— Eu sei, Ana, mas normalmente ele é um estranho distante. Mas, hoje, sei lá, está muito próximo.

— Vai ver ele notou que você é do Pedro. Ele adora querer tomar as coisas do nosso irmão mais velho. É quase um esporte.

— Justamente por não ser uma coisa, não pertenço a Pedro.

— Desculpe, Amélia. Não foi o que quis dizer ou em que eu acredito. É como tudo costuma funcionar. Só tentei ser prática.

— Está tudo bem, mas não deve ser isso, Miguel sempre me desprezou, vai ver que é por razão do título e toda a proximidade de meu pai com d. João.

— Pode ser também. Além de inveja, influência e poder costumam mudar comportamentos rapidamente.

Amélia quis rir da astúcia de Ana, mas a garota não parava de falar.

— Você prometeu me ajudar, mas sumiu.

— É complicado.

— Claro que é, mas você prometeu.

— Posso te receber em minha casa, o que acha? Serei discreta.

— Tudo bem, mas tenho que fazer uma nova lista. Pedro cortou quase todos os candidatos. Disse que não passava de um bando de párias.

— Bom pra você, não é mesmo? É bom saber que eliminou péssimos candidatos.

— Sim, provavelmente... mas ele entende muito sobre canalhas, tenho medo de que não reste nenhum homem solteiro que preste.

Dessa vez, Amélia riu, era impossível se conter diante da naturalidade da menina.

— E são mesmo — interrompeu Pedro, que apareceu como se brotasse do chão.

— Claro, são seus amigos, não é mesmo? — Ana provocou.

— Senhorita Amélia — Pedro acenou, solene.

— Vossa alteza — ela correspondeu.

— O que é isso? — estranhou Ana.

— Isso o quê? — Pedro questionou.

— Essa formalidade toda. Quem vê pensa...

— Pode nos dar licença, irmã?

— Estava demorando... — Ana saiu, contrariada.

— Está atrasada.

— Eu nunca me atraso.

— Quase tive que entrar na fila para cumprimentá-la.

— Que exagero.

— Estou dizendo a verdade. Primeiro Miguel, depois Ana e já tinha dois jovens querendo abordá-la, mas eu furei a fila.

— Você é o príncipe, ninguém ousaria reclamar.

— Ossos do ofício.

Eles riram.

— Sabe há quantos dias não nos vemos? — perguntou, ansioso.

— É claro que sim — respondeu Amélia, bebendo, em seguida, um pouco d'água.

— Eu sei até os minutos.

— Tem certeza de que quer falar disso aqui? Agora?

— Só porque está ficando corada? Ora, é só dizer que é por conta do sol — gracejou, satisfeito em ver que sua presença mexia com ela.

— Por favor, estou desacompanhada... Pensei que os eventos aqui fossem mais familiares — brincou.

— Exatamente por isso seu amigo de infância ficará de olho em qualquer abutre que tentar se aproximar de você. Falo sério.

— Quase um irmão mais velho... — Amélia ironizou, controlando a gargalhada.

— É o que pensarão.

— Mas a verdade é...

— Que mesmo em segredo, você é minha — Pedro decretou sensualmente.

Amélia arqueou as sobrancelhas enquanto ele se afastava para cumprimentar outras pessoas que o aguardavam a certa distância. Estava surpresa pelo que tinha ouvido. Achou meio abusado, mandão, mas não podia negar a si mesma que tinha gostado. Imaginar ser dele causava nela um leve tremor nas pernas, um calor forte no peito e secura nos lábios. Bebeu mais um gole d'água e foi procurar uma sombra. De repente, a tarde ficou ainda mais quente.

Olhou em volta e notou que as pessoas se encaminhavam para mesas menores a fim de jogar piquet, um dos jogos de cartas favoritos do momento. Era um bom instante para vasculhar os gabinetes do palácio.

Primeiro parou em frente à mesa do banquete. Comeu algumas frutas, pegou uma taça de cidra e, mesmo não sendo apropriado, bebeu de uma só vez. Depois, fingiu ir ao banheiro, mas logo se embrenhou pela residência. Amélia conhecia cada canto daquele lugar, por isso, não foi difícil entrar. Foi direto para o gabinete que agora era de seu pai, porque não seria tola de invadir o gabinete do rei. Abriu gavetas e escrivaninhas, começou a procurar, só tinha aquele nome estranho em mente, seus olhos passavam rapidamente por tudo procurando Elie, Elie, Elie... Seria uma mulher? Se fosse, não acharia nada em registros de propriedades. Mesmo correndo o mais que podia, havia muito documento aleatório, que ela não conseguia entender. Precisava de mais tempo, mas começou a ouvir passos que vinham do corredor. Com pressa, se escondeu entre um armário e a cortina. Ficou quieta e abaixada, sem conseguir saber quem tinha entrado, mas logo saído.

Amélia esperou um pouco e fugiu em direção à varanda lateral. A festa soava distante: os músicos, as risadas e aplausos para o campeão ao final de alguma partida de piquet. Tentou se recobrar do susto, sua respiração estava desregulada, ainda tinha um papel em suas mãos, que tratou de dobrar e enfiar no corselete junto ao que já estava lá. Nem sabia se aquilo teria alguma serventia, mas não podia voltar ao gabinete ou simplesmente jogar no lixo.

— Senhorita Amélia... — Uma voz lhe chamou atenção.

— Oh... vossa...

— Me chame de Miguel.

Amélia franziu o cenho, não conseguia mais disfarçar o incômodo. Nunca foram próximos ou tiveram liberdade, não seria àquela altura.

— Desculpe, eu já estava voltando para o jardim, só procurei um lugar mais fresco por um instante — falou Amélia, tentando sair, mas Miguel impediu sua passagem.

— Não tenha pressa, posso lhe fazer companhia.

— Não é necessário.

Miguel começou a caminhar na direção dela como uma fera que ronda sua presa. Amélia desejou estar com sua faca na cintura, e não de vestido e sapatos de salto.

— O que está fazendo? — tentou trazê-lo à razão.

— Tentando lhe agradar. Não é de homens assim que você gosta?

Miguel continuou cercando-a até que Amélia bateu as costas em uma parede.

— Afaste-se, porque eu não ligo se você é filho do rei, eu juro que se encostar em mim, eu te mato, seu fedelho. Você é um pirralho, Miguel.

— Nem tanto... Já sei bem do que as mulheres gostam. Vou te mostrar.

— Chega mais perto que eu te mostro o que as mulheres gostam de fazer com patifes como você!

— Como ela é brava. Parece um cavalo selvagem lutando para não ser domado. Mas sabe, Amélia, a força sempre vence. O cavalo sempre acaba com cela e arreios, não importa o quão rebelde tenha sido. — Ele passou a mão em seu rosto, depois no pescoço, até escorregar os dedos entre seus seios.

— Acha que me assusta? Não sabe de quem sou filha? — Amélia tentava se manter firme.

— Sei, mas ele não se importa que Pedro se divirta com você, talvez eu possa também.

Miguel pressionou sua cintura contra a parede e forçou seus lábios contra os dela, mas Amélia o mordeu com tanta força que lhe arrancou sangue. Ele já se preparava para esbofetear seu rosto, mas uma mão o impediu.

— Está louco, seu moleque? — falou Pedro, com a voz grave.

— Ah… Chegou o príncipe. Quer participar da festa? Eu e Amélia só estávamos começando. Ela é um pouco intensa, mas até que eu gosto.

Pedro, sem pensar, socou o rosto do irmão mais novo. Agora, Miguel sorria com os lábios sangrando e um dos olhos feridos.

— Elias vai esquartejar você e eu aplaudirei.

— Você é um covarde mesmo. Não será você que defenderá a honra da… Como é mesmo que você sempre diz? Ah, sim, da pequena Amélia?

— Ninguém precisa defender nada porque minha honra está intacta.

— Não está não. Alguns podem se deixar levar com essa história de amigos de infância, irmandade ou não sei mais o quê, mas eu vi vocês no baile dançando como dois amantes e vejo como se olham. Meu caro irmão parece só te enxergar nua, mesmo cheia de tecidos, e isso já pode ser chamado de desonra, sabia?

Pedro queria voltar a bater em Miguel com tanta força que o faria desmaiar para calar a boca, mas Amélia se colocou entre eles.

— Só me tira daqui — pediu com olhos lacrimejantes. Pedro ainda encarou o irmão, querendo partir a cara dele ao meio, mas Amélia insistiu: — Por favor, me tira daqui!

Pedro pegou sua mão e seguiu em direção à parte interna do palácio.

— Lá vão os pombinhos pecadores! — Miguel gritou satisfeito, mas foi ignorado.

— Você está bem? — Pedro perguntava sem parar.

— Eu não quero ficar aqui…

— Quer que eu te leve para casa?

— Não, de jeito nenhum.

— Então vamos para alguma sala, biblioteca, aposentos… Não sei.

Amélia tremia, tinha o pigmento que havia passado nos lábios todo borrado e o pó em seu rosto estava riscado por uma lágrima que não tinha conseguido segurar.

— Não, claro que não.

— Amélia, se não quer que ninguém saiba o que houve, não pode ficar aqui no meio do *hall* de entrada.

— Então me tira daqui.

Pedro a puxou pela mão novamente, era como se ela tivesse perdido o senso de direção e precisasse ser guiada, foram correndo até o estábulo, queria pegar um dos cavalos e sair de forma que ninguém visse, mas Amélia se sentou nos fenos que, em breve, serviriam de alimento.

— Eu te levo para onde quiser — disse Pedro, abaixando-se de frente para ela e lhe oferecendo um lenço.

Amélia aceitou e passou o lenço em cima dos lábios num impulso de tentar tirar a sensação da boca de Miguel, que parecia ainda estar ali.

— O que deu nele? — sussurrou.

— Não sei... Aquele imbecil...

— Se você não chegasse...

— Mas eu cheguei. Não pense em outra coisa, eu cheguei, como naquele dia que me salvou dos malfeitores. Você me salva, eu te salvo, é um trato.

— É uma pena que a praia seja tão longe e eu não possa cometer loucuras.

— Fiquei confuso.

— Queria poder arrancar essa roupa e nadar nua no mar.

Pedro sorriu e ela correspondeu.

— Talvez, quando for rainha, ganhe o direito a alguns delírios.

— Não fale assim, não diga como se fosse possível.

— Mas é. Não vou abrir mão de você. Eu falei, vou cuidar de você, como deve ser... Eu não estava brincando quando disse que, para mim, em meu coração você já é minha e, pelo visto, também sou seu. Não vou abrir mão de você e nem da Coroa. Está decidido.

— Como?

— Vamos dar um jeito. Eu vou dar um jeito. — Pedro se sentou ao lado dela e continuou.

— Vamos ficar bem, não é mesmo? — Amélia perguntou hesitante.

— É claro que vamos — disse Pedro, tentando distrair Amélia. — Tanto que é bom pensarmos juntos: veja bem, já temos, para registros históricos, minha avó, conhecida como Maria, a louca, depois minha mãe Carlota, a megera de Queluz, e seguindo a sucessão chegaremos a você. Como gostaria de ser lembrada pela posteridade, hein? Está fácil achar alguma coisa boa, suas antecessoras facilitaram.

Ela gargalhou, apesar de o rosto estar ainda molhado de lágrimas.

— Amélia, o amor de Pedro — sugeriu, aceitando a brincadeira.

— O único amor de Pedro. É, soa bem... — concordou. E beijou sua testa.

— Sabe que isso não vai entrar nunca em nenhum livro, né? — disse Amélia rindo, comovida demais para responder à declaração. Não queria tentar dizer nada para retribuir, acreditar era o que ela tinha de mais precioso para oferecer naquele momento.

— Eu mesmo mandarei que escrevam sobre nós.

Inesperadamente, um cansaço imenso se abateu sobre ela. Como se toda adrenalina tivesse dado espaço ao torpor.

— Acho que precisa ir para casa se deitar — Pedro sugeriu.

— É verdade. Vamos, me ajude — Pedro a levantou. — Preciso tirar todo esse feno porque, do jeito que está a minha reputação, vão dizer que rolei nele com você — completou, batendo na barra do vestido.

— Não se aborreça com fofocas, elas nem existem.

— Não estou aborrecida. Só não quero levar fama sem ter aproveitado — disse, piscando sapeca para ele.

Pedro enlaçou sua cintura e encarou seus olhos. Beijou de leve sua testa, seu nariz e seus lábios. Bem devagarinho, como se estivesse com medo de machucar.

— Vou matar Miguel por ter tocado em sua boca, em você. Ele não merece sequer te olhar.

— Ignore, desconfio de que ele tenha feito para atingir você.

— Então, conseguiu.

— Não dê a ele o que ele quer. Seu irmão é mimado, invejoso e ressentido... Deixe que vá chorar no colo de sua mãe como sempre faz.

Pedro a abraçou e Amélia enfiou a cabeça em seu peito. Respirou fundo, aspirando seu cheiro, o mesmo que havia no lenço e em todas as suas lembranças com ele: era amadeirado como sândalo, misturado a um odor leve de especiarias, cravo talvez. Era envolvente e picante.

— Vai ter que mudar esse perfume, ou usar menos — disse Amélia, esticando o nariz até seu pescoço.

— Não gosta?

— Pelo contrário, meu senhor. Gosto tanto que é melhor evitar.

Pedro gargalhou, adorava o lado ousado dela, sempre adorou ver como cavalgava com excelência, como nunca abaixava a cabeça e como jamais teve a menor vergonha de si. Sempre gostou, mas, agora, ver sua ousadia ganhar notas de sensualidade era encantador.

— Estarei atento aos meus estoques.

— Não abuse, você já é bastante tentador, não precisa exagerar. Há muitas moças por aí.

— Desde aquela noite, sou um homem de uma só mulher. Juro.

— O único de toda a Corte — disse, fazendo um muxoxo descrente.

— Você é minha amiga, parceira de enrascadas e sarcasmo. Conheço sua versão dama, abolicionista, briguenta e amante. Eu já tenho muitas mulheres, todas em uma só.

— É verdade. Você é o único que conhece tudo em mim — falou Amélia e, assim que acabou a última sílaba, um susto a alcançou, nunca tinha pensado nisso antes.

— E amo cada uma das suas partes.

Naquele momento heroico, mas também vulnerável, só cabia amor. Não havia espaço para dúvidas, para reflexões sobre o mundo, convenções sociais ou títulos. Eu disse que moços e moças trocando olhares e se entregando à busca do outro não era uma invenção moderna. Ali não cabiam as questões familiares de Amélia ou as obrigações de um sucessor ao reino, era só um jovem rapaz e uma garota apaixonados pela primeira vez e, bem, já conversamos sobre o poder das primeiras vezes. Só não falamos sobre as primeiras vezes que se tornam uma única vez, mas acredito que não preciso me alongar sobre essa questão, eles nos ensinarão.

— Eu também te amo, Pedro. — Era isso.

♥ 16

Que doce companhia
Deveremos fazer-lhes! Ah! Se apresse
O momento que um dia
Tão gostosa união nos tece!
Cheguemos a beijar as mãos sagradas,
Que enchem de glória as imortais Moradas.

"ODE", MARÍLIA DE DIRCEU,
TOMÁS ANTÔNIO GONZAGA

Uma verdadeira orquestra de pássaros cantava na janela de Amélia. Parecia que o sabiá e o sanhaço brigavam para ver quem cantava mais alto, enquanto o bem-te-vi gritava mostrando que ele não abriria mão de seu lugar de destaque. Porque a natureza das coisas é esta: continuar. Não importava tudo o que havia acontecido, o dia não deixaria de amanhecer esperando qualquer ferida cicatrizar, nem os pássaros se calariam esperando por um sorriso.

Por isso, apesar de muito cedo ainda, Amélia já estava acordada repassando os acontecimentos do dia anterior. Gostaria de ter mordido Miguel mais forte, talvez tivesse conseguido arrancar um pedaço daquela boca suja. Felizmente não estava com seu punhal, teria furado seu pescoço com toda a certeza, mas seria um terrível escândalo. Além disso, podia ser um reles, cafajeste e indecoroso, mas era irmão de Pedro, filho do rei e, para piorar, queridinho de Carlota. Uma atitude impensada poderia trazer inúmeros problemas para si e, principalmente, a seu pai, e isso só não seria mais pesaroso do que ter o sangue dele em suas mãos.

Lembrou-se do papel que havia tirado do gabinete, tratava-se de uma escritura de propriedade. A única coisa que chamou atenção foi o tanto de vezes que havia sido comprada pelo palácio. Era estranho vender e, depois de um tempo, comprar de volta e ver isso se repetir por algumas vezes.

Ainda pensava sobre isso e penteava os cabelos quando a governante lhe entregou um bilhete.

— A fuga será hoje à noite. A senhora deverá distrair os capangas de seu pai na hora combinada. Sabe o que fazer?

— Sei, sim — respondeu Amélia, abrindo o bilhete. Leu a palavra "lagoa" escrita em uma caligrafia oficial. — E o que a lagoa tem a ver com isso?

— Esse bilhete veio do palácio, senhorita — a governanta riu, cúmplice.

— Ah… Sim. Agora mesmo?

— Neste exato segundo.

A moça saltou da banqueta de sua penteadeira e rompeu porta afora. Pensou em pedir a carruagem, mas em seu cavalo chegaria mais rápido. Galopou os mais de cinco quilômetros que separavam sua casa da lagoa de Camboatá com o coração aos pulos, e foi assim até a última curva do caminho, antes de se embrenhar na vegetação até alcançar seu destino.

Ao se aproximar, deparou-se com uma vista serena e intocada. A lagoa se estendia em um cenário deslumbrante, cercada por colinas verdes cobertas por uma exuberante vegetação tropical. A água da lagoa, de um azul límpido, refletia o céu aberto e se estendia até onde os olhos podiam ver. Sua margem era marcada por uma faixa natural de areia fina e seixos. Essa área de praia oferecia um lugar tranquilo para a pesca, descanso ou simplesmente contemplação. A lagoa costumava ser um local para piqueniques e encontros sociais, onde famílias e amigos se reuniam para desfrutar da natureza e compartilhar momentos de alegria, mas, talvez por ser muito cedo, estava totalmente vazia, exceto por Pedro e seu cavalo que esperavam na margem.

— Acordou cedo — disse ela, aproximando-se.

Pedro, sem nada falar, a enlaçou e beijou vorazmente. Amélia aceitou seus lábios com alegria e até os peixes pareciam aprovar aquele amor todo. Permitiram-se usufruir daquela liberdade por um momento, ficaram ali sentindo o carinho um do outro, ouvindo os sons da natureza e sentindo a brisa fresca os rodear. Depois, se afastaram lentamente, mas permaneceram próximos, suas testas se tocando, compartilhando um sorriso cheio de significado.

— Vejo que também estava com saudade — Amélia disse baixinho.

— Quase não dormi pensando em você. Não queria ficar longe sabendo tudo o que passou.

— Como você mesmo disse, passou.

— Miguel foi para o Palácio de Santa Cruz.

— Chorar para a mamãe, conforme o previsto.

— Melhor assim, não suportaria cruzar com ele tão cedo.

— Para de falar no Miguel, deixa ele aproveitar os ares litorâneos. Ele não pode incomodar a gente agora.

— Está certa. O que quer fazer? Quer jogar pedrinhas no lago? Aposto que não me vence de novo. Eu estava treinando antes de você chegar.

— Eu sempre te vencerei, Pedro. — Amélia sorriu e o beijou novamente.

— É provável. — Ele riu e se entregou ao beijo.

— Só quero ficar aqui aproveitando esse momento sem drama, sem caos, sem conspirações e deveres. Só nós dois, num lugar que sempre nos aceitou.

— Eu sabia que ia gostar de vir aqui.

— Pena que não dá mais para tomar banho no lago, muita gente vem aqui agora.

— Quem disse? — Pedro se afastou e começou a tirar os sapatos.

— Está louco? Pode chegar alguém a qualquer momento.

— Deixei um guarda no acesso principal, não deve ter visto, porque você tem mania de andar por atalhos estranhos — continuou falando, enquanto arrancava o casaco e a camisa.

— Não acredito que está fazendo isso. Não temos mais sete anos. — Amélia tentava parecer séria.

— Essa é a verdadeira graça, minha querida. — Pedro entrou na água gelada somente de calção. Deu um mergulho e, ao voltar à tona, sorriu para ela.

— Exibido feito um pavão — ela provocou, arrancando uma gargalhada dele.

— Não vou mentir, está gelada, mas talvez você me ajude a mudar isso.

Amélia se sentia aflita e desafiada ao mesmo tempo. Nunca corria de nenhuma aventura que ele propunha. Certa vez, pegaram um barco de pescador sem autorização e navegaram até o meio daquele mesmo imenso lago. Ficaram deitados, ainda pequenos, dentro da embarcação até o anoitecer. Eles queriam ver as estrelas e viram. Depois precisaram fugir, apavorados com a escuridão que havia se formado. Ela devia se lembrar do medo que sentiu ao escutar os animais noturnos espreitando-os, mas só pensava no alívio que sentiram ao chegar na estrada e na beleza daquele céu que pareceu ter sido pintado só para eles. Às vezes, a gente guarda uma versão perfeita porque o que sentimos se sobrepõe ao acontecimento. Ela devia se lembrar da escuridão, das roupas molhadas gelando sua espinha e do barulho de animais selvagens, mas como, se a luz das estrelas, a adrenalina da aventura e o calor de Pedro deitado ao lado dela superavam todo o resto?

Movida por esse espírito que os dois só pareciam ter quando estavam juntos, ela começou a desamarrar o corselete. Derrubou sob seus pés o vestido, arrancou as botas e as meias.

Pisou na água fria e seu corpo inteiro arrepiou. A barra da *chemise* boiou na água e ela mergulhou de uma vez. Alcançou as pernas de Pedro e emergiu colada nele. As palavras pareciam desnecessárias naquela atmosfera sedutora, convidativa e mágica. Eles compartilharam olhares cheios de palavras mudas, mas totalmente compreensíveis, ficaram presos por alguns instantes nos olhos um do outro, olhos que revelavam uma conexão profunda, antiga e sincera. Com um toque de ternura, Pedro levantou o queixo dela com dois dedos, aproximou-se lentamente, sentindo a batida suave do coração de Amélia. Seus lábios finalmente se tocaram, como em uma promessa silenciosa de amor e desejo.

A água estava gelada, mas eles nem percebiam mais, só tinham a pele um para o outro. Amélia entrelaçou as pernas em Pedro e ele a segurou vigorosamente. Ela só conseguia se sentir afortunada, pois estava onde queria, com quem queria, profundamente amada, desejada e feliz. Ele, por sua vez, só queria que o tempo parasse, que o mundo tivesse a decência de parar de girar para que eles pudessem se amar sem pressa. Queria que aquele refúgio encantado estivesse sempre disponível, a qualquer hora e dia, porque corações verdadeiros merecem bater juntos, fortes, no mesmo ritmo. Corações que se encontram e se conectam merecem não se afastar jamais.

— Vamos à Paraty, ao tabelião que seu pai agora administra. Obrigamos a lavrarem um acordo de núpcias em segredo. Voltamos casados, ninguém poderá fazer nada — Pedro sugeriu, ainda grudado nela.

Amélia estava tonta de prazer, não conseguia raciocinar, mas lhe pareceu um bom plano. Afinal, ele seria o futuro rei, tinha sua grande parcela de poder... É, talvez fosse a solução.

— Vamos hoje — sussurrou Pedro, com voz rouca, no ouvido dela.

— Hoje não posso.

— Pode sim.

Amélia diminuiu os beijos e tentou acalmar o frenesi que sentiam.

— É sério. Hoje não...

— Outra fuga? — questionou preocupado.

— Sim, mas é melhor que não saiba de nada.

— Por que não? Quero ajudar. É só me dizer como.

— Está tudo organizado...

A água, de repente, pareceu congelar. Eles se afastaram devagar, saíram e se deitaram na areia, torcendo para o sol secar a peça fina que os cobria.

— Eu quero você inteira na minha vida, mas parece que você só me quer em uma parte da sua. — Pedro olhava para o céu, o sol lhe atingia o peito nu, fazendo todas as gotículas de água brilharem.

— É porque essa parte não envolve só a mim. Não é tão simples quanto parece.

— Mas me preocupa você se arriscando assim.

— Eu já fazia antes de você voltar.

— Mas agora as coisas pioraram, você sabe.

— Exatamente por isso, os planos também mudaram.

— Ah! Como você é teimosa.

— Mas você me ama — murmurou ela, deitando-se sobre ele.

— Deus sabe como amo.

— Então vamos encontrar um jeito de dividirmos essa parte também, mas não hoje. Seria abrupto te incluir, perigoso, e eu não posso arriscar a segurança deles ou a sua.

— E depois?

— Sem segredos até conseguirmos ir a Paraty para um certo casamento — falou, um pouco tímida.

— Enfrentaria seu pai?

— Já faço isso. Você enfrentaria o seu?

— O que ele faria? A linha de sucessão está definida, não pode mudar porque escolhi com quem me casar. Ele não entregaria a coroa de mão beijada a Miguel.

— E a questão da Áustria? — Amélia não queria mencionar, mas não conseguiu evitar.

— Apenas um desconforto diplomático. Enviaremos algum ouro, joias e uma carta solene com um pedido de desculpas. Diremos que, por motivo inevitável e, de força maior, o príncipe se viu obrigado a se casar com o amor de sua vida. Mesmo que não se sintam comovidos, o que acho bem difícil, não vão enviar navios de guerra…

O cérebro estrategista de Amélia começou a levantar inúmeras situações em que aquele plano poderia falhar, mas vê-lo tão apaixonado, confiante e entregue, fez com que ela afastasse qualquer pensamento que fosse contrário ao seu "felizes para sempre". Às vezes, tudo o que a gente precisa é de um salto de fé, e ela se agarrou a essa ideia.

— Preciso que devolva esse papel para o gabinete que meu pai tem usado no palácio. Eu peguei ontem no susto, mas é de uma propriedade de vocês. Não me ajudou em nada.

— Por isso não estava no jardim na hora da festa — concluiu Pedro, pegando o papel e se sentando.

— É, eu estava xeretando… — admitiu.

— O que procurava?

— Esse é o grande problema. Eu não sei o que procuro. Só sei que aquele nome não sai da minha cabeça, tenho impressão de que conheço, mas não sei de onde.

— Então precisa vasculhar o gabinete da sua própria casa. Deve ter sido lá que viu algo. Seu pai levou tudo do nosso palácio, ele devia estar precisando desse documento para alguma coisa, por isso estava lá. Mas nada ficou, ele esvaziou tudo.

— Então ele vai dar falta.

— Com toda certeza.

— Coloque no chão, escondido perto de algum móvel. Faça parecer que caiu.

— Sim, senhora...

— Essa propriedade do documento já foi vendida e comprada algumas vezes. O que será que meu pai quer com ela agora?

— Não faço ideia.

Amélia ficou pensativa, parecia que lhe escapava algo, mas não sabia o quê. Notou que seus cabelos estavam quase secos. Fez um coque, levantou-se e começou a se vestir.

— Mas já?

— Preciso ir, as horas voam quando estou contigo.

— Isso é um bom sinal, não é? — Pedro se levantou também e a abraçou.

— Sim, mas já estou vendo que vou me perder em seus braços e no resto todo até notar que envelheci dez anos.

— Que vida boa terá.

— É, será uma boa vida mesmo. — O beijou demoradamente e seguiu em direção ao seu cavalo.

— Espero que amanhã visite Ana.

— Ana ou você?

— Nós dois. Preciso te ver para saber que passou a noite em segurança.

— Estarei lá.

"Cuidado", pensou Pedro sentindo o coração apertar.

♥ 17

Detém-te, vil humano,
Não espremas cicutas
Para fazer-me dano.
O sumo, que elas dão, é pouco forte;
Procura outras bebidas,
Que apressem mais a morte.

"LIRA XXVIII", MARÍLIA DE DIRCEU,
TOMÁS ANTÔNIO GONZAGA

Seria um presente ou um infortúnio não sermos capazes de prever o futuro? Caso soubéssemos com certeza o que nos espera, talvez ficássemos petrificados de medo, sem ação ou, quem sabe, alguns de nós, mais corajosos, abririam os braços para o destino e aceitariam seja lá o que viesse. Não dá pra saber, mas gosto de imaginar que, de alguma forma, o futuro se apresenta e escolhemos caminhar até ele ou não. Escolhe-se todo dia porque, mesmo sem prever o futuro e inclusive por não se ter certeza de nada, viver é um risco e a gente sabe disso, mas continua vivendo.

Amélia escolhia caminhar em direção ao que acreditava ser seu dever, quase um chamado. Costumava se sentir aflita durante muitas horas do dia em que se envolveria em alguma fuga, mas nunca no exato momento em que as coisas deveriam acontecer. Era engraçado ver seus ânimos acalmando, como se ela passasse de um estado ansioso para alerta. Nada nela transparecia o que estava por vir e era por isso que ela era tão boa e importante nessas missões. Dessa forma, ela desceu com calma as escadas e se encaminhou para acompanhar seu pai no jantar.

O interior da residência de Elias Antônio Lopes era uma demonstração de luxo e ostentação. Móveis de madeira trabalhada e estofados elegantes decoravam os cômodos. Tapeçarias exuberantes, pinturas a óleo e objetos de arte adornavam as paredes, retratando paisagens idílicas, cenas históricas ou retratos da pequena família. As grandes janelas permitiam a entrada de luz natural, enquanto cortinas de tecido fino ofereciam um certo grau de privacidade. Os vitrais embelezavam algumas janelas, adicionando um toque de cor e filtrando a luz de maneira artística.

Repare que eu disse que a casa é de Elias, e não de Amélia. É que a moça não se sentia representada nas escolhas de seu pai. A residência era suntuosa e belíssima, mas a garota imaginava um lugar menos carregado de coisas, de cores mais leves e com um ar menos hostil. No fim, acredito que a falta de afinidade não era em relação às mobílias ou ao estilo arquitetônico, e sim por conta de uma solidão sombria que envolvia os cantos daquela mansão.

Amélia jantou ao lado de seu pai. Tomaram uma sopa de legumes com galinha, e na mesa havia um enorme pão caseiro que Elias devorou quase todo. O silêncio usual reinava absoluto. Amélia gostava de ler em seu quarto ou na varanda após o jantar, às vezes tocava piano, mas naquela noite estava mais preocupada com o que seu pai faria. Normalmente, ele saía para beber, jogar e encontrar mulheres, mas, de vez em quando, cochilava em alguma poltrona. Aquele era o dia que costumava sair, mas nada estava garantido, se estivesse muito cansado, desistiria da empreitada noturna e isso mudaria os planos.

— Se o senhor me der licença, vou ler na varanda.

— Pode ir. Também estou de saída. Não fique do lado de fora até muito tarde.

— Sim, senhor.

Meia hora depois, para o alívio de Amélia, Elias cruzou os portões em sua carruagem. Um infiltrado o faria ficar bem feliz e distraído por algumas horas. Agora, só precisava esperar. Abriu o livro, leu alguns parágrafos enquanto ouvia os insetos se debaterem na lamparina e zunirem irritantemente perto de seu ouvido. Contudo, ainda era cedo, precisava esperar a hora exata.

Quase contou as batidas de seu coração à espera do momento certo. Amélia estava focada e assim que o relógio bateu à meia-noite, ela se levantou e caminhou até a cozinha, abriu a porta e logo em seguida começou a chamar pelo nome dos empregados, correu até os aposentos dos capatazes e anunciou a fuga na senzala.

— Fui pegar um copo d'água e achei ter ouvido alguma coisa, ao sair vi que realmente estava acontecendo uma movimentação estranha. — Todos pareciam confusos, mas Amélia se fez convincente. — Vamos. Não devem estar tão longe assim — ordenou.

— A senhorita pode ficar em casa. Um de nós vai avisar seu pai e eu vou com meu pessoal capturar os fugitivos.

— Nada disso. Quem viu a movimentação fui eu. Não sabem nem em qual direção ele estava indo, ou sabem? — O rapaz permaneceu em silêncio. — Exatamente. Por isso, vocês estão sob as minhas ordens.

Amélia subiu em um cavalo, uma mão na rédea e a outra segurando uma lamparina. Os capangas todos ao lado ou atrás dela. A garota parecia firme, confiante e muito segura, mas não havia sequer um rastro.

— Acho melhor avisar seu pai. Não há nada por aqui.

— Eu sei o que vi. A luz vinha dessa direção. Eles fugiram a pé, é claro que não há uma trilha aberta.

— Mas a senhora não acha melhor nos espalharmos?

— Sim, acho. Vocês dois, por ali. Vocês dois sigam por aqui e vocês três continuem comigo.

O caminho era íngreme, os cavalos sofriam e não conseguiam chegar a lugar algum.

— Essa trilha não pode ser feita a cavalo. Só a pé — concluiu ela.

— Então eles deviam estar aqui. — O capitão do mato parecia desconfiado.

— É claro que estão. Desçam e procurem. Não voltem para casa sem esses pretos se não quiserem que o meu pai acabe com vocês.

— E a senhora?

— Vou atrás do meu pai. Vou contar o que houve, mas direi que já estão à procura.

— Leve um de nós. Não posso permitir que ande sozinha a esta hora por aquelas bandas.

— E você é mesmo quem? — Amélia tentou ser o mais altiva que pôde.

— A pessoa que seu pai vai questionar por ter lhe deixado desprotegida. — Ele não cederia.

— Está bem. Levo ele. — E apontou para qualquer um que não fosse o mais desconfiado.

— Procurem. Eles estão por aqui.

Amélia galopou o mais rápido que conseguiu, mas seus planos não estavam saindo de forma perfeita. Era para ela estar sozinha, assim demoraria muito para chegar até seu pai, mas agora precisava pensar no que fazer. Ao chegar na estrada principal, a situação piorou, encontrou um alvoroço de guardas reais e Pedro estava entre eles.

— O que está acontecendo? — Amélia não conseguiu conter a desagradável surpresa.

— Um dos homens do seu pai foi até o palácio pedir reforço, porque houve uma fuga — Pedro respondeu de forma séria.

— Quem ordenou isso?

— O capitão, dona. Foi ele que mandou um menino até lá. Ordem de senhor Elias — interrompeu um dos homens.

— Meu pai deixou avisado para chamar a Guarda Real caso acontecesse alguma fuga? É isso?

— Isso mesmo.

— Que ótimo! — Amélia quis parecer satisfeita.

Pedro percebeu que os planos de Amélia estavam ruindo. Sentiu a têmpora latejar de preocupação. Precisavam improvisar, mas ele não sabia o que fazer.

— Para onde eles poderiam fugir? Acha que só se embrenharam no mato ou estavam indo para um lugar seguro? — perguntou Pedro aproximando seu cavalo do de Amélia.

— José de Seixas Magalhães — Amélia quase sussurrou.

Todos olharam para ela com ares de dúvida.

— Só pode ser para lá. A direção que pegaram, apesar do acesso ser mais difícil, leva à propriedade dele. Claro que é um caminho difícil, mas o que eles teriam a perder?

— Vamos precisar correr para pegá-los antes que entrem no Quilombo do Camorim. Uma vez lá dentro, ninguém tira — disse o chefe da guarda.

— Então vão. Corram! — ordenou Amélia. — Você também. Pedro pode me acompanhar. — O rapaz acatou contrariado.

— Pensei que fosse uma lenda esse quilombo tão próximo — confessou Pedro, assim que ficaram sozinhos.

— Não é. Seixas é meu aliado. Ele é um empresário poderoso. Tem uma importante loja de malas e sacos de viagem no Centro. É influente...

— Sei quem ele é. Já o encontrei no Paço Imperial. Mas se é real, porque ninguém invade para reaver seus fugitivos?

— Primeiro por medo. As autoridades dizem não saber quantas pessoas vivem lá e poderia haver um motim. Segundo, porque ninguém quer mexer com Seixas.

— Mas agora você os entregou...

— Eu jamais faria isso. Vamos... A gente tem que ir até lá.

— É longe, uma área totalmente rural...

— Ainda bem que é lua cheia, está claro e eu conheço um atalho. Vamos logo, precisamos chegar antes do amanhecer. Se eu não entrar na propriedade e sair garantindo que não estão lá, vão invadir. Aquele capitão do mato não está de brincadeira, vi nos olhos dele.

— Se sairmos agora, chegaremos ao amanhecer.

— Precisamos correr.

— E seu pai?

— Direi que achei mais importante resolver do que perder tempo avisando.

Não disseram mais nada, galopavam como nunca. Passaram pela cidade, avançando por fazendas e atalhos. Amélia não titubeava, seguia firme e veloz. Pedro não conseguia nem ao menos pensar, só seguia o rastro de Amélia. Tinha dificuldades em enxergar, mas parecia que o cavalo havia entendido que não era para perdê-la de vista e ela sabia exatamente aonde estava indo. Pedro entendeu que Seixas era o abrigo seguro para onde ela encaminhava quem conseguia ajudar. Sem dúvidas, não era a primeira vez que ela fazia esse caminho no breu da noite. Não era mesmo.

Horas depois, um primeiro raio de sol apontava no horizonte, mas não era forte o suficiente para clarear o dia. Junto com ele, Pedro e Amélia surgiram na estrada da entrada da fazenda de Seixas.

— Chegamos — falou Amélia, arfando.

Pedro estava cansado, o rosto ardia por conta do vento que tomara por horas, seu corpo estava dolorido, mas ele só conseguia se preocupar com Amélia, que parecia exausta.

— É melhor ficar aqui. Assuntos reais não agradam nosso anfitrião. Ele cumpre sua obrigação com a Coroa, mas acha sua família mercenária e assassina.

— Eu o entendo, mas não vou deixá-la sozinha.

— Está amanhecendo e não quero que me vejam chegando. Eu conheço uma passagem. Por favor, facilite… Só mais dessa vez.

Pedro estava com o coração apertado, um mau presságio parecia estar à espreita. Ele não queria ficar para trás, não podia deixá-la vulnerável ao perigo. Mas Amélia já seguia com seu plano enquanto ele sofria para se convencer de que o novato na situação era ele. Aquele era o mundo dela, Amélia sabia o que estava fazendo. A razão repetia para Pedro que ela já tinha feito isso inúmeras vezes, sabia o caminho de cor, conhecia os perigos e os superava sempre. A razão repetia o sermão, mas o coração ignorava e se espremia cada vez mais dentro do peito dele.

Os segundos pesaram, o sol atrasou, um tiro ecoou e os pássaros debandaram assustados.

Pedro gritou por ela, mas ninguém respondeu.

Os minutos aceleraram, o sol iluminou, o silêncio sentenciou e os pássaros continuavam espantados.

— Améliaaaaa!

Silêncio.

♥ 18

Conheço a ilusão minha;
A violência da mágoa não suporto;
Foge-me a vista e caio,
Não sei se vivo ou morto.
Enternece-se Amor de estrago tanto;
Reclina-me no peito, e com mão terna
Me limpa os olhos do salgado pranto.

"LIRA XIX", MARÍLIA DE DIRCEU,
TOMÁS ANTÔNIO GONZAGA

A percepção do tempo é uma das coisas mais intrigantes da vida. Uma hora sempre será feita de sessenta minutos. Um minuto sempre será feito de sessenta segundos, mas quanto tempo leva um segundo quando temos que decidir se precisamos nos abaixar ou nos defender com as mãos quando um objeto é lançado em nossa direção? Quanto tempo levam os segundos que levamos para evitar que uma criança caia? Acontece tudo tão rápido, de forma tão instintiva... Agora, imagine quanto dura um segundo ao ver alguém perdendo o ar porque se engasgou. Imagine Pedro procurando por Amélia no meio de um mato alto, ao som de cachorros e tiros. Foi uma vida. Durou uma eternidade. Pedro se sentia mais velho quando viu, de longe, alguém caído entre as moitas. Ao chegar mais perto, reconheceu as botas de Amélia. Ele reparou que um dos cadarços estava desamarrado e que sua panturrilha estava toda aparecendo. Ela parecia menor. Ele correu em sua direção e a pegou no colo. Tinha muito sangue em sua roupa e folhas em seu cabelo, e o cavalo não estava mais por perto.

Pedro não sabia se gritava por ajuda ou se permanecia escondido. Sua vista estava turva por conta das lágrimas, a cabeça doía e os pensamentos não conseguiam encontrar uma lógica. O que havia acontecido?

O tempo... O tempo é sempre o mesmo: segundos, minutos, horas... Deveria ser sempre igual, mas não é. Pedro teve a sensação de que a vida tinha corrido demais até chegar neste exato instante. Pensou que todos aqueles anos que dividiu com ela podiam ser resumidos num lampejo de brincadeiras, crescimento e amor. Um lampejo que se transformava em uma eternidade angustiante na qual ela poderia não mais existir.

Alguém se aproximou e Pedro curvou seu corpo sobre o dela como um animal protegendo o ninho do perigo. Seixas se espantou com a cena. Não esperava ver o príncipe ali ao lado de Amélia. Jamais seria capaz de supor encontrar uma cena tão sofrida. Pedro era o retrato da dor. Um quadro difícil de testemunhar.

— Sou José de Seixas Magalhães, só quero ajudar — falou o homem, com uma voz mansa. Tinha a impressão de que, se assustasse Pedro, ele o atacaria. — Vamos levá-la pra dentro. Vamos cuidar dela.

— Eu vou junto. Sei que não gosta de mim, tem seus motivos, mas eu não saio do lado dela. — Pedro tinha a voz rouca, um tom de advertência e expressão dura.

— É claro. Vamos. — Seixas não ousaria colocar nada entre os dois.

Naquele instante, sem ter a menor noção disso, ele testemunhou o amor de Pedro por Amélia. Talvez tenha sido o único a ver aquele sentimento em sua forma mais crua.

Pedro a ergueu com cuidado e seguiu os passos de Seixas. Chegando à casa, deitou-a em uma cama muito limpa e ajudou a tirar suas botas. Logo um homem de pele retinta entrou, acompanhado de duas moças. Moradores do quilombo, com toda certeza. Pediram licença e foram até Amélia. As moças começaram a abrir os botões da camisa, tirar sua saia e limpar seu corpo. O homem a examinou por um instante e sentenciou que o ferimento não tinha saída. Todos pareciam entender, menos Pedro, que só conseguia ver o amor de sua vida em choque e com um buraco abaixo da clavícula que parecia um poço de sangue.

Sem cerimônia, o homem enfiou o dedo no ferimento de Amélia. Logo depois, uma pinça enorme, fazendo a garota remexer involuntariamente. Pedro questionou aquilo, mas sentiu alívio ao vê-la reagindo.

— Segurem-na, por favor. Está escorregadio — ordenou o homem com a pinça. E as moças já obedeciam quando Pedro pediu licença para se aproximar.

— Ei, sou eu. Deve estar doendo, mas você é durona. Aguenta firme. Vai ser rápido — disse, com as mãos sobre o peito e o outro ombro dela, encarando o médico.

— Isso — assentiu e se concentrou.

Amélia parecia inconsciente, mas fazia expressões de dor. Não foi tão rápido, mas, enfim, um pedacinho de metal amassado foi retirado. Muito sangue começou a sair e foi preciso cauterizar o buraco.

Quando o ferro vermelho de tão quente alcançou a ferida, fez-se um chiado arrepiante, um cheiro de queimado subiu, seguido de um grito gutural. Amélia, por um instante, apertou forte um dos punhos de Pedro até desmaiar de vez. Sua mão pesou e caiu sobre o corpo, sua cabeça pendeu para o lado e a boca ficou entreaberta. Pedro fechou os olhos e notou que estava chorando.

Sentado na beira da cama, Pedro era a descrição viva da palavra tristeza. Parecia que tinha perdido não apenas uma batalha, mas toda a guerra. Seixas lhe estendeu uma xícara de café e se sentou em uma poltrona que ficava próxima à janela.

— Olufemi era médico antes de ser sequestrado do Reino do Daomé, no continente africano, e trazido pra cá. Ela foi bem cuidada, pode ter certeza.

— Não sei o que dizer. — Pedro sentia a cabeça oca.

— Não precisa dizer nada. Só quis tranquilizá-lo.

— Não consigo me tranquilizar. Entendo o motivo de vocês fazerem tudo isso, é uma causa justa, necessária, nobre... É horrível toda essa situação, mas eu só consigo pensar que, se ela sobreviver, vou prendê-la no palácio e jamais permitir que corra perigo de novo.

— Então ela morrerá de qualquer forma.

Pedro desabou a cabeça entre as mãos e chorou para valer dessa vez. Seixas apoiou a mão em seu ombro em demonstração de apoio. Ficaram assim por alguns instantes até serem interrompidos.

— Elias está aqui. Não o deixamos entrar, mas ele está ameaçando botar fogo em tudo.

— Falo com ele. — Seixas se levantou.

— Também vou — disse Pedro, enxugando o rosto, tentando se recompor.

A vida pareceria mais certa se os interesses do Estado sempre representassem os interesses de seu povo. Os dois caminharam lado a lado, mas Pedro e Seixas estavam em lados opostos na vida e era por isso que havia fugas, sofrimento e derramamento de sangue.

— Posso saber o que minha filha está fazendo aí dentro? Soube que está ferida. Deixe-me entrar — gritou o Capiroto.

— O senhor pode entrar, mas não desta forma. Acalme-se. Mesmo porque foi um de seus homens que atirou nela — afirmou Seixas, muito tranquilamente.

O semblante de Pedro e de Elias mudaram instantaneamente. Pedro se deu conta de que não sabia realmente o que tinha acontecido. Até aquele momento, isso não era o mais importante; salvá-la era.

— Você está mentindo. Alguém desse seu antro de criminosos deve tê-la visto e atirado.

Pedro sabia que isso não era possível, porque Amélia não era recebida ali como filha do traficante de pessoas, e sim como amiga e aliada. Mas não dava para convencer Elias com esse argumento.

— Cadê seu capitão do mato? — interferiu Seixas.

— Não sei. Talvez morto por aí também.

— Ele estava caçando os fugitivos. Amélia tentou entrar escondida na fazenda pra ver se estavam aqui. Foi confundida com uma escravizada tentando entrar no quilombo e ele atirou. Seu homem atirou nela. Eu vi — determinou Seixas.

Essa era a verdade. Pedro não viu, mas, de alguma forma, conseguiu visualizar a cena perfeitamente.

— Nós atiramos de volta, soltamos os cães pra espantá-lo e conseguimos resgatá-la. Ela foi atendida por um médico e está se recuperando.

— Vou levá-la pra casa. Não acredito em você. E, Pedro, o que está fazendo aqui?

— O senhor alertou a Guarda Real que se houvesse alguma fuga era pra iniciarem uma busca. Vi o alvoroço e os segui. Sua filha queria vir até aqui sozinha pra capturar seu patrimônio, e eu não pude ignorar esse ímpeto dela.

— Vá buscá-la. Vamos levá-la pra cidade, pra um médico de verdade.

— Ela foi muito bem atendida. Está se recuperando, mas é arriscado colocá-la em uma carruagem agora. Poderia ser fatal. — Pedro foi convincente.

— Eu não posso cuidar dela aqui! — Elias praguejou com raiva e certo nojo.

— Mande a governanta e uma pessoa de confiança que possa enviar notícias diariamente para o senhor — sugeriu Pedro.

— Ela será bem tratada. O médico ficará por perto e tem muita gente pra cuidar de sua saúde — assegurou Seixas.

— Vou garantir que seja verdade — falou Pedro, sério.

Elias não se conformava. Seixas era uma pedra em seu caminho. Já havia tentado articular seu fim, mas o velho tinha as costas quentes com os poderosos do comércio. Deixar sua única filha aos cuidados dele era um sacrifício dos maiores. Por outro lado, sabia que um ferimento à bala exigia repouso. Havia risco de hemorragia, infecção e morte, caso acontecesse uma complicação. Era sensato deixá-la, mas era um absurdo não ser ele o responsável por cuidar dela.

— Posso vê-la antes de partir? — Elias amansou o tom.

— É claro.

Amélia estava bastante pálida, mas estava limpa, de cabelos penteados e com uma camisola de algodão. Um lençol cobria suas pernas. Não combinava com ela essa imagem tão vulnerável. Elias não se aproximou demais, não a tocou e nem disse uma palavra. Reparou que o curativo estava bem-feito, que parecia ter algum emplastro sob o tecido branco, e aquilo de alguma forma o confortou. Saiu do quarto sem dizer palavra alguma. Pedro o acompanhou até o portão da fazenda. Aquele mesmo que avistou da estrada, minutos antes de todo aquele caos acontecer.

— Você ficará aqui, não é?

— Não saio de perto dela.

— Vou deixar um guarda meu pra me enviar notícias. A governanta deve chegar ao final do dia.

— Como quiser.

— O que digo ao rei?

— Que fui à serra pra uma farra. É melhor que não saibam onde estou.

— É melhor mesmo. Cuidado, aqui não é seguro. Veja só o que aconteceu — alertou Elias.

— Vou exigir que capturem o seu capitão do mato. Ele pagará por isso. Só sossego quando ele estiver preso. — Pedro mudou de assunto radicalmente. Ele sabia onde estava o perigo de verdade.

— Não sobrará nada pra que seja preso. Com sua licença.

Elias se retirou, e Pedro respirou fundo.

Agora, era esperar.

Agora eram ele, Amélia e o tempo.

♥ 19

Eu tenho um coração maior que o mundo,
Tu, formosa, querida, bem o sabes:
Um coração, e basta,
Onde tu mesma cabes.

"LIRA II", MARÍLIA DE DIRCEU,
TOMÁS ANTÔNIO GONZAGA (ADAPTADO)

Esperar é uma angústia. O ser humano acredita ter sido feito para controlar, executar, resolver. Esperar é aceitar sua impotência diante dos acontecimentos que surgiram sem aviso, e isso, para seres egocêntricos como nós, é uma lição amarga.

Nos primeiros dias, Amélia dormiu. Trocavam o curativo, colocavam panos úmidos em seus lábios e torciam muito para que ela se recuperasse. Pedro assumiu a posição de anjo da guarda: nunca se afastava demais. Saiu do seu lado apenas para se banhar e trocar de roupa. Nem para as refeições comparecia. Sentia que sua presença poderia ter algum poder de cura, como se seu amor pudesse chegar até ela. E é claro que chegava, nenhuma boa intenção passa despercebida.

Naquela manhã, Pedro cochilava na poltrona próxima à janela quando sons de tambores ecoaram ao longe. Antes de abrir os olhos, ficou prestando atenção no ritmo. Era um pouco mais lento do que se lembrava, o canto se repetia como um mantra. Era bonito, mas soava como um lamento.

A porta do quarto se abriu e alguém trouxe uma bandeja com café, broa, pão, queijo e frutas.

— Parece que não tem se alimentado direito. — Era Olufemi, que estava cuidando de Amélia, sempre com olhos bondosos.

— Não tenho apetite.

— É compreensível, mas se continuar assim, quando ela acordar, será sua vez de cair de cama.

— Acha mesmo que ela vai acordar?

— Claro que sim. O ferimento está cicatrizando, ela não tem febre… Está tudo correndo muito bem.

— Então por que ela não acorda?

— Porque a gente não é só corpo. Ela sofreu uma violência e cada um tem seu tempo de recuperação. O espírito dela também está sendo refeito. Dê tempo ao tempo.

— Dar tempo ao tempo… Nunca tinha pensado direito nessa frase. — Pedro quase sorriu.

— Porque a gente não gosta de esperar. A gente quer que seja no nosso tempo. Mas a vida não liga muito pro que a gente quer.

— Eu dou o tanto de tempo que o tempo precisar pra trazer ela exatamente como era.

— Amélia é uma alma gentil e forte. Ficará bem.

— Você a conhece?

— Todo mundo aqui a conhece. Está ouvindo? Estão pedindo por ela.

— Estou sim, mas não entendo.

— *Iya mi ko ni fi mi sile, iya mi ko ni gbagbe mi.* "Minha mãe não me abandonará, minha mãe não me esquecerá." É um pedido para que o orixá de Amélia fique por perto e a salve.

— Não sou bom em orações.

— Tudo bem, nosso silêncio também é prece.

Apesar de ser da "família escolhida por Deus", Pedro não era religioso, mas se sentiu reconfortado.

— Você devia comer e sair um pouco. Respirar ar fresco, tomar um pouco de sol.

— Farei isso quando ela puder ir comigo.

Olufemi sorriu, vencido. Ele sabia que Pedro não arredaria o pé, mas era sua função sugerir atitudes para manter o príncipe saudável.

— Bem, qualquer coisa, pode mandar me chamar.

— Está cuidando dos recém-chegados?
— De quem?
— A fuga… eles não vieram para cá?
— Ah… não. O destino nunca foi aqui, mas isso não cabe a mim te contar.

Pedro ficou pensativo enquanto via Olufemi deixar o quarto. Qual teria sido o plano afinal?

Saberia depois, mas, agora, tomaria café da manhã, abriria as cortinas e se manteria otimista. Quem sabe se Amélia ia ter vontade de acordar para aproveitar aquele dia tão bonito?

As cores do crepúsculo já tomavam o céu quando Pedro se deitou ao lado dela. Estava com dor nas costas e torcicolo, de tanto ficar na poltrona. A cama era grande, mas Amélia estava bem no meio, por isso, ele se espremeu para não incomodar. Esticou as pernas devagar e sentiu alívio. Olhou para o lado e quis fingir que ela estava só dormindo, que ele dividia a cama com ela todas as noites e que podia observá-la enquanto o sono não chegava. Ficou admirando o perfil dela. Os cílios compridos, a boca grossa, os cabelos cheios esparramados pela cama. Nossa, como era linda!

A única mulher que ele amou na vida repousava em um estado de sono profundo e misterioso. As cortinas rendadas filtravam a luz do sol poente, criando um ambiente etéreo ao redor deles. Ele olhava para Amélia, seu coração pesado, triste e ansioso, desejando que ela acordasse, que seus olhos encontrassem os dele novamente.

À medida que a noite caía lá fora, Pedro sentia o peso da solidão e da incerteza. Fechou os olhos por um momento, buscando forças em seu amor por Amélia. De repente, um sopro suave tocou seu rosto. Ele abriu os olhos e viu um vislumbre de Amélia diante dele. Ela estava envolta em um vestido branco e fluído, parecendo radiante e repleta de vida. Seu sorriso era como um raio de sol. Pedro ficou sem palavras, imerso na presença dela. Amélia se aproximou dele, seus passos tão próprios, os quadris balançando como uma dança que só ela parecia saber fazer. Estendeu-lhe a mão e ele a pegou, sentindo a familiaridade daquele toque. Sem dizer uma única palavra, eles começaram a dançar lentamente no quarto, como se estivessem flutuando. A música suave e melódica parecia emanar do coração dos dois, preenchendo o espaço com um amor profundo e inexprimível.

Enquanto dançavam, seus olhos se encontraram e, naquele momento, todas as preocupações e temores desapareceram. Eram apenas Pedro e Amélia, perdidos em um sonho romântico. O tempo não tinha significado.

— Eu te achei — disse ele, sorrindo.

— Estava por aí — sussurrou ela, encostando a bochecha em seu peito.

— Eu te espero.

Então, tão suave como tinha começado, o sonho pareceu desvanecer. Amélia sorriu uma última vez para ele, com os olhos cheios de amor, antes de se afastar lentamente até desaparecer.

Pedro acordou no quarto silencioso e deixou os olhos se ajustando à escuridão. Ele sabia que tinha sido apenas um sonho, mas sentiu o calor do amor de Amélia dentro dele. Com o coração cheio de esperança, olhou novamente para a mulher que repousava na cama, confiante de que ela acordaria e seu sonho se tornaria realidade.

Não foi no dia seguinte, nem no outro. Elias tinha vindo duas vezes para vê-la com os próprios olhos, já que recebia notícias diariamente. Novamente, não se aproximou nem a tocou. Apenas a olhava de longe, avaliando sua aparência brevemente: mais corada, está abatida, emagreceu… Quis levá-la embora, mas ninguém deixou. Parecia que uma bomba explodiria a qualquer momento. O quilombo se sentia exposto com a presença dele, Seixas o odiava, Elias botaria fogo em tudo se pudesse… A situação parecia insustentável.

— E se a levássemos para o palácio? Olufemi poderia cuidar dela lá.

— Ele é um fugitivo. Seria preso e devolvido. Seu pai não faria nada para impedir.

— Outro médico pode cuidar dela.

— Pode sim. O que me preocupa é o caminho. É uma viagem difícil. Ela não se alimenta há muito tempo. Está fraca.

— Que diabos! — Pedro passou a mão pelos cabelos. — Elias não pode ficar vindo aqui. É arriscado para vocês, é arriscado para ela. Se ele descobre…

— Quem descobre o quê? — questionou a voz fraca de Amélia.

Pedro se virou de uma vez e se ajoelhou ao lado da cama. Quis tocá-la, mas parecia ter medo de machucar. Enfim, pegou sua mão com muita delicadeza e levou até seus lábios.

— O que foi que perdi? Estou atrasada? — Ela riu, passando a mão por seus cabelos.

— Você nunca se atrasa — disse ele, aumentando o sorriso dela.

— Vou chamar Olufemi — avisou Seixas, saindo.

— O que aconteceu? Minha garganta está seca.

— Espere um pouquinho, o médico virá cuidar de você. Vai ficar tudo bem.

— Ajude-me a sentar.

— Espere o médico, por favor.

— O que foi?

— Você levou um tiro e acho que bateu a cabeça também, não sei... Está há dias dormindo.

— Dias? Não consigo me lembrar direito, mas me sinto bem. Um pouco fraca, dolorida, mas bem.

— Então vamos esperar pra ver se pode sentar, beber água, certo?

— Ei... estou bem. — Amélia apertou os dedos de Pedro e fez a expressão mais firme que conseguiu.

— Então eu também estou.

Amélia pôde se sentar, beber água, tomar uma canja e pegar um ar na janela. Ainda era cedo para levantar da cama, mas Pedro a carregou até a poltrona. Ele se sentia grato por observá-la apreciando a vista. Estava serena, bonita e de camisola branca; muito parecida com o sonho que teve. Por um segundo, pensou mesmo que a ajudou a encontrar o caminho de volta, que talvez o espírito dele tenha ido à sua procura e a conduzido. Era um pensamento ingênuo, mas gostou dele mesmo assim. A vida é um bocado inexplicável, quem ousaria afirmar com toda certeza de que não foi assim? Dizem que o que está na nossa mente é real, imagine o que está no coração.

Amélia escreveu uma carta de próprio punho para o pai:

Querido papai,

Estou bem. Começo assim, pois sei que essa é a sua maior preocupação. Estou me recuperando, o ferimento quase não dói. No entanto, ainda me sinto fraca por conta dos dias que permaneci acamada. Antes que pergunte, sim, estou me alimentando bem, tomando sol e recuperando minha energia. Amanhã quero tentar dar uma volta no jardim. Apesar de fraca, sinto que preciso me esforçar. Mas fique tranquilo, farei somente aquilo que o médico indicar.

Todos são gentis e atenciosos, nada tem me faltado, tenha certeza disso. Continuarei mandando notícias sobre minha evolução.

Por favor, papai, seja paciente. Sei que gostaria de me ver e, mais ainda, de me levar para casa. Saiba que também sinto saudades, mas preciso de mais uns dias, e é importante que não venha.

É preciso entender que esta gente tem feito muito por mim, muito por nós dois. Precisamos retribuir não os constrangendo além da conta. Já estão lidando comigo, não precisam lidar também com o senhor. Entende?

Até breve,
Amélia

— Eu gosto de admirar você escrevendo — disse Pedro, ao vê-la colocando o ponto final.

— Gosta, é?

— Você fica séria e movimenta os lábios, murmurando as palavras que está usando.

— E o que mais você gosta, hein?

— Ah… Pequena Amélia, gosto de você viva. — Eles gargalharam e Pedro lhe roubou um beijo.

— Vai ficar esses dias aqui comigo?

— É claro que vou. Você não vai se livrar de mim.

— Promete? — Havia certa ansiedade nela.

— É claro, Amélia. Eu fico.

♥ 20

Aqui vejo, descorados,
Os terníssimos amantes
Entre as cadeias gemerem;
Vejo nas piras arderem
As entranhas palpitantes.

"LIRA I", MARÍLIA DE DIRCEU,
TOMÁS ANTÔNIO GONZAGA

Aqueles dias sempre seriam lembrados como perfeitos. Todo o período que passaram na fazenda de Seixas logo após ela acordar serviria de modelo para a vida que Amélia e Pedro almejavam.

Eles acordavam cedo, tomavam café juntos e caminhavam sob o sol da manhã. Jogavam cartas, almoçavam e liam. Amélia havia encontrado um exemplar de *Marília de Dirceu*, do poeta Tomás Antônio Gonzaga, e lia algumas liras em voz alta durante a tarde, embora Pedro sempre a interrompesse com comentários sarcásticos sobre as declarações cheias de angústia de Dirceu.

— Como é que ela consegue gostar tanto dele? Ele é um chato.

— Assim como eu consigo gostar de você.

— Mas eu sou divertido, charmoso, bom dançarino… É fácil gostar de mim.

— E bastante humilde também — arrematou Amélia, sorrindo. — Na verdade, tudo o que a gente sabe é do amor dele por ela e da vida que imagina que poderiam ter se ficassem juntos — conclui.

Pedro se sentou ao lado de Amélia, aproximou-se de seu rosto e acariciou suas bochechas.

— Dá pra entender: a amada, a natureza, uma vida simples sustentada pelo amor. É essa vida que quero também — afirmou.

— Difícil não querer uma vida como essa.

— Assim que você se recuperar, vamos à Paraty.

— Será que conseguiremos? Meu pai vai ficar em cima de mim assim que voltarmos. Pressinto dias difíceis.

— Você se arriscou pra valer desta vez.

— Não era pra ter sido como foi. Meu pai estava se precavendo… Subestimei o velho Elias. Esse foi meu erro.

— Por que o plano deu errado?

— Na verdade não deu. Salvamos mais de cinquenta pessoas. Estão no mar agora, rumo a Saint-Domingue, onde receberão ajuda pra recomeçar — explicou, sorrindo satisfeita.

— Então, trazê-los para cá nunca foi o plano?

— Não, as rotas que costumávamos usar estavam em risco. Eles foram levados a uma embarcação. Vir pra cá foi improviso. Sabia que eles acreditariam, porque todos sabem que os rumores sobre Seixas abrigar fugitivos são reais, mas fingem ser apenas rumores.

— Você sabia que não invadiriam a fazenda atrás deles.

— Sim, foi uma boa ideia.

— Nem tanto.

— Foi sim. Deu certo. É o que importa.

Pedro pareceu aborrecido e não disse nada.

— Fale! Diga o que está pensando. Se você acha que tem algo que não possa compartilhar comigo, está enganado.

— Não gostei do que pensei.

— Entendo. Mas você precisa saber que eu não vou parar até isso acabar. Não suponha que tudo o que aconteceu vai me impedir de continuar.

— Vou acabar com isso. Um dia, eu serei o rei, e, quando isso acontecer, nunca mais um navio negreiro aportará no Brasil.

— Promete que fará todo o possível?

— Você estará comigo.

— Mesmo que eu não esteja… Promete?

— Mesmo que não esteja, estará.
— Promete?
— Você sabe que sim.

Pedro deu um beijo suave em Amélia e ela aceitou seus lábios macios com carinho. O que os dois viviam juntos destoava do que acontecia no restante do mundo. Apesar das guerras, das misérias e daquele tempo repleto de medo, o amor ainda era capaz de florescer. Entenda, apesar das tragédias, do caos e do mal que nos rodeia, o amor sempre florescerá porque nós precisamos. Não suportaríamos o caos da vida sem amor.

— Está quente aqui, não quer ir pra dentro? Precisa beber água.
— Quero que me leve para o quarto — pediu Amélia, olhando intensamente para ele.
— É claro que levo. Você deve estar cansada... — Pedro disfarçou.
— Não estou cansada. — Ela mantinha os olhos nele, encarando seu rosto como se quisesse devorar cada pedacinho dele.
— É cedo... Você ainda está frágil.
— Está achando que não te aguento? — provocou.
— Como é? — Pedro riu gostosamente.
— Minha carta não ajudou muito, meu pai ordenou que eu retorne para casa. Talvez só tenha mais essa noite.
— Ainda é de tarde. — Pedro beijou sua mão e seus lábios pareciam arder na pele dela.
— Pedro... O que está havendo?
— Todo mundo aqui me odeia, com razão. Não quero ser expulso. Fiquei esses dias no quarto, mas dormi na poltrona e com a porta aberta. Bem respeitoso... Ninguém sabe que nós já...
— Entendi, mas Seixas sabe sobre nós.
— Sabe o quê?
— Quando você foi pra Europa, muita coisa aconteceu. A primeira mulher que ajudei a fugir me fez perceber que eu podia fazer alguma coisa, mas que sozinha seria muito difícil.
— Imagino. — Pedro se entristeceu ao perceber que, enquanto ele usufruía de seus privilégios na Europa, Amélia tentava se ajustar à nova vida sem ele.

— Seixas estava em um evento no teatro, um balé, e eu ouvi duas mulheres dizendo que ele escondia fugitivos, que dava abrigo, e que sua fazenda estava se transformando em um quilombo.

— Elas deviam estar indignadas.

— Enojadas com toda certeza. Mas, para mim, foi um presente. Enviei um bilhete solicitando uma reunião, e ele me atendeu. No começo, parecia bem desconfiado, por isso precisei ser bem honesta e contei sobre a minha mãe e também sobre Leana, a mulher que eu havia ajudado a escapar.

— E vocês viraram amigos.

— É, viramos sim. A esposa dele estava bem doente na época, mas foi uma boa amiga também. Ela foi a primeira a perguntar sobre você, sobre a gente ser tão próximo e estar distante no momento.

— E você tem vindo aqui conversar sobre nós desde então.

— Não… Na verdade, faz bastante tempo que não venho para uma visita, só na calada da noite, trazendo gente para viver aqui.

— Então, não entendo. Como é possível ele saber sobre nós?

— Você não entende mesmo, né? — Amélia baixou os olhos e corou de leve. — Eu sempre te amei. Desde antes… Mesmo sem saber que era amor, ainda assim, já amava você.

Pedro tocou o queixo dela e ergueu seu rosto levemente. Os olhos de Amélia estavam marejados. Ele a compreendeu porque sabia que o amor não se anunciava antes de chegar. Não pedia licença ou dava explicações. Compreendeu porque, ao notar que a amava, também descobriu que tinha sido sempre assim. O amor acontece e depois se faz notar, e não o contrário.

— Na verdade, todo mundo que me conhece sempre soube do meu amor por você, mesmo que eu negasse com muita veemência, inclusive pra mim mesma — completou Amélia, um pouco tímida.

— Que saibam do meu amor também, porque eu jamais negarei. — E a beijou. — Temos até amanhã, não é mesmo?

— Sim.

— Então, vamos nos casar hoje.

— Está louco? Não dá. Paraty é muito longe.

Pedro tirou do mindinho o anel da Herança Real, uma joia de grande significado histórico e sentimental, ofertada por d. João VI quando o filho partiu para a Europa. O aro era de ouro maciço, simbolizando a força da Monarquia, esculpido com delicados padrões florais que representavam a beleza da terra brasileira.

No coração do anel, estava cravado um topázio, com sua tonalidade dourada e reflexos âmbar como homenagem às riquezas do Brasil. Sobre a pedra, uma pequena esmeralda estava cravada em forma de coroa, simbolizando a futura coroação de d. Pedro.

O anel da Herança Real tinha um significado profundo para d. João VI e Pedro. Era um símbolo de confiança, de passagem de poder e responsabilidade de pai para filho. Pedro quis dá-lo à Amélia porque queria assumir esse dever ao lado dela. Desejava que estivessem juntos quando fosse coroado, e, assim como tinha um compromisso com a Coroa, queria um compromisso com ela.

— Amélia, eu, diante de Deus a recebo como minha esposa. Prometo honrar, respeitar, cuidar de você e dos nossos filhos todos os dias, e amá-la de todas as formas que você puder imaginar.

— Você está se casando comigo na varanda do Seixas? — debochou Amélia.

— Aceite, senão não terá sua noite de núpcias — devolveu.

— Aceitei quando tinha uns sete anos e você amarrou aquele raminho nos meus dedos.

— Minha princesa. — Pedro colocou a joia no dedo anelar dela repetindo as mesmas exatas palavras.

— Você se lembra.

— De cada detalhe.

Amélia o beijou com intensidade. Seu coração aceitou aquele juramento como se estivesse lavrado em pedra. Pedro estava fortalecido e confiante, imaginou sua vida com ela, os feitos, os filhos, os dias no Gabinete Real e as noites dividindo o quarto. Iriam cuidar do reino e um do outro. Ele a amaria quando seus cabelos embranquecessem, amaria quando seu rosto e corpo mudassem, amaria até depois da morte.

— Agora vamos à noite de núpcias — convidou Amélia, entre beijos.

— Ainda é de tarde. — Pedro mordeu de leve seu lábio inferior.
— Eu fecho as cortinas.

No quarto, Amélia cumpriu a promessa. Fechou todas as cortinas e deixou o quarto na penumbra. Trancou a porta e caminhou, sorrindo, na direção de Pedro, que parecia admirar cada passo seu.

— Pronto, agora estamos invisíveis para o mundo — sussurrou.
— É pra falar baixinho?
— Se quisermos continuar despercebidos…
— E se eu fizer assim? — Pedro começou a acariciá-la, falando em seu ouvido.
— Eu me controlo — respondeu ela, apertando sua nuca.
— Vamos ver até quando.

A beleza de duas pessoas se amando não devia ser censurada. Amor também é físico, é pele, desejo e toque. Amor deve ser uma estrada repleta de delícias. A gente aceita o fardo da vida, as dificuldades, o peso, por que não abrir os braços para receber os sorrisos, os olhares, o afeto e todo o corpo do outro?

Amélia deu alguns passos para trás e começou a se despir, Pedro sentou na beira da cama e a encarou, embevecido. Sentiu-se um homem afortunado. Não sabia o motivo de merecer tamanha felicidade, mas agradeceu mentalmente por estar tão apaixonado por aquela mulher. Amélia, nua, aproximou-se lentamente, acariciou o rosto dele, até deslizar os dedos por entre as vastas mechas dos seus cabelos. Os lábios quase se tocando. Ela desabotoou a camisa dele e não parou de despi-lo até tirar a última peça que o cobria. O desejo cresceu entre os dois, como um incêndio sem controle, que se alastra queimando cada vez mais forte. Pedro inclinou a cabeça e seus lábios finalmente encontraram os de Amélia em um beijo apaixonado e cheio de calor.

Suas mãos exploravam suavemente os contornos um do outro, traçando caminhos de prazer. Amélia deslizou no corpo de Pedro, enquanto ele acariciava sua cintura, sentindo a suavidade da sua pele.

Continuaram abraçados, experimentando novas sensações, vasculhando um ao outro com ardor. Pedro já não suportava tanto querer, por isso, jogou-a na cama e beijou cada centímetro de Amélia, incluindo a cicatriz ainda vermelha, que agora se juntava aos ralados dos joelhos que ele também já conhecia. Amava estar com ela, amava saber tudo sobre ela. Era como ter certo domínio. E ele adorava saber que existiam coisas sobre Amélia que só pertenciam a ele. A garota independente, sem amarras e durona feito o inferno só se derretia sob os olhos dele, sob o corpo dele. Ela o queria e pedia por mais, pedia que durasse a eternidade. E ele estava disposto a satisfazê-la sempre e mais e mais e mais... Até chegarem ao fim, só para começarem tudo de novo.

A tarde se desenrolou lentamente, cheia de carícias, gemidos e intimidade, enquanto Amélia e Pedro se entregavam ao amor que compartilhavam. A noite trouxe o silêncio, o repouso sereno e confortável. Adormeceram escutando os grilos, mas Amélia despertou sentindo a boca seca. Então, vestiu-se e foi até a cozinha buscar água. Cruzou o casarão de pés descalços e foi com surpresa que encontrou Seixas sentado em volta da mesa, conversando com uma senhora.

— Precisa de alguma coisa, querida? — perguntou Seixas.

— Não se incomode, vim buscar água, mas eu mesma pego. — Amélia pegou a moringa e encheu a jarra que havia trazido do quarto. — Desculpe, mas acho que conheço a senhora.

— Conhece sim. — A senhora riu de um jeito bonito. — Eu estava em um dos grupos que você ajudou.

— Ah... sim. Fico feliz em vê-la tão bem.

— Eu também estou satisfeita em vê-la feliz. Sua mãe amaria saber disso.

— Conheceu minha mãe? — Amélia se sentou, interessada.

— Brevemente. Quando você nasceu, ela foi para a mesma casa em que eu estava. Ela amamentava o sinhozinho.

— Então é verdade essa história?

— Queria que não fosse, mas é. Quis contar quando fugimos, mas tudo foi tão rápido.

— Eu entendo... Obrigada por contar agora. Você sabe como ela se chamava?

— Não. Ela trabalhava dentro da casa, eu não. Só a via de longe, mas as histórias corriam. Todo mundo na senzala sabia que aquela era a mãe da filha de Elias, mas ninguém podia se aproximar. Chamavam ela de Nena, mas o nome mesmo não sei. Tem mais uma coisa.

— O quê?

— Quando ela foi embora, foi seu pai que a levou.

— Meu pai?

— É… Não sei o que ele fez, mas nunca mais a vi.

— Estranho, me disseram que ela havia sido vendida de novo.

— Talvez tenha sido. Não sei dizer — concluiu a senhora.

— Seu pai é um homem muito frio. Ele não age por impulso, nem deixa pontas soltas — Seixas acrescentou.

— Não deixaria o destino dela nas mãos de outro.

— De jeito nenhum.

— Será que ele a matou? — Amélia já havia pensado nisso, mas nunca falou tão abertamente. A afirmação lhe causou enjoos.

— Talvez, mas acho que não. Elias não desperdiça pretos — comentou Seixas, com desprezo.

Amélia suspirou, aquela frase lhe embrulhou o estômago.

— Sabe quem poderia ter mais informações? Me ajudar a tentar entender o que aconteceu? — insistiu.

— Queria poder dizer que sim, mas a verdade é que ninguém gosta muito de se meter com seu pai — explicou a senhora.

— Esse período é bastante nebuloso, Amélia, mas, se eu souber ou descobrir mais alguma coisa, é claro que contarei — afirmou Seixas, convicto.

— Obrigada.

Amélia desejou boa noite e voltou para o quarto. Ao entrar, Pedro notou seu semblante preocupado.

— Está tudo bem?

— Não. Nunca está totalmente bem.

— O que houve? — questionou, sentando na cama.

— Uma mulher me contou que conheceu minha mãe. Elas estavam na mesma casa. Disse que minha mãe cuidava do bebê.

— Então, procede aquela história que seu pai a vendeu assim que você nasceu.

— Parece que sim, mas ela disse que meu pai a buscou um dia e que, depois disso, ela nunca mais foi vista.

— Que estranho...

— É, mas nada do que descubro me leva a algum lugar. — Amélia repousou a jarra em uma mesa e se sentou na beirada da cama.

— De repente, falta uma peça, e, quando você a encontrar, todas as outras vão se encaixar.

— Tomara... Mas, às vezes, tenho a impressão de que, se meu pai não quiser que a encontrem, ela jamais será encontrada.

— Tem razão, mas você sabe como a cabeça dele funciona. Ele pode ser esperto pra enganar qualquer um, menos você, Amélia.

— Por que a vida não pode ser feita apenas de caminhadas ao ar livre, leituras e a gente se amando a tarde toda? — disse ela se recostando no peito dele.

— Porque não chamaria vida, chamaria paraíso. — Ele sorriu, acariciando os seus cabelos.

Por que a vida não pode ser uma sucessão de bons momentos?

Por que aqueles dias na fazenda tinham que acabar?

♥ 21

Amor, que seus passos
Ligeiro movia
Por mil embaraços,
Que um bosque tecia

"LIRA VI", MARÍLIA DE DIRCEU,
TOMÁS ANTÔNIO GONZAGA

O fim pode se camuflar de muitas formas. A ininterrupção dos dias dá a ilusão de continuidade, mas a verdade é que tudo o que começa, acaba. O dia, a noite, uma refeição, uma conversa… Passamos por ciclos de começos e términos o tempo todo sem nos darmos conta. Não notamos, porque o que diferencia esses pequenos acontecimentos dos grandiosos não é o fato em si, mas a possibilidade de que se repitam. Certamente, o faminto lamentará a ausência da comida, enquanto outro que tem jantar posto não se importará. Acreditar ter mais um dia à sua disposição faz você desejar a noite. A incerteza aumenta o valor de tudo e o fim sem esperança é bem mais difícil de digerir.

Os dias na fazenda acabaram, como previsto, trazendo as dúvidas que tanto afligiam Amélia e Pedro. Contudo, não dava para adiar ou fingir que podiam empurrar aquela despedida para depois. Por mais que não quisessem, precisavam dar adeus aos dias que puderam compartilhar tão profundamente.

Elias não precisou mandar buscar Amélia. Ela e Pedro acordaram cedo, decididos a voltar para suas casas e para toda a realidade que os esperava. Não dava mais para adiar o inevitável. Por mais tentador que fosse permanecer escondido de tudo aquilo que insistia em ficar entre eles, era hora de voltar.

Antes da partida, Seixas chamou Amélia e Pedro em seu gabinete. Fechou a porta e pediu para que se sentassem.

— Ontem, depois que conversamos na cozinha, comecei a vasculhar tudo o que tenho sobre seu pai. Você sabe que ele é a maior pedra do meu sapato.

Amélia sorriu um sorriso amargo, o que parece contraditório, mas não é. A gente sabe educar nossas reações, mas não nossos sentimentos.

— Ele não deixa muitos rastros, é tudo muito correto, apesar de imoral.

— Lei e justiça não são sinônimos — observou Amélia.

— Exatamente, ele faz tudo dentro da lei, pelo menos é o que parece. No entanto, há uma transação de uma propriedade que era dele e foi vendida para a Coroa, depois comprada por preço de banana e vendida de volta à Coroa, o que me faz supor que Elias está usando essas transações pra tirar dinheiro sem ser notado.

— Bem óbvio, na verdade. A parte intrigante é o motivo de Elias precisar fazer algo do tipo. Ele tem um toma-lá-dá-cá escancarado com o palácio. Por que ele precisaria armar um esquema com uma propriedade para justificar tirar dinheiro da Coroa? Ele oferece muito mais do que essa quantia — comentou Pedro.

— Eu vi esse documento e não me chamou atenção justamente por isso — completou Amélia.

— No meu caso, exatamente por isso é que me chamou atenção. Pense bem: por que ele se preocuparia em justificar uma retirada de dinheiro? Elias não se justifica, não se dá esse trabalho.

— Será que tem a ver com minha mãe?

— Não sei, mas a propriedade fica um pouco distante, mandei duas pessoas até lá. Gente da minha confiança. Daqui a uns dias, teremos notícias.

— Obrigada, Seixas.

— Imagine. Sabe que nunca fiz mais porque realmente não há vestígios sobre sua mãe.

— Eu sei, sim.

Eles se levantaram e seguiram até o pátio onde as carruagens os esperavam. A governanta já aguardava em frente a uma delas, enquanto guardas reais esperavam perto da outra. Amélia foi se despedir abraçando uma porção de gente, enquanto Pedro agradecia a Seixas.

— Obrigada por tudo o que você fez, principalmente por permitir que eu ficasse.

— Fiz por Amélia.

— Sinto muito que olhe para mim e só enxergue o brasão.

— Veja, Pedro, você é um bom garoto, mas nasceu em uma dinastia e isso é a sua maldição.

— Mas eu posso fazer diferente.

— Pode? Acha mesmo que quem tem a coroa na cabeça governa sozinho? Ah… Pedro… Você nem imagina o que lhe aguarda. Boa sorte.

Seixas estendeu a mão e Pedro a apertou com firmeza. Ele não sabia mesmo, justamente por ter passado muito tempo evitando pensar sobre o assunto. A juventude era quase uma proteção, como se a gente precisasse ser imediatista, arrogante e um pouco inconsequente para experimentar a vida sem reservas. No fundo, a gente sabe as responsabilidades que a vida adulta trará, mas ignorar tudo isso por um tempo é quase uma benção.

Depois de despedidas e agradecimentos, Seixas e Olufemi viram os dois se afastarem como uma miragem se dispersando no deserto.

— O que será que vai acontecer com esses dois? — divagou Olufemi.

— Gostaria que tivessem o direito de continuar felizes juntos.

— É, mas não sei se será possível.

— Ninguém sabe, mas o amor é uma força poderosa, meu amigo. Não duvide nunca disso.

— Tem razão.

Pedro sugeriu que Amélia seguisse viagem com ele em sua carruagem, em um ritmo mais vagaroso, confortável e seguro para ela, enquanto a governanta seguiria na frente na carruagem de Elias, e assim o fizeram. Na estrada, Pedro parecia aflito com as últimas palavras de Seixas, parecia que o senhor havia espetado um espinho em sua garganta.

— Podemos fazer um pequeno desvio? — disse, de supetão.
— Desvio?
— A casa de Chalaça fica na cidade. Somente algumas ruas fora do caminho.
— O que é tão importante?
— Chalaça conhece todo mundo. É um diplomata discreto. Presta favores pra muita gente. Ele pode descobrir algo.
— Chalaça é boêmio, falastrão. E como pode ser chamado de discreto usando aquelas roupas?

Pedro gargalhou. Seu amigo era, de fato, um pouco excêntrico.

— É verdade. Mas, acredite, é confiável.
— Está bem. Mas não gosto muito dele perto de você.
— Está com ciúme de um amigo?
— A questão é você gostar muito de estar na companhia dele em lugares bem duvidosos.
— Gostava, é verdade.
— E admite! Que bonito!
— No passado. Gostava no passado.
— E ele está sempre a postos para te mostrar como a vida pode ser deliciosa.
— Ei... Pare com isso, minha vida tem sido bastante deliciosa.
— Sabe que os casais se cansam um do outro, né?
— Só se você se cansar de mim. Afinal, dizem que as mulheres começam a ter muitas dores de cabeça no casamento com o passar dos anos.
— Só não gostam de receber os maridos, mulheres que não são bem atendidas.
— O que seria isso, minha senhora?
— Homens costumam ser egoístas em diversos aspectos, inclusive em assuntos privados.
— Não eu.
— É... não você.
— Está com aquela cara.
— Que cara?
— De que me quer.

— Não estou não. Larga de ser convencido.

— Você se lembrou do quanto sou generoso; nada, nem um pouquinho egoísta. E o quanto quer me receber em seu quarto. Seu rosto está todo vermelho de desejo. Desejo por mim — gracejou.

— Você é ridículo.

— Como é que vou ficar longe de você, uma hora que seja? Esses dias me deixaram mal-acostumado. — Pedro esticou a mão.

— Bem-acostumado. — Ela acariciou seus dedos.

— É verdade.

— Agora é você que está fazendo cara de que me quer.

— E não vou negar. Quero mesmo.

Amélia riu e ele a acompanhou. Ah… eles eram tão bonitos juntos.

Pedro deu batidinhas no teto, indicando que passassem na casa de seu amigo.

Chalaça, cujo nome verdadeiro era Francisco Gomes da Silva, era confidente e amigo íntimo de Pedro há muito tempo. Era sete anos mais velho do que o príncipe e, muitas vezes, serviu-lhe de mentor, irmão mais velho. Eles sempre tiveram as vidas entrelaçadas, afinal, Chalaça vivia em Lisboa e mudou-se para o Brasil durante a transferência da Corte Portuguesa para o Rio de Janeiro, sempre estando por perto.

A casa de Chalaça era uma elegante residência situada em uma das mais charmosas ruas do Rio de Janeiro. Com uma fachada imponente em estilo neoclássico, a casa se destacava entre as demais construções da rua por suas colunas dóricas, janelas com grades de ferro trabalhadas e um portão de entrada ornamentado.

Ao entrar, Amélia reparou no amplo *hall* iluminado por candelabros de cristal que projetavam a luz das velas suave e acolhedoramente. O piso de mármore branco frio contrastava com os móveis de mogno polido e estofados de seda que preenchiam a sala de estar. Quadros de pintores renomados adornavam as paredes, contando histórias de lugares distantes e tempos passados. Ela já havia ouvido falar que o amigo do príncipe possuía uma biblioteca impressionante, que ocupava uma sala inteira. As estantes, de madeira escura, estavam repletas de livros raros e manuscritos, refletindo o interesse que o anfitrião tinha pela literatura. Chalaça permitia, inclusive, que algumas pessoas tivessem acesso ao seu acervo.

— Ele vive sozinho aqui? — Amélia estranhou o silêncio e algo além na casa.

— Sim. A esposa prefere ficar na serra com as crianças. Ele vai até lá de vez em quando.

— Como deve ser encantador dividir a vida com ele a ponto de a esposa querer ficar tão distante.

— Cada casamento parece encontrar um jeito próprio para durar.

— Mas nunca o jeito certo... — Ela pensou em voz alta.

Atravessaram a casa e foram até os fundos, um amplo jardim tropical se estendia, repleto de palmeiras, orquídeas e outras plantas exóticas. Um caminho de pedra levava a um pequeno lago onde cisnes brancos nadavam graciosamente. Esse era o refúgio de Chalaça, um local de tranquilidade onde ele contemplava suas ideias e conspirações longe dos olhos curiosos da Corte. Aquele lugar não era apenas uma residência, era também um lugar de encontros secretos e intrigas políticas. Salas ocultas e corredores escondidos permitiam conversas discretas e reuniões com figuras importantes.

— Veja só se não é o homem mais sumido dessas bandas... E o motivo de seu sumiço. — Chalaça levantou de uma espreguiçadeira e caminhou na direção deles.

— Como está, meu amigo? — Pedro o abraçou.

— Venham. Sentem-se à sombra. Vou pedir alguns refrescos.

— Estamos de passagem. Vim porque preciso de sua ajuda.

— Que pressa é essa? Fiquem para o almoço. Vou mandar que façam um assado. O que acha, Amélia?

— Não temos tempo de ficar para o almoço — respondeu ela, ainda de pé, reparando que havia guardas demais para uma casa comum.

— Do que precisa, Pedro?

— Há uma Residência Real que anda sendo vendida e comprada de tempos em tempos. A gente vende barato e compra caro. Sucessivamente.

— Seu pai sabe disso?
— Não perguntei.
— Meu pai sabe — interferiu Amélia.
— Ah… quer que eu fuce nos negócios de Elias. Só isso? — Chalaça riu alto.
— É exatamente isso.
— Certo. Vou ver o que faço, mas você sabe que Elias não gosta muito de quem fica no pé dele.
— É por isso que deixamos guardas cuidando de você.
— Por que está interessado nisso?
— Sabemos que esse dinheiro deve estar financiando algo, queremos saber o quê.
— Mais escravizados?
— Meu pai não precisa esconder esse tipo de comercialização. Em países com proibição pode ser, mas aqui? D. João permitiu que o negócio do meu pai triplicasse nos últimos anos.
— Tem razão. Mas o que poderia ser?
— Não sabemos.
— Tentarei descobrir.
— Obrigado.
— Temos que ir, Pedro. — Amélia se adiantou e foi em direção à saída. — Obrigada, Chalaça.
— Até mais ver, senhorita Amélia.
— Eu te espero na carruagem — disse para Pedro, sem se dar ao trabalho de responder ao anfitrião.
— Ela não gosta de mim — constatou Chalaça, sorrindo.
— Às vezes, nem eu gosto.
— O que está planejando, andando com ela por aí a tiracolo?
— Não estou planejando nada.
— Então é melhor começar.
— Por quê?
— Todo mundo na cidade já sabe o que aconteceu na fazenda do velho Seixas e ainda procuram uns sessenta pretos fugitivos.
— Mas ninguém sabe que eu estava lá.

— Saber, não sabem.

— Então o que isso tem a ver comigo?

— Tem a ver com ela. Parece que Elias está pensando em tirá-la do Rio de Janeiro. Está com medo de que façam algo, acho...

— Talvez fosse melhor ele sumir do Rio de Janeiro.

— Não me peça pra dar cabo dele, vossa alteza. Dizem que ele tem o corpo fechado.

— Você não acredita mesmo nisso.

— É claro que não. Mas o esquema de segurança dele é quase isso. E está pior desde os últimos acontecimentos. O homem está mais protegido que seu pai.

— Mas que inferno! — Pedro passou a mão pelos cabelos, enraivecido.

— Vá pra casa, cuide de seus assuntos. Vou ver o que descubro.

— Está bem. Obrigado.

— Você me deve mais essa! — gritou Chalaça, enquanto Pedro saía.

— Mas você nem conseguiu nada ainda!

"Mas vou." Pensou.

♥ 22

Ando já com o juízo,
Querida, tão perturbado,
Que no mesmo aberto sulco
Meto de novo o arado.

"LIRA XXI", MARÍLIA DE DIRCEU,
TOMÁS ANTÔNIO GONZAGA

A mesma estrada é capaz de oferecer muitas paisagens, pois nós temos o hábito de refletir no horizonte o que acontece dentro da gente. As nuances do céu, o vento nas árvores, o barulho dos pássaros ou o silêncio da noite nunca falarão sobre a forma como a natureza vive, e sim como nós nos representamos nela. É o jeito como a gente olha que constrói o todo.

Pedro a encarou o trajeto inteiro. Viu o olhar de Amélia se distrair com a paisagem e seu semblante perder um pouco da leveza daqueles dias. Era a velha estrada que percorreram mil vezes antes, mas, desta vez, tinha um ar nostálgico e parecia ser algo além de um caminho qualquer, como uma passagem entre dois mundos tão conflitantes. As memórias da fazenda pareciam ter cores diferentes, velocidade reduzida e um ar sempre muito cúmplice.

Embora tivessem começado de forma bem trágica, aqueles momentos angustiantes serviram para Pedro se sentir mais próximo dela. Sentia que ter vivido dias tão terríveis o capacitava a dividir todas as partes da vida com Amélia. Tudo bem viver alguns sustos, afinal, quem tem uma vida longe deles? Tudo bem, desde que superassem juntos. Foi ele quem a carregou no pior momento, quem segurou sua mão e esperou pacientemente. Foi ele quem a ajudou e a amou. Estava tudo certo. Foi como devia ser. Era isso o que ele repetia para si. Assim, tentava conter aquela sensação, mesmo tudo de repente parecendo tão distante.

Amélia, por sua vez, não conseguia pensar em muita coisa. Estava aflita com o caso de sua mãe. Sentia certa culpa por imaginar que, enquanto se enroscava nos lençóis com Pedro, a mãe poderia estar em qualquer lugar passando por apuros ou, quem sabe, nem estivesse viva. O anel que recebeu dele agora estava pendurado em seu cordão de ouro, escondido em seu busto, pendendo para dentro do vestido. Juraram lealdade e amor eterno, mas voltaram a ser um segredo, e isso dava a sensação de que sua vida andava em círculos: por mais que tentasse, acabava sempre no mesmo lugar. Não avançava em direção a sua mãe, não avançava em direção a Pedro e estava retornando ao covil de seu pai.

— Você está tão pensativa. — Pedro apoiou a mão no joelho de Amélia e a encarou.

— O que será que nos espera? — Ela devolveu o olhar com intensidade.

— Não importa. No fim, seremos eu e você.

A certeza dele servia de muleta para o coração dela, que custava a acreditar. É verdade que ela havia se entregado ao sentimento, tanto que decidiu viver aqueles momentos quase mágicos com ele, mas simplesmente não conseguia ter certeza sobre o futuro. Tinha apenas esperança de um final feliz para ambos. O que seria isso, no entanto, se não aceitar não ter controle e poder apenas esperar, torcendo pelo melhor?

A carruagem seguia lenta, o que fez o trajeto esticar o máximo possível. Até os cavalos pareciam ter pena de separá-los. Mas não há nada que não tenha fim. Por mais que eles quisessem, o mundo real continuava a girar; esse mundo em que Pedro vivia no palácio, e ela, no casarão de seu pai.

Ao pararem em frente à fazenda de Elias, Pedro foi solene. Desceu primeiro e estendeu a mão para ajudá-la.

— Vou entrar com você. Falo com seu pai.

— Não. Pode ir. — Pedro relutou a se mover. — A gente se vê em breve.

— Se o seu pai não deixar você sair, venho vê-la. Dou um jeito.

— Eu sei. — Ela sorriu.

— Droga… Não quero sair de perto de você — sussurrou.

— Você está sempre aqui. — Ela passou os dedos no cordão até repousar a mão sobre o peito, onde o anel estava.

Ele sorriu, entrou na carruagem e partiu. Amélia respirou fundo e entrou. Seu pai havia sido avisado sobre sua chegada e já estava indo ao seu encontro.

— Você está parecendo saudável.

— E estou.

— Mesmo assim, vá para o quarto. Um médico virá lhe ver, vou buscá-lo.

— Não é preciso. Fui bem cuidada e estou bem.

— Quem decide o que é preciso sou eu. Vá para o quarto.

— Vai me trancar? — desafiou Amélia.

— Se for preciso.

Elias não dava explicações, não costumava dizer o que pensava, apenas ordenava e esperava ser obedecido, nada mais.

— Vai me castigar por ter tentado ajudar?

— Não estou castigando, estou protegendo, mas se quiser achar que é castigo…

— Não vou viver a vida enfiada num quarto.

— A vida toda não, mas, até eu dizer o contrário, é lá que ficará.

Amélia se aproximou do pai, encarando-o com muita frieza.

— Se acha que vai me prender como está acostumado a fazer com as pessoas na senzala, está enganado. Sempre fui filha obediente porque você parecia respeitar meus desejos.

— Seus desejos não podem contrariar os meus, Amélia.

— Do que está falando?

— Que você é minha filha, gostando ou não. Lembra quando eu disse que não interferiria enquanto eu não tivesse que arrumar sua bagunça? Pois bem, cá estou tentando entender aquela noite confusa que me fez perder dez pretos e ter minha filha baleada. Cá estou eu pensando no que fazer para justificar os dias que você e Pedro, coincidentemente, desapareceram da cidade. Deus me ajude a acreditar que não vai surgir mais nenhuma consequência do tempo que passaram juntos...

Amélia se encolheu de leve, mas não se deixou levar pela ideia e, principalmente, pelo medo.

— O que quero dizer é que você perdeu o direito de opinar, Amélia. Vai fazer o que eu quero, gostando ou não. Vá para o seu quarto, um médico virá vê-la.

Os olhos de Elias queriam mostrar firmeza, mas pareciam assustados. Amélia quase percebeu, mas não conseguiu entender que ele estava tomando aquela atitude mais por desespero do que convicção de que daria certo.

— Por ora, vou me deitar. A viagem foi longa, o dia está muito quente. Mas não vou passar a vida na clausura, fique sabendo.

Elias saiu batendo o pé ao ver sua filha rebelde subindo as escadas. Talvez estivesse errado ao criá-la daquela forma tão impetuosa, devia tê-la mantido frágil, medrosa e suscetível. Quis educá-la à sua semelhança e agora tinha que lidar com aquele jeito arredio de quem acreditava ser dona de si. Tinha falhado com ela, mas não erraria de novo. Colocaria rédeas naquela garota malcriada.

Amélia se jogou na cama e encarou o teto. Seu pai estava fechando o cerco, mas ela não ficaria à mercê de suas vontades. Já era tempo de conseguir se livrar daquele peso que era viver com ele e seguir tantas regras. Mais do que nunca ela sabia o que queria: uma fazenda, longe de todos, um lugar que servisse de abrigo para ela e para outros. Quem sabe encontrar sua mãe. Se não fosse possível, pelo menos tentaria levar uma vida digna em honra a ela.

Enquanto imaginava o futuro perfeito, Pedro apareceu sorrindo em sua mente. Deus, como ela o amava! Era ridículo como seu coração acelerava só em pensar nele. Era ridículo e ela adorava, agradecia por estar viva e poder experimentar aquela sensação tão avassaladora. O mais inebriante no amor é perceber como um corpo reage à simples existência do outro. É inebriante e maravilhoso.

Amélia ouviu o portão bater com força. Elias havia saído, e ela correu escada abaixo. Sua raiva a fez entrar no gabinete dele e sair mexendo em tudo. Não estava sendo cuidadosa, queria mesmo é que ele percebesse que ela estava fuçando suas coisas. Queria encontrar não apenas alguma prova de que sua mãe estava viva, queria brigar!

A governanta se aproximou da porta e se assustou.

— O que a senhorita está fazendo? Que bagunça é essa, menina? — A mulher entrou e começou a guardar tudo.

— Não é possível que não haja nada! — Amélia se jogou na poltrona do pai, que ficava atrás de uma imensa mesa.

— Você não vai achar nada por aqui. Já olhei tudo. Mas se souber o segredo do cofre...

— O cofre do quarto dele só tem joias, ouro... Já olhei lá. — Amélia afirmou desanimada.

— Não o do quarto, esse aqui. — A governanta ergueu um retrato de Amélia pintado a óleo, evidenciando um buraco na parede e uma caixa ou espécie de cofre que a garota jamais tinha visto antes.

— Frida! — exclamou Amélia para a governanta de origem alemã.

— Shhhiuuu... Ninguém sabe meu nome — repreendeu a mulher.

— Isso é novo. Já olhei atrás de todos os quadros e não havia nada.

— Dever ser. — Ela continuava devolvendo tudo a seus devidos lugares.

— Como abre?

— Não faço ideia. Nossa, que desordem!

Amélia tentou girar uma espécie de alavanca, sem sucesso. Virou para o outro lado, nada. Como abriria? Lembrou-se de Pedro dizendo que ninguém conhecia a cabeça de Elias como ela.

Pensa, Amélia. Pensa.

— Como abro isso sem quebrar?

— Não sei. Talvez com uma chave.

— Não tem uma fechadura comum à vista.

— Mesmo que tivesse, ele não deixaria a chave aqui.

— Será?

Amélia olhou em volta, vasculhando todo o ambiente austero. Continuou até se deparar com a medalha que d. João deu ao pai havia pouco tempo. Estava emoldurada em cima de um dos móveis. Pegou o objeto e avistou uma pequena ferramenta escondida na parte de trás. Voltou a analisar o cofre e notou um encaixe perfeito.

— Como você descobriu tão rápido? Nunca pensei que ele deixaria essa chave por aqui.

— Ele sabe que ninguém de fora entraria no escritório dele.

— E não imagina que a própria filha... — Frida não terminou a frase, não precisava.

— Exatamente.

— Garota esperta.

— Vamos, rápido. Ele vai chegar com o tal médico a qualquer instante.

Amélia conseguiu abrir, retirou alguns documentos do cofre e percebeu que eram anotações sobre quantias de dinheiro. Seguiu buscando até encontrar entre as folhas um bilhete. O envelope tinha o Brasão Real, o coração dela começou a bater aos pulos.

Elias,
Recebi seu aviso.
Agradaram-me as flores. Continue plantando.
C.

O que significava aquilo? Amélia continuou a buscar algum sentido para aquelas palavras. Encontrou uma caixa e torceu para haver mais bilhetes, mas eram apenas mais papéis.

"Concedo ao Capitão Antônio Lubbus, à sua esposa Maria Antônia e ao seu filho Elie Antun Lubbus permissão para emigrarem para o Brasil..." O documento era datado de 1771.

Amélia estava confusa. Quem era aquela gente? Por que teria um documento de imigrantes portugueses escondido com tanto empenho. Tinha que ter alguma relação pessoal, seu pai não fazia nada de forma aleatória.

Viu outra caixa menor e abriu. Deu de cara com um anel masculino, de ouro com uma pedra verde. Do lado de dentro o mesmo nome do documento: *Elie*. Ela já tinha visto aquilo, mas onde?

— Chegaram! — gritou a governanta. — Suba, deite-se. Eu arrumo isso. Vá!

Amélia custou a conseguir mover os pés, parecia que todo o seu cérebro estava ocupado em entender aquele amontoado de informações desconexas.

— Vá!

Ela foi. Subiu as escadas rapidamente. Entrou no quarto e, enquanto tentava regular a respiração, pegou um livro qualquer e anotou tudo o que conseguia lembrar. O bilhete, as iniciais, valores, o nome…

— Está vestida?

— Sim. — Fechou o livro como se estivesse apenas interrompendo a leitura.

Elias entrou com a governanta e com um senhor que, certamente, era médico. Tinha um ar distante sem ser hostil, uma postura altiva, quase arrogante, mas tentou sorrir. Só podia ser médico.

— Olá, senhorita. Soube que sofreu um acidente.

— Tentativa de assassinato, mas estou bem. — Amélia, sim, sabia ser bem hostil.

— Posso examiná-la?

— Tenho escolha?

— Não — respondeu Elias.

— Então, claro que pode.

— Fique de olho. — Elias instruiu a governanta antes de sair do quarto.

— Sim, senhor.

O médico examinou a cicatriz e disse o óbvio, que estava cicatrizando bem. A olhou de cima a baixo: levantou suas pálpebras, esticou as olheiras, pediu que ela colocasse a língua para fora o máximo que pudesse, apertou seus tornozelos com o indicador e apalpou seu abdome.

— Permita-me saber: a senhora está em seu período menstrual?

— Não, por quê?

— Estou apenas examinando. Costuma sempre vir a cada, mais ou menos, trinta dias?

— Não. Às vezes atrasa, às vezes adianta.

— Certo. Lembra-se da última data?

— O dia exato não, mas foi no mês passado. Nada diferente do que o normal.

— Está certo. Bem, aparentemente está tudo bem com a senhorita. Vou avisar ao seu pai.

— Obrigada. — Amélia sentiu algo estranho no ar.

— Vá atrás dele e tente ouvir o que ele vai conversar com meu pai — pediu à governanta, assim que o médico se afastou.

Amélia se sentia inquieta. Precisava organizar os pensamentos. Sentiu falta de Pedro, queria conversar com ele, poder falar em voz alta toda a confusão que estava agitando sua cabeça.

Sentou no parapeito da janela e ficou observando. A memória veio como uma flecha certeira: seu pai adormecido no gabinete, o mesmo anel em seu dedinho. Amélia era criança ainda, mas se lembrou perfeitamente de ter ficado olhando o pai tão parado na cadeira. Foi a primeira vez em que o imaginou sem vida, e se assustou com o alívio que aquela ideia lhe causava.

Elie Antus Lubbus, ao que parece, era o verdadeiro nome de seu pai. E isso fazia todo o sentido, porque era o mesmo nome que aparecia nos papéis de venda que entregaram para ela como sendo os de sua mãe: uma mulher africana vendida para ser ama de leite, um dia após a data de nascimento de Amélia. Confere, tem lógica. Mas a questão era que Amélia cresceu ouvindo que seu pai havia nascido no Brasil e aquele documento dizia que eles tinham vindo de Portugal.

Tentou assimilar no que aquela descoberta poderia ajudar. Mesmo que isso parecesse surpreendente, as origens de seus ancestrais poderiam não levar a lugar algum.

Havia também o bilhete em papel e envelope com o brasão da Família Real... Um bilhete sem sentido, pois seu pai jamais plantaria nem uma flor sequer, que dirá um jardim. Amélia quase reconhecia a letra, mas a verdade era que a grafia rebuscada deixava muitas letras parecidas.

"C" poderia ser de Carlota, mas imaginar a rainha enviando aquele bilhete a seu pai estava além de qualquer compreensão. Quem sabe um emissário, talvez uma criada? Será que era um bilhete sensual tremendamente estranho? Amélia sentiu certo nojo ao imaginar... No entanto, estava entre documentos repletos de números nada românticos. AAAh! Aquilo não fazia sentido; nada levava a lugar algum. Precisava de mais gente enlouquecendo com aquelas informações. Precisava de Pedro e talvez até daquele amigo inconveniente dele, mas não podia ficar ali parada com tudo aquilo para digerir.

Amélia se preparava para sair pela janela e descer pela mesma árvore que sempre a ajudou em suas fugas, mas a governanta entrou no mesmo instante.

— Onde você pensa que vai? Está maluca?

— Estou sim.

— Amélia, você precisa se acalmar. Está muito impulsiva hoje, além do habitual. Você vai acabar se encrencando e não é isso que você quer. Precisa agir racionalmente.

— Eu sei. — Amélia bufou.

— Seu pai me mandou preparar um banho escaldante para você e um chá de ervas duvidosas.

— O que significa um banho escaldante neste calor e ervas duvidosas?

— Medidas abortivas.

— O quê? Não estou grávida!

— Tem certeza? Então não haverá problema em fazer o que ele pede. Prometo não deixar a água tão quente.

Amélia fez uma expressão que oscilava entre surpresa e dúvida.

— Você não está com cara de quem tem certeza.

— É porque não tenho. Ando fazendo coisas que não me deixam ter certeza. Muitas coisas!

— Jesus, Maria e José.

— Pode chamar alguns santos também.

É, uma intervenção divina parecia o mais apropriado no momento.

♥ 23

Minha bela, querida, tudo passa;
A sorte deste mundo é mal segura;
Se vem depois dos males a ventura,
Vem depois dos prazeres a desgraça.

"LIRA XIV", MARÍLIA DE DIRCEU,
TOMÁS ANTÔNIO GONZAGA (ADAPTADO)

A ideia de estar no controle traz segurança, espaço para certa euforia e confiança no futuro. A inocência pairava no ar, testemunhando Pedro chegar em casa assoviando. Estava contente, apesar da despedida. Ainda tinha o cheiro de Amélia no ar, as lembranças dela se recuperando e os dias que pôde viver ao seu lado. Estava confiante como só ele sabia ser. Por isso, tentou ignorar os gritos de sua mãe que ecoavam como trombetas infernais desafinadas. Tentou bravamente ignorar seu pai atravessando a sala apressadamente em passos curtos e custosos. Tentou, mas não conseguiu.

— Posso saber o que está acontecendo?
— Papai mandou cancelar a encomenda de sapatos da mamãe — respondeu Ana, que estava jogada em uma poltrona.
— Sapatos? É esse o motivo?
— Muitos sapatos.
— Sei.
— Ela gosta muuuuuito de sapatos!
— É o que parece.
— Esse é o motivo de hoje, Pedro. O de amanhã… vai saber.

— Ela e Miguel não estavam em Santa Cruz?

— Voltaram ontem.

— Entendi… Como anda a sua empreitada? — perguntou se abaixando perto dela.

— Deixei pra lá, por enquanto. — Ana parecia desanimada.

— Desculpe minha ausência.

— Estava com Amélia, não é?

— Sim. — Pedro abriu o maior sorriso que seu rosto conseguia abrigar. — Um dia, você viverá um amor tão valioso quanto o nosso.

— Não sei se quero.

— Garanto que não deixarei que você se case com quem não quiser, Ana. Sou seu irmão mais velho, futuro rei, e farei de tudo para que seja feliz como tanto deseja.

Ana abraçou o pescoço dele. Não tinham o hábito de dar demonstrações físicas de afeto, mas ela não se conteve. Muitas vezes, família se tornava um termo que significava sucessão, linhagem, Monarquia e se distanciava do seu sentido maior: apoio, proteção e amor. Felizmente, não daquela vez.

Carlota entrou na sala feito um foguete, mas d. João já havia escapulido para o gabinete, seria cômico se não fosse péssimo. Ela gritava por Miguel, que apareceu prontamente. O jovem rapaz parecia mais cansado do que o normal.

— Olha quem apareceu. — Carlota apontou para Pedro.

— Estavam com saudades? — Pedro ironizou.

— Você parece bem-disposto — notou Miguel.

— Melhor do que você, que está com uma cara péssima.

— A viagem de volta foi muito cansativa, só isso.

— Comemos um peixe duvidoso. O pobrezinho passou mal o caminho todo, mas é forte. Já está melhor — interferiu Carlota.

Miguel era tão insolente, maldoso e um tanto maluco, que Pedro se esquecia de que ele era bem mais jovem. Em outro mundo, teria ensinado seu irmão caçula a caçar, a jogar, a beber e também uma coisa ou outra sobre mulheres. Contudo, Carlota tratou de mantê-los distantes e instaurou uma competição tão viva que havia ultrapassado a linha do bom senso. Agora, tudo o que Pedro queria quando via o irmão, era distância.

— Espero que se recupere — disse Pedro, enquanto se dirigia à escada.

— Eu, certamente, irei. Você, já não sei.

Carlota encarou Miguel, desaprovando sua atitude.

— O que está acontecendo?

Ana ficou ereta como se sua professora de etiqueta tivesse estalado uma vareta em suas costas.

— Seu pai recebeu notícias da Áustria. Parece que Leopoldina ficou bem feliz com a proposta de unirmos os reinos em um casamento, e o pai dela, mais ainda — informou Carlota, com certa piedade. O que era estranho, considerando que ela ajudou a acelerar esse processo. Mas Carlota era assim: dúbia, difícil e nada confiável.

Pedro não disse nada, apenas saiu em busca de seu pai, deixando na sala um silêncio repleto de desconforto. Quase esmurrou a porta, mas d. João não queria atendê-lo.

— Sou eu, pai, Pedro. Abra.

— Pedrinho, que bom que você está de volta. Teve bons dias? Depois me conte tudo, mas agora não posso abrir. Sua mãe está com vontade de quebrar alguma coisa na minha cabeça e eu não estou disposto a lidar com ela neste momento.

— Fiquei sabendo que recebeu notícias da Áustria.

— Sim, sim... O Conde de Funchal voltou, está tudo acertado. Fique tranquilo.

— Então, o senhor vai querer saber que me casei no Brasil.

Dois segundos depois, a porta se abriu. D. João enfiou a cara por uma fresta. Os olhos estavam arregalados, as bochechas, rosas e sua expressão era de espanto.

— O que foi que você fez?

— Casei com Amélia — blefou Pedro, empurrando a porta. D. João a trancou em seguida.

— Não pode. Você já está casado com Leopoldina!

— Como, se ela ainda nem chegou?

— Como todo mundo. Por procuração!

— Como é? — Pedro parecia tonto.

— Em que mundo você vive, meu rapaz? Quando o Conde de Funchal saiu daqui, levou todos os documentos prontos. Bastava que lá assinassem também. O tio da pobre representou você na cerimônia. Está feito. Inclusive dizem que a moça está bem apaixonadinha. Anda com a joia de seu retrato pendurada como uma medalha.

Pedro permaneceu em silêncio como se aquelas palavras não fizessem o menor sentido.

— Agora me diz: que história é essa de estar casado com a filha de Elias! Vocês consumaram? Não me diga que desgraçou a filha do homem mais perigoso do Rio de Janeiro.

Pedro não conseguia falar, o espinho que Seixas havia colocado em sua garganta tinha se tornado um cacto inteiro. Seus olhos ardiam e a cabeça pesava. D. João pôde ver o desespero se alastrando pelo rosto do filho.

— Esse casamento foi realizado por razões políticas e estratégicas, como deve ser. Trata-se de uma união importante para as relações internacionais do Brasil e de todo o Reino Português. Isso está acima de você como indivíduo, meu filho — disse d. João, com carinho, mas com certa firmeza também.

— Eu sei, mas sou um indivíduo antes de ser um príncipe.

— Que história é essa de casamento? Elias sabe dessa loucura? Como ela foi autorizada?

— Não foi um casamento formal. — D. João respirou aliviado, mas disfarçou quando notou a mágoa de Pedro. — Mas não significa menos por isso.

— Pedro, se você a ama, leve-a para um de nossos casarões. Viva com ela em seu tempo livre. Um casamento é apenas um contrato, não é uma promessa de amor.

— Quer que eu faça de Amélia minha amante?

— Se conseguir matar o Elias, claro.

— Está falando sério? — Pedro estava ofendido.

— Você mesmo disse que já se sente casado com ela. Essa é sua única chance de viver esse "casamento".

— E ela, pai? Que tipo de vida ela teria?

— Uma confortável. Com um título que daremos, quem sabe marquesa? — D. João falava como um pai que mima o filho só para ele se comportar como o esperado. — Ela ficará feliz em continuar sendo amada por você.

Pedro não conseguia ouvir mais nem uma palavra; abriu a porta e saiu. D. João ainda gritou seu nome, pediu para que se acalmasse e não fizesse nenhuma besteira, mas Pedro não escutou. Saiu correndo e entrou no primeiro cômodo que viu. Era a biblioteca. Encarou aquela imensidão de livros, quis derrubar as estantes, jogar coisas e quebrar as janelas... Odiou aquele palácio. Toda vez que entrava naquele lugar, sua vida era invadida por uma notícia ruim. Devia ter fugido com Amélia, como havia pensado tantas vezes, mas agora estava casado. Deus! Pedro era um homem casado com uma mulher que não conhecia. Seu pai teve a audácia de dizer que ela já estava apaixonada. Como? Por um retrato? Ela não sabia nada sobre ele, não conhecia sua voz, seu temperamento, suas expressões... Nada! Ela só podia amar a ideia que fazia dele, só isso.

Pedro andava em círculos, queria desaparecer. Como contaria para Amélia? Como dizer que precisavam de um plano sem partir seu coração? Pensou no anel que havia colocado em seu dedo, nas juras que fez e no amor que sentiam. Como fazer aquela beleza toda não se perder de seu maior sentido? Como provar que tudo era real quando, no final das contas, ele já estava casado com outra?

Isabel, que estava lendo no canto da biblioteca, viu o desespero do irmão. Permaneceu quieta para que Pedro pudesse esbravejar sua raiva e transformar em lágrimas toda a sua dor. Quando ele, finalmente, pareceu se acalmar, o peso que sentia na cabeça virou dor e Pedro acabou desabando no chão. A irmã surgiu da penumbra, quis gritar por um médico, mas já havia presenciado as crises de Pedro e sabia que nada podia ser feito. Realizavam apenas uma espécie de controle de danos, não deixando nada por perto, apoiando sua cabeça no colo ou em uma almofada e esperando passar. Isabel esperou.

Dessa vez não durou tanto e ele despertou mais ou menos vinte minutos depois. Sua expressão era lamentável, os olhos estavam vermelhos e os lábios, trêmulos. Isabel estendeu-lhe um lenço com muita cautela. Pedro parecia um bicho acuado.

— Você já vai se sentir melhor — disse ela, com carinho.

— Tive outra crise?
— Sim, mas já passou.
— Está aumentando a frequência.
— É o nervoso. Você estava bastante agitado.
— Estava aqui o tempo todo?
— Estava. E já sabia que agiria assim quando soubesse.
— Todos já sabem?
— Sim. O Conde de Funchal chegou dando as boas novas em alto e bom som.
— O que eu faço, Isabel?
— Sinto muito. Você vai ter que superar e sei que vai conseguir.
— Como pode saber? Não tem ideia do que sinto por ela.
— Não, mas entendo de amores impossíveis.
— Você? — Pedro estranhou. Isabel era muito religiosa, não ligava para bailes e nunca havia mencionado a palavra casamento.
— É tão espantoso assim? — Ela deu um sorriso amargo com a constatação.
— Desculpe, é que só vejo você fora da capela quando está na modista.
— Exatamente — Isabel admitiu.

Pedro demorou a entender, mas sua irmã continuou sustentando seu olhar com uma tristeza bem mais calada e resiliente que a dele.

— A modista — concluiu.
— Sim. — Ela baixou os olhos.
— Vocês têm um romance?
— Não. Ela me trata bem, como uma boa amiga e eu tento me contentar com isso.
— Sinto muito.
— Talvez ser feliz no amor não seja o forte dos Bragança.
— Não quero acreditar nisso. Não diga isso… É triste demais.
— Você sempre foi o mais sonhador de nós. Talvez Ana tenha também o seu espírito, mas os outros… Ah… Pedro, você não nota que estamos todos enclausurados nesta família? Só a Coroa importa. Só o reinado existe. É a missão que Deus nos deu.

— Não, Isabel, não pense assim. Você não pode achar que sua sentença está dada. Nossa sentença!

— Você acha que vai conseguir reverter sua situação com Leopoldina?

— Não, está feito.

— Acha que eu poderia andar de mãos dadas com a Rosa?

— Não. — Pedro desviou o olhar de tão infeliz que se sentiu.

— Então está feito para mim também.

— Isabel, entre as regras, os acordos políticos e toda essa bagunça, estamos nós. Quem sabe a gente consegue mudar alguma coisa? Talvez haja alguma felicidade no caminho.

— Só se for com uma ajudinha do destino.

— Eu aceito.

— Quem sabe? — Isabel sorriu e se levantou. — Vá para o seu quarto, seria bom descansar um pouco. Peço pra levarem uma refeição pra você.

— Preciso sair daqui e ver Amélia.

— Vai dizer o quê? Vai chegar lá arrebentando tudo, como queria fazer aqui?

— Eu queria sumir com ela.

— Mas não pode.

— Será?

— Bem, seja lá o que for fazer, você precisa estar saudável e, nesse momento, está com uma cara péssima.

— Tem razão.

Isabel já ia saindo, mas parou diante da porta.

— Pedro, presta atenção numa coisa: eu nunca mais vou falar sobre esses assuntos com você. E se você insistir, vou dizer que você está louco.

— É uma pena.

Isabel saiu deixando a porta aberta atrás de si. Pedro tinha razão, tudo aquilo era uma pena e, realmente, muito triste.

Pedro dormiu, comeu e se banhou. Não saiu do quarto o dia todo. Precisou segurar todos os impulsos que o mandavam ao encontro dela.

Pensou que poderiam recomeçar a vida com outros nomes em um lugar escondido. O Brasil era imenso, jamais seriam descobertos. Seria o homem mais feliz, tinha certeza. Contudo, havia Ana, Isabel e todas as outras irmãs. Pedro não era apenas responsável pelo reino, mas também pelo futuro delas. Como garantiria o direito de Ana se casar com quem quisesse? Como impediria Isabel de ser jogada em um convento? Queria ser egoísta e só pensar na própria felicidade, mas não conseguia.

Pedro se encarou no espelho, seus olhos estavam fundos e os lábios, pálidos. A sensação era a de que seu sacrifício livraria todas as suas irmãs. Afinal, ele era o sucessor imediato, o peso pertencia a ele. Caso Miguel fosse decente, deixaria a coroa para ele de bom grado, mas aquele infeliz seria o primeiro a entregar as irmãs em troca de algum acordo duvidoso.

Lembrou o que Isabel disse, mais uma vez, repetindo o que vivia ouvindo: aquela era uma missão dada por Deus. Pedro duvidava, aquela coroa só podia ter sido forjada no fogo do inferno.

♥ 24

A vista furtiva,
O riso imperfeito
Fizeram a chaga,
Que abriste no peito

"LIRA IV", MARÍLIA DE DIRCEU,
TOMÁS ANTÔNIO GONZAGA

Não há jeito bom de dizer uma coisa ruim. Por isso, de nada adiantou Pedro ficar ensaiando a noite toda, pois, agora, com o sol se apresentando tão alegre, iluminando a dureza da situação, as palavras se perdiam em algum lugar entre sua cabeça e seus lábios. Repetia para si as frases que gostaria de dizer, a sequência, o tom… Tudo planejado para fazer Amélia ficar ao seu lado e encontrar um meio de continuarem juntos. Repetia, repetia, repetia, mas não se convencia.

Apesar de saber que não havia jeito bonito de resolver as coisas, Pedro estava certo de que ela tinha que saber por ele. Seria ainda pior se a notícia chegasse aos ouvidos dela como uma fofoca maldosa.

Precisava vê-la. Sabia que Elias não facilitaria o encontro, mas precisava tentar. Vestiu-se e se lembrou do perfume de que Amélia tanto gostava, caprichou na quantidade e se achou meio tonto. Mas o desespero faz isso, faz a gente apelar para os detalhes importantes, apelamos para que aquele conjunto de pequenezas talvez seja suficiente para fazer o outro ficar.

Pedro foi com seu cavalo até bem próximo à entrada da fazenda. Não quis deixar a montaria muito perto, porque estava tentando não ser visto. Parecia saber que Elias não queria nem que ele respirasse o mesmo ar que Amélia. Amarrou o animal em uma árvore com sombra e terminou o caminho a pé. Circundou o terreno e encarou a porta da cozinha. Teria muita gente lá dentro, talvez até o Elias, precisava pensar...

— Vossa alteza. — A voz da governanta parecia ter descido dos céus.

— Foi Deus que te mandou.

— Duvido. Deus não seria tão impiedoso comigo.

— Preciso ver Amélia.

— Jura?!

— É mais sério do que parece.

— Não pode vê-la. O sr. Elias a trancou no quarto, tem um capanga no corredor. Ela não sai, o senhor não entra.

— Por que ele está fazendo isso?

— O senhor vai me fazer falar? Dias dividindo o quarto com a senhorita. Vivendo com se fossem casados... Por favor, não me faça ser mais clara.

— Eu tenho um compromisso com ela.

— Foi isso que veio dizer? Veio anunciar a data do casório e avisar que é para eu arrumar os pertences dela porque agora ela vai viver no palácio?

Pedro ficou mudo.

— Imaginei. Então, com todo respeito, vossa alteza, é melhor parar de querer se encontrar com ela.

— Eu entendo, mas ela tem que ouvir de mim, e eu tenho que ouvir dela que não devo mais vir.

— O senhor é impossível!

— É o que dizem.

— Volte quando as luzes apagarem e dê um jeito de entrar pela janela. É o máximo que consigo fazer.

— É o suficiente. Pode entregar um bilhete? Imaginei que poderia ser difícil vê-la.

— Esta será a última vez.

— Obrigado.

A governanta enfiou o bilhete no vestido sem nem ao menos olhar. Passou na cozinha, pegou a refeição que tinham separado para Amélia e levou até o quarto da garota.

O capanga abriu a porta e a deixou entrar. Ele parecia desconfiado o tempo todo; encarou-a tão firmemente que ela sentiu um leve tremor. Quando a porta se fechou atrás dela, soltou um suspiro de alívio.

— Bom dia, senhorita.

— Bom pra quem?

— Pra mim que não será, pelo visto.

— Desculpe. Pensei que o médico deixaria meu pai mais tranquilo, mas ele pirou de vez. Me trancar? Deixar um capanga na frente da porta? Que loucura é essa?

— De um jeito bastante errado, confesso, ele está protegendo a senhorita.

— De quê?

— De você mesma.

— Está me julgando?

— Não, senhorita. Eu mesma ajudei com isso. Enviei bilhetes, permiti que dormissem juntos todos aqueles dias na fazenda. Fechei meus olhos para o risco que estava correndo…

— Não é culpa sua.

— Claro que não. Quem resiste a tanta felicidade? A ver vocês dois tão apaixonados? Mas foi longe demais.

— Será que estou grávida?

— Ainda é cedo pra saber, mas daqui a pouco será tarde pra interromper.

— Acha que devo contar a ele?

— Ao príncipe?

— Ao meu pai que não seria.

— Acho que não. Você ainda não tem certeza. O médico deu um palpite, só isso. — A governanta já tinha ouvido os rumores na cidade, sabia o que viria pela frente e seu coração se encolheu até virar uma noz. — Por falar em bilhetes… Um passarinho me deu isso e pediu para entregar para a senhorita.

Amélia pegou o papel e leu, o sorriso aumentando a cada linha:

Quando passarmos juntos pela rua,
Nos mostrarão c'o dedo os mais Pastores,
Dizendo uns para os outros: olha os nossos
Exemplos da desgraça e são amores.
Contentes viveremos desta sorte,
Até que chegue a um dos dois a morte.

— Um passarinho bonito, charmoso e que presta mais atenção do que transparece. — Era um trecho do livro que liam durante as tardes no tempo em que passaram juntos na fazenda.

— Um passarinho tolo como você, menina.

Pedro deixou a propriedade de Elias e cavalgou até a casa de Chalaça. Não conseguia pensar em voltar ao palácio, talvez fosse hora de ter um lugar para escapar daqueles ares hostis. Miguel e Carlota passavam temporadas em outras propriedades. Suas irmãs mais velhas também. Restava ele e as mais jovens para lidar com toda a pressão que parecia manter aquelas paredes em pé.

Assim que chegou ao Centro, Pedro foi recebido com salvas de palmas por onde quer que passasse. As pessoas o reverenciavam com alegria e abanavam lenços como se estivessem comemorando — e, na verdade, estavam. O povo estava contente com a notícia do casamento do príncipe, era puro regozijo preparar a cidade e muitos festejos para receber a nova princesa. A Corte estava em polvorosa, aguardando a cerimônia que certamente aconteceria em solo brasileiro. Não era oficial, mas, como tudo naquele lugar, já corria à boca pequena.

Pedro acenava, tentando disfarçar sua contrariedade. No entanto, ao cruzar a porta da casa de Chalaça, finalmente, pôde extravasar, jogando um vaso enorme no chão.

— Ei! Sabe quanto custou isso? — Chalaça apareceu, assustado com o barulho.

— Nem você. Esse vaso deve ter sido comprado com o dinheiro da Coroa.

— Vejo que você está em péssimo humor.

— Desculpe, mas como não estar? — Pedro apontou a rua.

— Era previsto, Pedro.

— Parece que somente Amélia e eu não previmos.

— É o que acontece quando ficamos loucos de paixão, não é?

— Dito assim, soa como um capricho. Não ouse diminuir o que tenho com ela porque eu juro que nunca mais lhe dirijo a palavra.

— Não quero provocá-lo. Conheço seu temperamento, por isso não alertei antes. Sabia que você viveria tudo o que quisesse sem pensar demais no futuro.

— Eu pensei, mas tudo acabou acontecendo rápido demais.

— Entendo. Acho que ninguém imaginou que aconteceria da forma que aconteceu. A Áustria não dava indícios de querer uma aliança, mas fiquei sabendo que a garota se apaixonou quando viu o seu retrato. — Chalaça não conseguiu conter o riso. — Parece que seu charme é mesmo avassalador, meu amigo.

— Não sei o motivo da gargalhada. Estamos todos em desgraça: eu, Amélia e essa pobre moça.

— Eu sei. Não estou rindo de vocês, estou rindo da ironia da vida. A Áustria não deveria ter aceitado essa união tão prontamente, ninguém acreditava muito... Pelo menos foi o que o Conde de Funchal me falou.

— Não parecia mesmo algo tão certo. Pensei que enviaríamos uma proposta, que eles avaliariam e depois fariam alguma exigência que nós precisaríamos avaliar... seriam meses de embarcações indo e voltando e, quando notássemos, teria passado um ano e eu já estaria casado com Amélia.

— Mas, veja só, a paixão de Leopoldina acelerou tudo.

— Ela não me conhece, está apaixonada por uma ilusão.

— É verdade. Fiquei sabendo que ela é bastante inteligente, entusiasta das ciências, bem-humorada... Está empolgada em vir para o Novo Mundo.

— Mais uma para ser infeliz na Casa dos Bragança — disse Pedro, mais para si mesmo do que para Chalaça.

— Não fale assim. Você vai superar tudo isso.

Era a segunda pessoa que dizia com muita tranquilidade que Pedro superaria Amélia. Afirmava que, em breve, ela seria apenas uma lembrança, como se a história dos dois fosse uma aventura maravilhosa que aconteceu e passou. Será possível ninguém nesta vida ter amado? Será que ninguém, exceto ele, conseguia entender que Amélia era a sua pessoa no mundo? Quem sabe a tal da metade que Platão tanto falou?

— Mudando de assunto. — Sim, Pedro precisava mudar, senão acabaria socando a cara de seu amigo. — Descobriu algo? Sei que não teve tanto tempo...

— Descobri, sim. Não é só com uma propriedade que Elias anda brincando de comprar e vender, não. São, pelo menos, cinco.

— Aumenta bastante a quantia.

— Sim, e o mais interessante é que esse dinheiro não está passando pelo controle de alvarás e regimentos, pela Casa da Moeda ou pela Administração Fiscal. Só encontrei as transações nos registros de imóveis.

— Onde está esse dinheiro todo?

— Debaixo do colchão não pode ser, porque é muito dinheiro.

— Você precisa continuar investigando.

— Só não o ajudo com o que não consigo, meu caro.

— Eu sei.

— Hoje tem tempo para almoçar?

— Tenho sim.

— Então, vamos! Tenho muitas coisas para lhe contar.

Chalaça alertou Pedro sobre a revolução na Capitania de Pernambuco que, apesar de estar sendo controlada pelas autoridades portuguesas, espalhavam manifestações importantes de ideias republicanas e independentistas pelo país. Pensamentos iluministas se encaixavam perfeitamente em discursos sobre o descontentamento do domínio português. O príncipe deveria estar preocupado com a fragilidade de sua Monarquia, mas a verdade era que Pedro apreciava os princípios de razão, liberdade e igualdade defendidos pelos filósofos iluministas, embora essas ideias fossem, em muitos casos, contrárias aos interesses da Monarquia absolutista à qual ele estava destinado a pertencer.

— Talvez não existir uma Monarquia fosse o melhor para todos nós — desabafou Pedro.

— Você não está falando sério.

— Pense bem, essa corrida desenfreada para manter o poder tem trazido mais problemas do que solução.

— Você não pode dizer essas coisas.

— Mesmo que eu não diga, é o que penso.

— Então, não diga em voz alta. Você está aflito, desesperado de amor.

— Estou, é verdade...

— Você é filho do rei. O primeiro na linha de sucessão. Não perca a cabeça.

— Estou tentando.

Apesar de sentir-se atraído por esses novos pensamentos de imaginar que seria providencial não pertencer à Coroa Portuguesa, Pedro sabia que o mundo era o que era há bastante tempo. Por isso tinha dificuldades em vislumbrar mudanças iminentes tão bruscas.

Pedro mais ouviu do que falou. Comeu pouco e bebeu quase nada. Estava ali somente esperando o tempo passar, mas desejando que não fosse rápido demais. As badaladas do sino da igreja marcavam a passagem do tempo melancolicamente. O sol alegre foi se despedindo como se não quisesse testemunhar a conversa que logo viria. A lua cheia se apresentou solícita, companheira, disposta a testemunhar o príncipe montar seu cavalo e atravessar a cidade. Só que sem os aplausos de horas antes.

Eu devia dizer que ele estava indo salvar sua donzela. Devia contar sobre seu coração aos pulos com a ideia de ver Amélia. Contudo, não foi assim. Não desta vez. Pedro tinha o semblante endurecido, o peito pesado e o maxilar travado.

Eu devia dizer que o trajeto foi triste, mas não desperdiçaria essa palavra com tudo o que ainda estava por vir.

♥ 25

Mal vi seu rosto perfeito,
Dei logo um suspiro, ele
Conheceu haver-me feito
Estrago no coração.

"LIRA II", MARÍLIA DE DIRCEU,
TOMÁS ANTÔNIO GONZAGA

A lua continuava lá, redonda e luminosa. Lua cheia, a lua dos amantes. Pedro se lembrou de Chalaça rindo da ironia da vida. Ter o céu iluminado pela luz de um luar tão romântico era mesmo uma falta de consideração do universo.

Ele não teve dificuldade em alcançar o balcão que ficava em frente ao quarto de Amélia. A árvore ajudava, tinha galhos longos e fortes. Pedro rapidamente estava em frente à enorme janela. Deu três batidas e logo ela veio lhe atender.

— Sabia que você conseguiria. — Ela o recebeu, sorrindo.

— Eu disse que daria um jeito.

— Quando a governanta avisou que eu não podia dormir cedo, logo entendi — sussurrou, apontando para a porta, avisando que alguém poderia escutá-los.

Amélia o beijou, cheia de saudade. Pedro encaixou as mãos nas bochechas dela e retribuiu o beijo com vigor. Era irresistível, mas também urgente. Pedro teve a sensação de que aquele poderia ser o último beijo que daria nela e isso o fez quase perder o ar. Amélia já percorria as mãos afoitas por suas costas, dizia-se saudosa. Talvez ele devesse se deixar levar, viver nem que fosse pela derradeira vez nas curvas da mulher que tinha escolhido como sua. No entanto, o anel da Herança Real estava à mostra, pendente sobre a alva camisola, provocante como um sinal de alerta. Fechou os olhos, tentando escapar daquele aviso, sentiu os lábios de Amélia roçando nos seus, mas aquele símbolo de lealdade à Coroa não podia ser apagado, e o fez despertar. Foi custoso se afastar, mas tinha sido franco até ali e não podia usar subterfúgios. Não com ela.

— O que foi?

— Tem estado trancada aqui até agora?

— Sim. Dei uma pequena escapada até o gabinete antes de o médico vir, mas depois da visita dele, até as refeições me trazem.

— Médico? — Pedro não queria protelar, mas ficou realmente preocupado.

— Meu pai insistiu. Queria saber se eu estava mesmo bem.

— E está?

— Claro que sim. — Amélia quis contar sobre suas descobertas no gabinete, mas o ar tinha ficado pesado de repente.

— Não sei como dizer... Repassei tudo o que preciso falar, como quero falar, mas não sai. Parece que só vai ser real quando eu contar para você e eu não quero que seja.

Amélia sentiu algo atravessar seu peito. Uma dor física, quase palpável, aguda e dilacerante. Os dois ficaram se olhando, adivinhando o fim, protelando o que nunca deixou de existir, somente foi deixado num canto porque o amor deles ocupava tudo.

— Sua noiva aportou. — Amélia quase não conseguiu pronunciar as palavras.

— Não ainda, mas minha "esposa" já está a caminho.

Ela virou o rosto e desviou o olhar, não podia encarar Pedro dizendo aquelas palavras. Piscou rápido tentando inibir as lágrimas que se formavam. Instintivamente, agarrou o cordão onde o anel jazia, desolado. Sim, Amélia se perguntava como ele poderia ter outra esposa que não fosse ela, e Pedro soube exatamente o que se passava em seus pensamentos.

— Foi real, Amélia. É real. A gente era pra ser.

A jovem fechou os olhos e se rendeu. Deixou as lágrimas escorrerem, porque ouvir as suas próprias palavras na boca de Pedro era difícil demais.

— Casaram vocês por procuração?

— Sim.

— Então, quando ela chegar saudaremos a nova princesa do Reino Unido de Portugal, Brasil e Algarves?

— Não vim aqui falar dela. Vim falar de nós.

— Nós? — Amélia repetiu a palavra como se estivesse em um idioma incompreensível.

— Eu não quero perder você. — Os olhos de Pedro marejaram.

— Eu acredito.

E acreditava de verdade. Mas Amélia era puro sofrimento. Não por duvidar do que sentiam, muito pelo contrário. Tinha certeza de que eles eram de verdade, que Pedro era o amor da sua vida e que ela era a sua alma gêmea. Mas do que isso adiantava agora? O que aquele amor todo poderia fazer contra aquele sistema tão poderoso que parecia querer engolir os dois? Como aquele amor tão imenso conseguiria salvá-los?

— Eu ajudo você a fugir. Cuido de você como prometi. Eu não menti, Amélia. — Pedro sentou no parapeito da janela e segurou suas mãos. Beijou seus dedos e encostou a cabeça em seu peito.

Todo o corpo de Amélia havia sido tomado por dor. Era como se um mal súbito fosse atingi-la a qualquer instante. Ela não conseguia entender o que Pedro dizia, o que significava fugir ou cuidar. Uma tristeza a sufocava, embolava sua mente, confundia as palavras e a fazia sofrer. Sofrer muito.

— Está me ouvindo?

A cabeça dela repetia "acabou, acabou, acabou", como se quisesse convencer o restante do corpo. Como se determinar o fim pudesse encerrar a agonia de uma vez por todas.

— Acabou… — disse em voz alta, pra ver se surtia algum efeito.

— Não, não, não — suplicou Pedro.

— Acabou — repetiu, mas não adiantou.

Jamais adiantaria, a palavra por si só é vazia. É o sentimento que dá significado e Amélia vibrava tristeza, frustração, ciúme, perda… Uma lista enorme de mazelas, mas nada nela teria poder para colocar um ponto final no que sentia por ele.

— Ainda estou aqui. Tudo ainda está aqui. Não acabou, Amélia. Não vai acabar.

Pedro a abraçou mais uma vez. Os lábios se encontraram em meio às lágrimas. O gosto inédito de um beijo dolorido. Como podiam já sentir saudade se ainda estavam ali se tocando? Talvez fosse porque estivessem próximos, mas não mais juntos. Não era falta do outro. Era falta do "nós".

O nós que até então existia.

O nós que até insistia, mas precisava deixar de ser.

Amélia pediu para Pedro ir embora. Estava desolada demais para conversar. Não queria ouvir propostas ou se deixar levar mais uma vez pela esperança. Queria deixar extravasar toda aquela enxurrada de lágrimas, queria poder se sentir injustiçada, xingar alguém, quebrar alguma coisa… Ou apenas se deitar e pedir aos céus para que tirasse Pedro de dentro dela.

— Não quero deixar você. — Ele temia nunca mais conseguir colocar os olhos nela.

— Você precisa ir. Precisa… — Amélia pousou as mãos no peito dele, empurrando-o de leve.

— Mas você não me ouviu.

— Ouvi, mas não tenho como compreender nada agora.

— Vai me procurar então? Promete?

— Você precisa ir. — Amélia sentia que cada pedaço seu se destruía ao empurrá-lo para longe dela.

— Como pode doer desse jeito?

— Ah… Pedro… só o amor pode machucar tanto assim.

♥ 26

Se alguém te louvava,
De gosto me enchia;
Mas sempre o ciúme
No rosto acendia
Um vivo calor.

"LIRA IV", MARÍLIA DE DIRCEU,
TOMÁS ANTÔNIO GONZAGA

Normalmente, as manhãs possuem um enorme poder de reconciliação. O espaço inconsciente que vivemos na noite, de alguma forma, acalma, distancia o que vivemos no dia anterior. Um mergulho na ausência de nós mesmos traz certa paz; ou deveria trazer.

Aquela manhã não trouxe consolo ou uma percepção mais tranquila sobre os acontecimentos da noite anterior. Não fez com que Pedro controlasse a raiva que o invadia a cada dez segundos. Raiva do pai, da Coroa, da vida e até de Leopoldina, que estava mais para vítima do que vilã. Mas ele precisava de um culpado, precisava direcionar seu descontentamento a alguém, mesmo sabendo que, no fundo, a vida é cruelmente circunstancial.

Os raios de sol não foram capazes de lançar luz sobre algum alento. Amélia tinha dores na cabeça de tanto chorar. Em algum lugar dentro de si, sabia que isso aconteceria, que ela e Pedro eram apenas um sonho bom, daqueles que a gente lamenta acordar e interromper. Sabia que não adiantava ficar na cama e nem voltar a dormir, porque os sonhos não esperam por nós, nem se repetem. Ainda assim, não se sentia pronta para levantar e começar o dia. A porta ainda estava trancada e a vida, de repente, pareceu inalcançável.

— Meu Deus, Amélia. — A governanta se espantou ao entrar e vê-la com o rosto inchado, olhando para a parede sem piscar.

— Pode me deixar quieta aqui, por favor. — A governanta fez menção de abrir as cortinas. — Não, minha cabeça está doendo.

— Ele te contou. — A governanta deixou as cortinas fechadas, sentou na pontinha da cama e pegou a mão dela. Caso pudesse, pegaria todos os caquinhos de Amélia que se espalhavam pelo quarto, mas teve impressão de que aquelas peças já não serviriam para montar o que a menina seria dali em diante.

— Você já sabia?

— Rumores.

— Não entendo por que estou sofrendo assim. Eu sabia... Não tinha como dar certo.

— Saber do perigo não nos protege dele.

— Mas devia.

— Preciso perguntar: posso te trazer aquele chá?

— Não é necessário.

— A natureza encerrou qualquer dúvida?

Amélia derramou mais algumas lágrimas, mas nada disse.

— Melhor assim, não acha? — A governanta tentou consolá-la.

— É, sim...

— Ô, querida...

— Vou ficar bem. Só não entendo por que estou com essa sensação pesada de luto.

— Sinto muito.

— Você precisa fazer um favor para mim. Tem que ir até a casa do Chalaça.

— Não posso. Seu pai não anda me deixando sair e, quando preciso fazer alguma coisa na cidade, ele manda um capanga ir comigo.

— Ele está desconfiando de você.

— De todo mundo. Acho que até da própria sombra.

— Até quando ele pretende me manter presa aqui?

— Não sei.

— Eu vou enlouquecer.

— Não vai, não. Vai sofrer o tanto que precisar e depois vai se levantar e ser forte.

— Porque vai passar? — Amélia questionou descrente.

— Não. Porque você não tem opção.

A governanta saiu do quarto levando a bandeja de comida. Sabia que Amélia não tocaria em nada. Encontrou Elias ao pé da escada. O homem parecia mais tenso e contrariado do que o normal.

— Ela não comeu? — Perguntou o óbvio ao ver tudo intocado.

— Não.

— Precisa fazê-la comer! — esbravejou.

— Ela não é mais um bebê. Aliás, eu não conseguia obrigá-la a comer nem naquela época.

Elias bufou.

— Desculpe, senhor, mas Amélia não é passarinho que aceita gaiola. Ela vai acabar adoecendo.

— Essa indisposição toda não é por conta de barriga?

— Não, senhor.

— Tem certeza?

— Absoluta. — Não tinha, mas se Amélia havia dito, não a contradiria.

— Menos mal… Ela está precisando de um choque de realidade. Precisa entender quem é que manda. — E saiu batendo os pés mais do que o necessário.

Ela já havia entendido, mas, ao contrário do que Elias imaginava, quem mandava não era ele. Era a vida.

No palácio, Elias mexia em papéis sem conseguir esconder o desconforto. O cerco parecia se fechar: alguém estava remexendo em seus negócios, perguntando demais, e Amélia de uma hora para outra só sabia dar trabalho, ora de namorico com o príncipe, ora se metendo onde não devia. Pegou o que precisava e saiu tentando controlar a impaciência. Deu de cara com Pedro. Era só o que faltava…

— Vossa alteza.

— Senhor...

— Desculpe, estou com pressa.

— Amélia está melhor? Fui visitá-la e fui informado que ela estava acamada sem poder receber visitas.

— É melhor o senhor parar de visitar minha filha. É um homem casado, não é? — cutucou.

— Sou, ao que parece... Mas o que isso tem a ver com a sua filha ser trancada no quarto?

— Ela não está trancada.

— Que bom, porque eu a deixei em ótimas condições de saúde. Caso aconteça algo com ela, estará em sua conta, Elias — ameaçou.

O homem, que já não estava em seu melhor humor, não se aguentou. Aproximou-se de Pedro e falou naquele tom amedrontador que só ele tinha.

— Minha conta? Você, sendo quem é, teve acesso livre à minha casa e à minha filha. Fingiu amizade, cavalheirismo e sabe lá mais o quê. Divertiu-se o quanto quis e, do dia pra noite, partiu o coração dela. De novo. Sabe, Pedro, eu deveria te matar e dar a carne aos cães, mas o seu maior castigo é saber que Amélia está arrasada. Acamada não por doença, mas por um sofrimento que, ao que parece, só você sabe oferecer.

Os olhos de Pedro marejaram, e Elias gostou.

— Seu castigo será vê-la no baile de recepção à nova princesa. Você vai vê-la e ela será a mulher mais bonita no recinto, mas eu não lhe permitirei uma única dança. Caso olhe para ela mais do que um segundo, eu mesmo o corrigirei. O castigo de vocês dois será estar no mesmo recinto e não trocar uma única palavra. E essa conta é sua, vossa alteza.

Elias saiu triunfante. Pedro, que já andava procurando por um culpado para toda a sua miséria, tinha acabado de encontrar um: ele mesmo. O rapaz aceitou cada palavra daquele tirano como verdade e acreditou não ser digno do perdão de Amélia. Ana, que tinha visto tudo — parecia sempre ver —, aproximou-se do irmão.

— Não dê ouvidos. Ele é um crápula.

— É, sim. Mas, dessa vez, não está completamente errado.

— Como não? Ele fez parecer que você agiu de caso pensado, que se aproveitou dela e fugiu. Não foi isso… Qualquer um que tenha reparado de verdade, sabe que vocês se amam.

— De que valem as intenções, Ana? A única parte que importa de tudo o que ele disse é que eu parti o coração dela e, só por isso, eu perco a vontade de viver.

— O seu coração também está partido.

— Mas se fosse só o meu, tudo bem. Eu teria o meu coração partido mil vezes em troca de tudo o que vivemos. Não consigo imaginar passar pela vida sem ter sido amado por ela.

— O amor não pode valer tanto assim… sério… — Ana parecia chocada e Pedro acabou rindo.

— Vale, vale sim. Um dia você saberá.

— Deus me livre!

— Tomara que não livre.

— Não me joga praga, Pedro. Um casamento que me permita estudar as artes, dar festas e viajar pelo mundo está de bom tamanho. Ah! E um homem que seja asseado, por favor! É o mínimo.

— Tem razão, é o mínimo que se pode esperar.

— Sinto muito por você e Amélia. Gosto dela. Adoraria tê-la na família.

— Eu também, Ana. Eu também.

— Mas, pelo que sei, Leopoldina não é nada mal. Sua irmã mais velha casou-se com Bonaparte. É uma grande honra a família dela ter aceitado casá-la com você. Acho que por isso ninguém acreditava muito que esse arranjo fosse dar certo. Não se ofenda, mas em questão de poder: Bonaparte aqui, e você… — Ana colocou uma das mãos bem acima da cabeça e a outra, próxima ao joelho, mostrando o que até então ninguém tinha tido coragem de dizer em voz alta.

— Sim, um nos expulsou de nossas terras, enquanto o outro saiu com a família escorraçada, já entendi, Ana.

— Então… é uma honra enooorme.

— Deve mesmo ser uma grande honra, mas o fato é que não tenho espaço para ela. — Pedro apoiou a mão no peito.

— É uma pena.

— É sim.

— Eu poderia visitar Amélia. Ao que parece, o pai dela estava indo para a cidade e ninguém desconfiaria de mim. Afinal, sou muito criança para estes assuntos. — Ana fez aspas com os dedos ao dizer a palavra criança.

— A ideia de ter qualquer notícia dela me tenta muito, mas preciso dar um tempo. Ontem, Amélia me empurrou para fora do quarto, e eu não quero nem tentar explicar todo o sofrimento estampado em seu rosto.

— É compreensível... Pedro, você está com o futuro garantido, e quanto a ela? O que será de Amélia depois de ter se entregado a esse romance? A situação dela me preocupa.

— Ana, por favor... — O jovem sentiu o sangue ferver ao imaginar.

— É claro! — Ana se sentiu envergonhada. — Como não pensei nisso antes? É capaz de Elias casá-la antes mesmo de Leopoldina chegar.

— Inferno! — Pedro saiu sem nem olhar para trás.

Era egoísmo perder as estribeiras pensando em Amélia casada sendo que ele mesmo já estava, mas Pedro não suportava a ideia de ter um homem tocando seu corpo, usufruindo de suas risadas, alguém com quem ela vai compartilhar a vida, segredos e seu amor. Imaginar essa situação o deixava cego de raiva, e ele sentia que poderia morrer ou matar quando isso acontecia.

Saiu porta afora, sem saber para onde ir. O jardim era o lugar no qual passou a infância brincando com Amélia, enquanto se escondiam do pequeno e chato Miguel, que adorava cercá-los. Depois, crescidos, tornou-se o lugar do qual ele ficava admirando-a durante as festas, cheio de vontade de tocá-la. O gazebo perto do lago era seu refúgio, até tê-la beijado lá também. Seu quarto, o quarto de Ana, até o estábulo. Amélia estava em todos os lugares, não tinha para onde escapar, a presença dela tomava tudo. Como conseguiria viver com outra mulher caminhando por aqueles mesmos lugares, como? A presença de Leopoldina transformaria Amélia em um fantasma e isso estava além do que Pedro conseguia aceitar.

Voltou para dentro e foi em busca do pai. Entrou em seu gabinete como se fosse um foguete. Carlota estava sentada atrás da mesa, o que causou um enorme espanto em Pedro.

— Desculpe, não era a vossa majestade que eu esperava encontrar.

— Está procurando o seu papaizinho? — Carlota enfiou alguns envelopes na gaveta.

— Sim. Quero que reformem o Paço Imperial para que seja a futura residência oficial do príncipe e da princesa.

— Que sensato! Não é bom manter a esposa e a amante tão próximas. — Carlota se levantou com um pequeno envelope nas mãos.

— Não fale de Amélia assim.

— Não falarei, não tem motivo para o nome desta garota estar em meus assuntos, querido. Normalmente, nem me lembro de que ela existe.

— Onde está o papai? — perguntou ele, impaciente.

— Dentro de um barril com água do mar que trouxeram para ele. — Carlota riu.

— Não entendi.

— É ridículo, não é? — Ela continuava a gargalhar. — Vá até os aposentos dele e veja você mesmo. Eu queria estar lá até agora, pois a cena é degradante, um deleite para meus olhos, mas ele me expulsou.

Carlota saiu e Pedro resolveu ir até o quarto de seu pai para tentar entender o que ela havia dito. Não se lembrava da última vez que havia percorrido os corredores daquela ala do palácio.

Apesar de os aposentos reais incluírem salas de recepção e audiências, onde o rei realizava reuniões oficiais com cortesãos e dignitários, os de d. João ficavam em uma parte mais reservada e segura do palácio, afastada das áreas públicas. Essa disposição permitia que o rei tivesse privacidade para suas atividades pessoais e familiares.

Havia dois guardas na porta, mas isso não foi um problema, Pedro entrou sem ser anunciado. Seu pai estava mesmo dentro de um barril. Não um comum, mas um barril enorme, feito sob medida para acomodar a condição, digamos, rechonchuda do rei.

— O que é isso?

— Não é uma beleza, Pedrinho? O médico acredita que as propriedades salinas da água do mar podem ajudar na cura das feridas e úlceras que tenho nas pernas.

— Então, por que não foi se banhar no mar?

— Como um selvagem? Ou pior, como sua mãe? Deus me livre de tamanha aflição. — D. João parecia indignado com a ideia.

— Quero que o Paço Imperial seja a residência oficial de Leopoldina — soltou Pedro, de uma vez só para poder sair logo dali.

— E sua, certo?

— Que seja...

— Ótima ideia. É de bom tom que tenham um lugar somente para vocês. Os pombinhos precisam de privacidade.

Pedro sentiu um desconforto enorme, não sabia o que era pior: a cena de seu pai nu em pelos dentro de um barril repleto de água do mar ou d. João explanando suas intimidades.

— Precisam ajustar aquele lugar.

— Fico feliz que esteja preocupado em receber bem a sua esposa. Mandarei que o deixem impecável. Além disso, exigirei flores e bandeiras. Será como em uma noite de gala. Leopoldina ficará encantada.

— Quartos separados, como deve ser. Que fique claro — exigiu Pedro.

— Separados, mas conjugados. Precisamos de um herdeiro, mais de um, para garantir.

Pedro não quis discutir, apenas acenou e saiu, deixando seu pai naquela hidroterapia esquisita. Garantir que Leopoldina não invadisse as memórias dos lugares que dividiu com Amélia era sua prioridade, até ver o pai naquela situação. Pedro, antes de qualquer coisa, precisava sair daquele palácio de gente maluca, senão acabaria como eles: amargurado e enlouquecido.

♥ 27

Se estavas alegre,
Ele se alegrava;
Se estavas sentida,
Ele suspirava.

"LIRA IV", MARÍLIA DE DIRCEU,
TOMÁS ANTÔNIO GONZAGA (ADAPTADO)

Basta o coração estar feliz para o dia se tornar uma festa, mas todas as festas do mundo jamais seriam capazes de trazer felicidade a um coração desesperançoso.

— Que continuem os festejos! — Pedro ouviu alguém gritar.

Era a realização de todos os medos dele. Parecia que estava preso em um pesadelo. Leopoldina nem tinha chegado, mas as homenagens já aconteciam. Havia participado de um desfile, uma procissão, um leilão de caridade e um banquete no Paço Imperial, que seria sua nova casa. A cidade estava em polvorosa, irritantemente alegre e festiva.

Não tinha visto Amélia nas últimas três semanas, embora tivesse procurado por ela em todas as ocasiões. Imaginou que a veria entre as pessoas, que talvez ela aparecesse em alguma festa. Sonhou em vê-la nem que fosse na fila do beija-mão — o que não era nada provável, porque Elias não a levaria para pedir nem agradecer por nada, e esses eram os intuitos dos encontros com o povo. Mas seu coração era tolo e desenhava situações impossíveis em sua mente. Ele a esperou de diversas formas, mas não a viu sequer uma vez, nem que fosse de longe. Inesperadamente, ela havia sumido. Temeu que ainda estivesse trancada, mas um dos cortesãos havia contado que ela foi à missa com seu pai e parecia muito bem-disposta. Não era uma notícia incrível, mas pelo menos o acalmava em relação a sua saúde.

Hoje ele teria que comparecer a mais um evento em comemoração ao seu enforcamento, digo, casamento. Uma apresentação especial no Real Theatro de São João, que contaria com os renomados Angelica Catalani e Giovanni Battista Rubini, que se dividiriam em uma trilha sonora magnífica e interpretações apaixonadas. Seria um espetáculo, com toda certeza, uma honra para qualquer um que estivesse presente. A noite seria um deslumbre artístico e romântico. Justamente por isso, Pedro só conseguia se sentir torturado, era como se ele fosse testemunhar todo o amor e a paixão que o casamento dele jamais teria.

Teresa, Maria, Francisca e Assunção saíram da frente. Todas arrastando metros de tecidos caros e quilos de ouro. Miguel, Carlota, Ana e Isabel foram em seguida, ainda mais elegantes. D. João e Pedro se encontraram na saída do palácio.

Pedro vestia um traje formal de gala, refletindo sua posição de Príncipe Real. Usava calça e casaco azul-marinho com abotoamento duplo, ricamente adornado com bordados e botões dourados. Sob o casaco, um colete luxuoso no mesmo tom, acompanhado de uma camisa de seda branca com um babado frontal de renda que saltava sobre o colete. No peito, uma fita com o brasão da Ordem de Cristo, a qual pertencia. Pedro estava repleto de detalhes que, juntos, mostravam todo o poder — e a beleza — que carregava.

— Você está uma belezura, meu filho. Não é à toa que a tal moça ficou caidinha por ti. — D. João pareceu emocionado.

— Vamos acabar logo com isso. — Pedro, incomodado, passou o dedo pelo colarinho e se encaminhou para sua carruagem, que estava com nova pintura, o brasão das armas reais cintilava em seu dourado quase opressor. Os candelabros externos estavam acesos e os cavalos, com arreios e faixas decoradas. Um primor.

— Vão apresentar uma ópera inédita, sabia? É um presente de Leopoldina — disse d. João, seguindo-o.

— Uma ópera que ainda não estreou? — Pedro ficou surpreso.

— Sim. Dizem que é romântica.

— Melhor que fosse *Don Giovanni*, a história de um libertino sem coração.

— Deixe disso…

Pedro entrou em sua carruagem e d. João se encaminhou para a dele. Não havia nada que pudesse ser dito que mudasse o estado de espírito do príncipe.

Após os cumprimentos e reverências na entrada, Pedro e seu pai foram para o Camarote Real. Ficaram apenas os dois, o restante da família se dividiu em outros dois camarotes ao lado. A família era enorme, por isso, costumavam se dividir: sempre Carlota com d. João separados dos príncipes e princesas. Mas, desta vez, o evento era de Pedro, ele merecia todo o destaque, todos os olhares estavam voltados em sua direção.

O camarote de Elias estava vazio, as cortinas de veludo, fechadas. O espetáculo começou e Pedro alternava o olhar do palco para o lugar onde Amélia deveria estar sentada. Após alguns minutos, as cortinas do camarote foram abertas e Amélia surgiu, em um vestido vermelho riquíssimo, acompanhada de seu pai e convidados.

O coração de Pedro quase arrebentou no peito. No palco, Angélica Catalani e Giovanni Battista Rubini apresentavam um dueto romântico de uma ópera que ninguém conhecia ainda: *Euryanthe*, de Carl Maria von Weber.

O público só tinha olhos e ouvidos para o espetáculo, que era diferente das comédias e dramas a que costumavam assistir. A plateia estava envolvida com os personagens, que demonstravam seu amor e devoção um pelo outro, apesar das dificuldades. É verdade que grande parte não entendia nada da letra, que era cantada em alemão, mas a encenação e os acordes davam pistas sobre a trama romântica.

Amélia ficou bastante tempo sem desviar os olhos do palco, sabia que seu pai estava a observando e não queria irritá-lo. Não agora que ele estava afrouxando um pouco as rédeas. Nos últimos dias, tinha permitido que fosse à biblioteca e ao jardim de sua residência. Foram também à missa e ela fez o jogo dele, reforçou sua gratidão e rezou mais do que qualquer um.

Quando ele falou sobre a ópera, Amélia se sentiu dividida, pois sabia que veria Pedro e duvidava estar pronta para resistir ao amor que ainda morava nela. No entanto, era sua chance de voltar a ter um pouco mais de liberdade. Não gostou, mas teve que aceitar quando seu pai disse que a levaria com a condição de ir à ópera acompanhada da família de seu mais novo pretendente: o Conde de Montrose, um rapaz bastante bonito e educado.

Elias tinha dado permissão a ele para cortejá-la, e Amélia estava gostando. Não de ser cortejada, para deixar claro, mas de voltar a se sentir um pouquinho mais livre.

Aquela situação com o conde poderia ajudá-la a sair mais vezes de casa, e ela tinha muitas coisas para resolver longe dos olhos do pai. Precisava falar com Seixas e também com Chalaça. Em sua cabeça, um plano se construía e, somente por isso, não havia enlouquecido. Amélia sentia falta de Pedro. Claro que sentia. Uma saudade que lhe causava falta de ar, mas suas mãos estavam atadas. Não havia o que fazer.

Ao final do primeiro ato, ela se levantou e, pela primeira vez, encarou o Camarote Real. Lá estava ele, com os dois olhos sobre ela, como se o verdadeiro espetáculo não estivesse no palco. Pedro estava em um andar acima, sua figura altiva, séria e imponente quase a oprimia. Ele significava tanto que Amélia custou a voltar a se mover. Somente quando o conde lhe ofereceu o braço foi arrancada do transe.

Caminharam até os *foyers* do teatro. As áreas de recepção eram espaços decorados e bem iluminados, onde o público passeava nos intervalos entre um ato e outro da ópera. Lá, observavam as decorações, conversavam animadamente, bebiam champanhe, comiam petiscos e doces. Além de serem vistos e observados uns pelos outros.

— Mas se não é o meu bom amigo Conde de Montrose. Nunca mais apareceu em minha residência para conversarmos. — Chalaça se aproximou cumprimentando a todos. — Como vai, senhorita Lopes?

Amélia fez uma reverência com a cabeça. Já tinha soltado o braço do conde, mas continuava ao seu lado.

— Aproveitando esse acaso maravilhoso, comunico que recebi uma edição de luxo raríssima de *Os Lusíadas*, de Camões, e gostaria muito de lhe enviar. Soube que ajudou Ana com literatura algumas vezes, é verdade? — Chalaça dirigiu-se à Amélia, mas chamou a atenção de Elias.

— Sim, é verdade — confirmou ela, fingindo naturalidade.

— Já tenho outras duas edições, por isso, não me faria falta. Permita que ofereça essa para a biblioteca pessoal de vocês — completou, agora dirigindo-se a Elias.

— Claro. Por que não? — Elias aceitou, desconfiado.

— Exato. Por que não? Enviarei para vocês.

Amélia agradeceu, Chalaça despediu-se e foi agitar outras rodas de conversa.

— Espalhafatoso este melhor amigo do príncipe — cutucou Elias, mas ninguém quis comentar. — Conde, por gentileza, leve Amélia e sua mãe de volta ao camarote, preciso trocar duas palavras com um amigo, já encontro com vocês.

— Sim, senhor.

Amélia aceitou o braço do rapaz novamente. Caminhava tentando entender o que Chalaça estava arquitetando. Caso estivesse pensando em enviar algo com o livro, estaria perdido, pois seu pai interceptaria qualquer bilhete que viesse junto. Ele não seria tão estupido. Não era possível! Aquele não era o homem de confiança de Pedro e mais uma porção de cavalheiros? Não seria tão ingênuo a ponto de pensar que...

— Mas que surpresa agradável. — Pedro apareceu na frente deles, do nada.

— Vossa alteza. — O conde o reverenciou puxando Amélia junto.

— Olá, Amélia. Quanto tempo... — disse, tentando parecer natural.

— É verdade, faz tempo que não visito o palácio.

— Como está? — perguntou Pedro, ignorando completamente as duas pessoas que a acompanhavam.

— Bem. Este é o Conde de Montrose e sua mãe...

— Eu conheço Guilherme e sua mãe. Como vão? — interrompeu Pedro, impaciente.

— Estamos voltando ao camarote. Com sua licença, vossa alteza. — O rapaz tentou se retirar, mas não foi ouvido.

— Amélia, Ana tem sentido sua falta. Disse ter assuntos que... — ele nem sabia mais o que estava fazendo, só queria esticar aquele momento mais um pouquinho — vocês precisam concluir.

— Estou ocupada, mas mande lembranças minhas.

— Farei melhor. Vamos todos nos encontrar para um chá. Eu, você... — Amélia arregalou os olhos na direção dele — Ana... Traga o conde, a mãe dele, sua governanta também. Todo mundo. Será muito amistoso e... completamente adequado.

Ficaram em silêncio por alguns segundos. Amélia disfarçando o espanto, de braço dado com o conde, e Pedro suando de nervoso.

— Sim, vossa alteza, mas, agora, se nos der licença, precisamos voltar. — Amélia se virou e foi em direção ao camarote. Sentia-se enjoada, com as pernas trêmulas e a boca seca.

Estava em pé, observando a plateia lá embaixo voltar aos seus lugares, o vestido parecia lhe espetar. Um funcionário do teatro chegou e avisou o conde e sua mãe que estavam sendo solicitados em uma roda importante de conversa.

— Do que se trata?

— Não sei, senhor, mas disseram ser importante.

— Venha comigo, Amélia.

— Espero aqui. Meu pai deve estar vindo.

— Está bem. Volto num instante. — O conde beijou sua mão e se retirou.

Pedro entrou cinco segundos depois e puxou Amélia para longe do balcão. Entre as cortinas, na penumbra, os rostos muito colados, os perfumes se misturando, as respirações ofegantes e as mãos dele bem firmes em volta dos braços dela.

— Perdeu a cabeça? – sussurrou ela.

— Faz tempo.

— Não pode fazer isso. Meu pai está a caminho. Tem um monte de gente aqui.

— Pedi que atrasasse a todos. Ninguém está nos vendo.

— Ele vai desconfiar.

— Para o inferno! Não ligo!

— Eu ligo. Você não pode fazer isso.

— Não posso, mas não resisto. Como vê-la tão bonita, tão majestosa nesse vestido vermelho e, pra piorar, de braços dados com aquele fedelho, e não fazer nada?

— Ele é um ano mais novo do que você.

— Mas ao seu lado parece um bebê perdido. Ele não saberia nem mesmo beijá-la como você merece.

— Ah… É? Como pode saber?

— Porque eu sei como beijar você.

E beijou.

E sabia mesmo.

Amélia sentiu as pernas fraquejarem. Aquilo não era certo. Não era justo, mas era bom. Terrivelmente bom.

— Estamos em um festejo em homenagem ao seu casamento. Pare, por favor…

— Como, se já sou casado com você? — Ele queria voltar a beijá-la, mas Amélia se desvencilhou dele. — Então, agora será assim? Nós nos encontraremos nos eventos e fingiremos que não sentimos nada? Você andará de braços dados com o conde…

— E você com Leopoldina.

— É assim que será? Irá ao meu casamento, eu irei ao seu. Ora! Quem sabe nossos filhos cresçam juntos! De repente, brinquem, tomem banho no lago, apaixonem-se… — Pedro se inflamava com aqueles pensamentos.

— Pare, por favor — pediu Amélia, cobrindo suas bochechas com as mãos enluvadas e olhando bem dentro de seus olhos.

— Não sei viver assim. Não sei viver sem você. Não posso vê-la e não beijá-la. — Ele parecia mais calmo.

O funcionário que havia dado o recado ao conde retornou, arranhando a garganta, chamando atenção dos dois apaixonados.

— Vá. Não posso ser vista com você. Por favor… meu pai.

— Eu sei.

Pedro beijou seus dedos e saiu. Amélia se sentou. Tentava regular a respiração. Retirou um lenço de sua pequena bolsa, passou pela testa, em volta dos lábios e o guardou. Percebeu que estava trêmula.

Pedro estava certo, não conseguiriam conviver. Era cruel demais. Além disso, tinha esse magnetismo que parecia não permitir que ficassem no mesmo ambiente sem estarem grudados. As bocas dos dois grudadas certamente a levariam à ruína. Era errado, mas parecia certo e ficava cada vez mais confuso.

As pessoas retornaram, a ópera retornou, mas Amélia estava ausente. Fingia prestar atenção, mas só sentia o olhar de Pedro queimando sobre ela. Os acordes, as vozes, as juras de amor na voz potente dos cantores reverberavam em todo o teatro e se misturavam ao turbilhão que parecia sacudir tudo dentro dela. Amélia não conseguiu conter toda aquela avalanche de sensações e deixou escapar uma lágrima. O conde lhe estendeu um lenço, sorrindo, achando bonito ela se emocionar com o espetáculo.

Pedro tinha razão, a inocência daquele garoto quase a ofendia.

♥ 28

Só no céu achar-se podem
Tais belezas como aquelas,
Que, minha querida, tem nos olhos,
E que tem nas faces belas;
Mas às faces graciosas,
Aos negros olhos que matam,
Não imitam, não retratam
Nem auroras nem Estrelas

"LIRA VII", MARÍLIA DE DIRCEU,
TOMÁS ANTÔNIO GONZAGA

Sem o trabalho na fazenda, sem as noites ocupadas com as fugas e sem as escapadas de amor e aventura com Pedro, Amélia percebeu que a vida podia ser longa e que ter muito tempo livre nem sempre é uma vantagem. Tentou bordar, mas notou que não tinha a menor paciência. Tocou todas as partituras que tinha pela casa e percebeu que não havia no mundo canções suficientes para lhe distrair a mente. Leu naquela semana mais do que tinha lido durante a vida toda. Os dias sabiam ser longos, enormes e enfadonhos. Tomava chá com a futura sogra e o pretendente. Nestes encontros, apenas Elias parecia mais entediado do que ela e essa era uma satisfação quase sórdida.

Como se não bastasse os dias serem tão compridos, as noites também aprenderam a se arrastar. Amélia se deitava, mas não dormia. Encarava a janela por onde tinha tirado Pedro de seu quarto e de sua vida. Olhava a cama, sempre grande e fria demais. Seus pensamentos pareciam gostar de torturá-la, pois, ao adormecer, sonhava com os dias que dividiram. Os dias distantes e os recentes. As brincadeiras e o beijo quente no teatro.

A solidão sempre esteve presente em sua vida, mas agora a amargava. Trazia questionamentos duros sobre ser merecedora de amor. Como se a vida tivesse determinado que Amélia seria privada sempre desta glória. Afastada da mãe, afastada de Pedro.

Contudo, ela deixava a tristeza passear por ela só um pouco. Só o tanto necessário para que fizessem as pazes de novo. Amélia abraçava o que sentia, mas não se deixava levar. Era uma sobrevivente. Respirava fundo e recomeçava o dia à espera de que algo mudasse ou, quem sabe, ela tivesse a chance de mudar todo aquele destino que parecia se desenhar bem diante dela. E se ela tivesse essa chance... Ah, ela jamais a deixaria escapar!

Quando o pacote de Chalaça chegou, Amélia duvidou de suas estratégias. Contudo, seu pai não encontrou nada de anormal nos livros, mesmo vasculhando tudo, folheando e sacudindo para ver se tinha algum bilhete dentro.

— Vai estragar o livro — repreendeu Amélia.

— Só garantindo não ter nenhum recado de Pedro escondido.

— Pedro pode ser leviano, mas não é burro.

Elias pegou o envelope direcionado a ele, abriu, leu e pareceu surpreso.

— Parece que Pedro está preocupado com sua reputação e mandou o amigo resolver.

— O que está sugerindo?

— O bilhete diz que o livro é um presente pra você como um gesto romântico do irmão mais novo de Chalaça.

"Que porcaria de estratégia era aquela?" – Amélia pensou enquanto fazia uma expressão esquisita.

— Está escrito que ele sabe que você está sendo cortejada pelo Conde de Montrose, mas que ele apresenta o irmão como opção.

— Deus me livre.

Elias gargalhou como não fazia há uma vida.

— Isso é coisa do palácio. Sabem que Pedro a arruinou e não querem problemas comigo. Enviaram um salvador.

— Nossa! Que lisonjeiro! — ironizou ela.

— Não se preocupe. Ele não é opção. Jamais entregaria você e minha herança para um parente daquele *bon vivant*.

— Mas posso ficar com o livro, né? Parece lindo... — arriscou Amélia.

— Claro, ao que parece é uma encadernação de luxo, rara...

— E caríssima.

— Pegue o livro, faça o que quiser. — Elias apoiou o pacote com o bilhete em uma mesa.

— Posso ir à modista mais tarde?

— Para quê?

— Quero um vestido novo para o baile de Leopoldina.

— Não a chame pelo nome, ela é uma princesa.

Amélia apenas abaixou os olhos, apertou os lábios e segurou a raiva. Parecia que o pai queria reduzi-la, colocando-a num lugar que, aparentemente, era bem abaixo do de Leopoldina.

— Posso ou não?

— Amanhã. Hoje estou ocupado.

— Vai me acompanhar à modista?

— Sim. Por quê?

— Posso ir com a governanta, cinco capangas, o futuro noivo, a mãe dele. Sei lá… Tem tanta gente para me controlar.

— Você está bem-humorada.

— Estou com raiva, na verdade. Só preciso de um vestido bem caro, elegante e vistoso para ir ao baile da vossa alteza, que chegará em breve.

— Chamar atenção, essa é a sua vingança?

— É a única que posso concretizar.

Elias parecia orgulhoso.

— Está bem. Vou designar dois homens e a governanta para acompanharem você.

"Ele caiu", comemorou Amélia. Ele sempre caía.

Assim que Elias se retirou, Amélia foi para o quarto e começou a fuçar no livro, procurou alguma marca, anotação, código, qualquer coisa. Não encontrou nada. Recomeçou a busca com mais calma, mas o fato era que não havia nada. Não era possível! Que brincadeira sem graça era aquela?

Estava deixando algo escapar, mas onde? Olhou para o livro e para o envelope. Chalaça usaria o bilhete enviado a seu pai para avisá-la de algo? Seria tão ousado assim? Bem, se fosse para alguém ter coragem de debochar escancaradamente de seu pai, essa pessoa seria Chalaça.

Pegou o bilhete e leu:

Caro Elias,
*Espero que est**A** mensagem seja **R**ecebida com alegria e **L**ouvor. Saiba que admiro sua pessoa e também a de sua filha. Portanto, apresento meu irmão, jovem intelectual que está estudando na Europa, mas virá ao Brasil muito em breve, é de muito bom grado oferecê-lo a cortejá-la e enlaça-los em um futuro **O**timo casamento. Certo de que **T**ambém abençoaria, dou este passo repleto de esperança.*
*Sei que há um pretendente, mas a minha expectativa é que senhor perceba que minha família é a única que pode dar a sua filha uma vida digna e c**A**bençoada.*

A mensagem parecia estranha, tinha uma grafia engraçada e escolha de palavras duvidosas. Leu, releu... Encarou o bilhete e, finalmente, encontrou uma lógica. Ela sempre encontrava!

— Chalaça, seu espertinho ridículo!

Algumas horas depois, Amélia estava desembarcando diante do atelier de Rosa. Os capangas de Elias entraram na frente para ver se não havia nenhum príncipe à espera de Amélia. Era constrangedor. Até quando aguentaria aquela situação? Temia ser traída por seu próprio temperamento. Sabia que, em algum momento, a revolta a tomaria e Deus ajudasse quem estivesse por perto, porque ela não pouparia ninguém.

— Sinto muito por isso. — Amélia entrou se desculpando, ainda tentando controlar toda a raiva que sentia.

— A senhorita deve ter irritado bastante alguém para ter levado um tiro e agora só entrar em lugares que são revistados antes.

Era isso, então, que seu pai e os empregados diziam por aí? Falavam que essa segurança toda era para sua filha não ser alvo de mais ninguém? Compreensível, o que ele poderia dizer? Que a protegia de si mesma? De suas ideias e amores?

— Pois é...

— Em que posso ajudá-la?

— Preciso de um vestido diferente, que me represente e cause um falatório de, pelo menos, uma semana.

— Uh! Ousada! Adoro!

— E preciso que me ajude a entregar um bilhete para o Príncipe Pedro.

A expressão de Rosa mudou.

— Sei que peço muito, mas não tenho autorização para ir sequer ao jardim da minha própria casa sozinha. Preciso de ajuda.

— Bem… Preciso ir até o palácio pra fazer algumas provas dos vestidos das princesas. É o máximo que consigo.

— Entregue para Ana. Diga que fui eu que mandei, ela vai entender.

— Está certo. Agora vamos às medidas. Não quero problemas com a realeza e, muito menos, com seu pai. Desculpe.

— Eu entendo.

— Que bom, porque gosto muito da senhorita e vou lhe fazer um vestido que ninguém vai esquecer.

Rosa tirou-lhe as medidas, falou sobre suas ideias para o vestido, mostrou os tecidos e Amélia quase se empolgou. Ela escreveu o bilhete e confiou à modista aquela chance única de ter contato com quem quer que fosse.

— Obrigada.

— Precisa voltar no final da semana para fazermos uma prova, está bem?

— Sim. Caso fique pronto antes ou haja algum problema, pode ir até minha casa ou mandar alguém avisar. — Amélia quis deixar um encontro em aberto para o caso de enviarem algum recado pela modista.

— Combinado.

Rosa se retirou sem olhar para trás, estava mais envolvida em assuntos do palácio do que gostaria. Parecia atrair confusão além do que conseguia dar conta.

Conforme prometeu, Rosa entregou o envelope para Ana, que entendeu prontamente que o destinatário era seu irmão. Por um segundo, pensou se era mesmo uma boa ideia fazer essa ponte entre Amélia e Pedro. Por mais que apreciasse testemunhar o amor dos dois, era visível que aquela situação tinha trazido muita dor. Alimentar esse sentimento parecia irresponsável. Leopoldina chegaria a qualquer momento, por quanto tempo mais eles poderiam alongar aquela história?

Passou um tempo com o bilhete enfiado no corpete, mas sentia-se uma traidora. Seu irmão mais velho não a perdoaria caso não lhe entregasse a mensagem. Não suportou mais e foi até o gabinete de Pedro.

— Está muito ocupado?

— Estou fingindo que estou. É importante?

— Amélia enviou isso.

Pedro tirou a cara que estava enfiada em outros papéis e quase voou em direção à irmã.

— Fiquei em dúvida se entregava. Vocês se amam e se magoam no mesmo tanto.

— A gente não se magoa. A gente sofre com essa situação. São coisas diferentes.

— Dói do mesmo jeito. E quando você fica nervoso, passa mal.

— Não se preocupe tanto, Ana. Sou duro na queda.

— É bom que seja. — Ana lhe entregou o envelope.

P,

Preciso que você converse com Chalaça. Ele me mandou um bilhete metido a engraçado que não diz quase nada. Eu mesma iria, mas estou enclausurada.

Precisarei fazer algumas provas do vestido que encomendei, talvez você consiga deixar um bilhete na modista me explicando melhor o que ele descobriu.

Obrigada,
A.

— Só isso? Instruções? Nem um "com amor" ou "sua Amélia".

— Ela recorreu a você, isso já não diz o suficiente?

— Tem razão. Tem razão de novo, irmãzinha.

Pedro foi até Chalaça imediatamente, precisava saber o que estava acontecendo. Se seu amigo tinha descoberto algo importante, por que não contou para ele?

Atravessou os portões sem muita paciência e não precisou procurar para encontrá-lo em posição indecorosa com uma jovem bastante bonita que não era a sua esposa.

— Na entrada, Chalaça? No meio do dia? — Pedro se virou de costas, mas não saiu.

— Sabe o motivo de terem inventado portas, Pedro? — perguntou Chalaça, enquanto a moça corria enrolada nas próprias roupas. — Para bater antes de entrar em algum lugar!

— Vou esperar no seu gabinete. Precisamos conversar.

Chalaça se vestiu e foi ao encontro do amigo, que estava agitado.

— Você parece mais irritado do que o normal.

— Você poderia pelo menos usar um cômodo mais longe da rua?

— É um abuso você vir à minha casa e dizer onde devo fazer minhas coisas. Sei que é o príncipe, mas você está passando dos limites.

— Parece que você enviou um bilhete para Amélia…

— Ah… entendi. Amélia… — Chalaça riu, satisfeito. — Está com inveja. Queria poder estar com a filha do Capiroto como eu estava com a garota.

— Não me provoque.

— Está irritado porque não pode fazer isso. Está certo, tem minha compaixão.

— O bilhete, Chalaça. O que tinha nele? — Pedro sentia o sangue ferver.

— Ofereci meu irmão mais novo como candidato a marido para ela.

— O quê? Quem mandou? Eu nem sabia que você tem um irmão mais novo!

— E não tenho. Calma! É mentira, foi para enviar uma charada, mas, de repente, poderíamos casá-la com alguém que não existe. Fazer por procuração, como fizeram com você. Ela ficaria livre para viver à sua espera em algum lugar.

— Não faça coisas sem antes falar comigo. Quem você pensa que é?

— Até ontem, seu amigo, pessoa de confiança.

— Se quiser continuar sendo, vai ter que mudar essa postura.

— Não precisa levar tão a sério. Foi só um bilhete divertido. Nem sei se ela entendeu.

— Fale como pessoas normais, por favor. Seja direto!

— Sua mãe está metida nos assuntos de Elias e eu fiz um joguinho com o nome de Carlota no texto. Será que Amélia conseguiu entender?

— Como é?

— Não importa, porque eu queria mesmo era falar com você, a pobre garota está enclausurada. Elias não arreda pé.

— E por que não me procurou?

— Ainda não descobri por que Elias está desviando dinheiro para sua mãe.

— Para que ela quer esse dinheiro e por que Elias faria algo para ajudá-la? — perguntou-se Pedro.

— Está surdo? Não escutou o que eu disse? Falei exatamente que faltava descobrir essas duas coisas, por isso não procurei você. O bilhete para Amélia foi só pra mostrar que estava investigando e, antes de qualquer coisa, queria garantir que Elias não desconfiasse de mim. Ele já sabe que andam fuçando a vida dele.

— Como chegou até a minha mãe?

— Não importa. Sabe que não falo sobre minhas fontes nem meus métodos.

— Tem certeza de que minha mãe e Elias estão metidos em algum esquema juntos?

— Sei que parece absurdo, mas estão.

— Presta atenção: isso é importante! Pare de joguinhos, isso não é uma brincadeira. Não quero que envie nada para ela, não quero que a envolva nessas suas patifarias. Vai se dirigir a mim e vai contar tudo, cada detalhe. Está me ouvindo? Falo sério.

— Estou, sim. Darei uma atenção especial a isso. Desculpe não ter notado que era tão urgente. Qual a razão de vocês estarem tão interessados no que Carlota e Elias estão fazendo? Conhecemos os dois, sabemos que estão agindo em interesse próprio.

— Essa parte não é problema seu. Só faça o que estou pedindo. — Pedro se cansou daquilo e foi em direção à porta.

— Precisa parar com essa mania de sair sem se despedir. Não combina com alguém da vossa estirpe — provocou Chalaça.

— Vá se ferrar!

Pedro saiu espumando e seguiu direto para a modista. Não avaliou ou ponderou, apenas foi. Chegando lá, invadiu o atelier causando furor nas moças que aguardavam para ser atendidas.

— Vossa alteza, o que faz aqui? — Rosa estava surpresa.

— Uma encomenda — improvisou.

— Para a sua esposa?

— Claro, claro!

— Poderia ter me convocado, eu iria ao palácio. — Rosa podia sentir as moças se entreolhando, loucas para cochicharem.

— Sim, mas eu estava aqui perto. Posso falar-lhe a sós um minuto? Serei breve, mas não quero que ninguém saiba do que se trata a encomenda.

— Claro. Vamos ao meu gabinete. — Ela fechou a porta atrás de si, respirando fundo. — Vossa alteza não quer vestido algum, não é?

— Não. Preciso que peça para Amélia vir até aqui. Diga que se enganou com as medidas.

— Não posso, está tarde. Logo fecharei o atelier.

— Você precisa fazer isso.

— Senhorita Amélia só sai acompanhada. Os homens do pai dela entraram antes e revistaram todo o lugar da última vez. Pensei que era para evitar algum tipo de atentado, mas, agora, vejo que não.

— Não é o que parece. Ela não é minha amante ou algo condenável.

— Eu não quero saber. Não é da minha conta. Só estou dizendo que não pode se encontrar com ela aqui. Será pego.

— Tive uma ideia.

— Não, por favor.

— Vai dar certo.

Rosa se perguntava quando foi que se meteu naquela enrascada. Só queria recomeçar a vida fazendo vestidos, mas o destino parecia sempre lhe jogar em confusões.

— Está bem. Como posso ajudar?

Pedro sorriu, satisfeito.

♥ 29

> *Beijando os dedos dessa mão formosa,*
> *Banhados com as lágrimas do gosto,*
> *Jurava não cantar mais outras graças*
> *Que as graças do teu rosto.*
>
> **"LIRA VII", MARÍLIA DE DIRCEU,**
> **TOMÁS ANTÔNIO GONZAGA**

*L*ogo cedo, enquanto ainda tomava seu café da manhã, Amélia recebeu um aviso dizendo que Rosa queria confirmar suas medidas e mostrar uma nova remessa de tecidos. Soube na hora que não se tratava do vestido e ficou aflita para atender aquele chamado. Seu pai estava sentado à mesa, calado como sempre. Amélia o observou e notou que seu rosto parecia mais cansado do que o normal. Ela o encarou e, de repente, percebeu que já não tinha o mesmo vigor de antes. Aquela sensação não permitia que tirasse os olhos do rosto envelhecido do pai e esse olhar longo e intenso era carregado de uma mistura complexa de emoções: desgosto, raiva e ressentimento. Era difícil não amá-lo. Tentou vasculhar algo dentro de si, algo que não fosse tenebroso, mas cada fio prateado que encontrava nos cabelos dele servia de lembrete dos anos perdidos, da falta de afeto e das mágoas acumuladas.

— Por que tanto me olha, menina?

— O senhor parece cansado. Não dormiu bem?

— Dormi feito uma rocha.

— Ouviu o recado?

— Ouvi sim.

— E o que diz?

— Pode ir, mas fale para essa modista que, se ela não for competente o suficiente, mandarei você para outra.

— O senhor sabe que ela é a melhor, mas ficou assustada com a situação. Seus homens não foram nada gentis.

— Não é função deles serem gentis.

— Mas ela é uma viúva. Imagine ver dois grandalhões invadindo seu atelier! A pobre estava toda se tremendo.

— Pode ir, mas eles farão exatamente a mesma coisa. Ela que se acostume se quiser continuar vendo a cor dos meus réis.

— Tudo pelos réis.

— Não seja debochada.

— Com licença. Vou me arrumar.

Amélia colocou um vestido cor-de-rosa, cheio de botões que desciam por suas costas. Prendeu o cabelo em um coque e não se deu o trabalho de escolher joias. Estava somente com o cordão que carregava discretamente o anel de Pedro. Sentiu-se tola. Já devia ter tirado aquilo, mas não conseguia. Inventava desculpas como, por exemplo, o risco de alguém encontrar a joia ou perdê-la de vez. Desculpas para si mesma, nas quais não acreditava de fato. Entendia que o real motivo não estava no campo da razão, mas na ideia de que aquela joia simbolizava o amor que os unia. Não era um caso, namorico ou simples paixão. O que existia entre eles era profundo, verdadeiro e bonito, apesar de ser de difícil compreensão e de não ter nenhuma validade naquela sociedade que só aceitava o que cabia em padrões, normas e interesses.

Suspirou, resignada, e desceu as escadas imaginando o que Pedro poderia ter escrito para ela. Despediu-se do pai e seguiu tentando não parecer ansiosa demais. Como explicaria a agitação provocada por uma simples visita à modista para tirar medidas?

Amélia esperava na carruagem com sua governanta enquanto os capangas revistavam o atelier, como fizeram na vez anterior. Estava ansiosa para entrar, sabia que teria alguma notícia sobre o bilhete que enviou.

— Podem ir. Está tudo limpo. Não demorem — avisou um homem ao abrir a portinhola da carruagem.

— Demorarei o tempo que for necessário. E parem de apavorar a moça. Ontem, a pobre parecia tão nervosa que acabou anotando as medidas erradas. Se não quiserem voltar amanhã, não me apressem.

— Sim, senhorita, mas estaremos bem aqui.

— Tenho certeza de que estarão.

Amélia entrou com sua governanta, que sempre ficava na antessala. Foi com Rosa para a área reservada para provas. O atelier estava vazio.

— Pedro respondeu minha carta?

— Vá até meu gabinete. Ele entrou pela janela dos fundos assim que os homens saíram.

— Ele está aqui?

— Não me pergunte por que, mas para um príncipe ficar escondido numa moita e, depois, entrar pela janela, só pode ser por algo, ou alguém, muito importante.

— Olha… — Amélia se sentiu desconcertada.

— Não estou julgando. Mesmo. Só tome cuidado, senhorita, porque, se algo sair errado, não será ele que lidará com as consequências.

— Nunca são eles.

— Nunca.

Amélia foi até o gabinete e Pedro saltou em sua direção. Ela sentiu os lábios dele nos seus, as mãos grandes em sua nuca e aquele calor familiar invadindo o seu corpo. Nossa! Como sentia saudades!

— Oi — disse Pedro, sem soltar as mãos do rosto dela.

— Oi. — Ela sorriu sem perceber. — Não posso demorar.

— Eu sei. — Pedro a beijou de novo. Devagar e profundamente. Depois a soltou. — Você não vai acreditar com quem seu pai anda tramando.

— Com sua mãe.

— Como sabia? — Pedro ficou surpreso.

— Encontrei um bilhete esquisito no cofre do meu pai. Tinha o Brasão Real e estava assinado com a letra C. Na hora, duvidei de que pudesse ser ela, mas, quando Chalaça mandou aquele bilhete ridículo com as letras do nome dela em destaque, ficou óbvio.

— Desculpe por aquele bilhete.
— Nem sabia que ele tinha um irmão.
— Não tem.
— Eu até queria ficar aqui refletindo sobre como Chalaça é estranho, mas não tenho tempo. Precisamos descobrir o motivo de meu pai estar se prestando a isso.
— O que quer dizer?
— Por que meu pai estaria ajudando sua mãe? Não faz sentido. Ele tem que tirar algum proveito disso.
— Ou está sendo chantageado. — Pedro e Amélia se olharam como se aquela ideia fizesse muito sentido. — Ela deve ter alguma coisa contra ele.
— Mas o quê? — Amélia vasculhava a mente atrás de algo. — Lembra-se daquele nome Elie?
— Sim.
— Parece que é o nome de batismo do meu pai.
— Faz sentido, era esse o nome naquele documento sobre sua mãe.
— Exato.
— Lembra-se dele por completo?
Amélia foi até a mesa de Rosa, pegou um papel e anotou para Pedro.
— Aqui está.
— Quem sabe ele anda fazendo outros negócios com esse nome.
— Tenho que ir.
— Quando descobrir alguma coisa, mando Rosa lhe chamar.
— Desculpe continuar envolvendo você nisso.
— Não se desculpe. Sou eu e você, não esqueça.
— Não somos mais, Pedro. Eu lamento e sofro tanto, tanto… mas essa é a verdade. Tem gente demais entre mim e você.
— Chalaça diz que consegue fazer um casamento entre você e o irmão mais novo dele.
— O irmão que não existe?
— Exatamente, por procuração. — Pedro baixou a cabeça, não conseguia dizer aquelas coisas olhando para ela. Mas precisava. — Não posso anular meu casamento com Leopoldina, mas não tenho que viver com ela.

— Sei que quer me oferecer algo desde aquela noite no meu quarto e sei também por que não consegue falar abertamente sobre isso.

— Porque não é uma proposta digna, mas é a única que posso fazer. Sou seu, Amélia. Todo, inteiro…

— Menos a coroa. O sucessor é de Leopoldina.

— A coroa não me pertence. É o contrário. Não tenho poder sobre ela, o dever comanda a todos nós.

— Não sei o que dizer. Se é uma resposta que você quer, desculpe, mas não tenho nenhuma. Preciso ir.

Amélia estava saindo, mas Pedro segurou sua mão. Ela o encarou e o beijou.

— Quem sabe o navio jamais aporte — sussurrou Pedro, em seus lábios.

— Não use minhas palavras tão ingênuas para alimentar uma esperança descabida.

— Preciso…

— É tarde para isso.

— Mas você ainda está aqui.

— Porque amo você, Pedro. Pelo menos isso ainda não mudou. — Amélia se afastou e partiu.

Pedro ficou encarando a porta, sem conseguir responder. Todos os encontros com Amélia pareciam despedidas agora, e, a cada adeus que davam, o desespero só fazia aumentar.

Amélia entrou na carruagem ainda com os lábios quentes, mas sem alegria. Estar com Pedro passou a ser sempre meio triste. Os beijos tinham algo de dolorido e a mão dele deslizando em sua pele parecia lhe dar prazer e angústia na mesma medida. Enquanto estava em seus braços, sentia que merecia estar, mas, quando se afastava, uma sensação incômoda a dominava.

Tentava lidar com aquelas emoções enquanto atravessava a cidade. Precisava chegar bem em casa. Jogaria piquet com Guilherme. Sorriria para o conde, seria amistosa e agradável. A mãe dele, que ficaria sentada no canto da sala, faria expressões de contentamento ao perceber que eles se davam tão bem. Ela era boa naquilo, em fingir, em colocar uma parte sua para dormir enquanto a outra dava seu espetáculo. Só precisava se concentrar...

A carruagem passou em frente ao Paço Imperial. O local estava lindo, adornado, repleto de bandeiras verdes e amarelas em sua fachada. O que seria aquilo? Mas é claro, ela logo concluiu. Verde era a cor da Casa dos Bragança, o amarelo só poderia representar a Casa de Habsburgo, a origem de Leopoldina. Pedro e sua esposa viveriam ali. A União estava exposta para quem quisesse ver.

Amélia sabia como era ser baleada, como doía o metal furando sua pele. Sabia como era a dor do machucado, qual era a sensação de ter alguém lhe cutucando a ferida. Causava náuseas, falta de ar e vontade de morrer. No entanto, todas as vezes que encarava uma prova de que Pedro já não podia mais ser seu, experimentava algo surreal, além de suas forças.

— Eu não posso. Não posso! — Amélia se jogou no colo da governanta e desabou num choro torrencial. — Eu não aguento!

A mulher não ousou fazer perguntas ou falar qualquer coisa que a consolasse. Apenas afagou os cabelos da jovem, oferecendo seu abraço, sua piedade.

— Vamos sumir daquela casa, Frida. Precisamos de um plano para sair de lá o quanto antes.

— Tem certeza? No que está pensando?

— Você tem que ir até o Seixas. Tem que dizer a ele que preciso de um plano. Só ele pode me ajudar.

— Amélia, se eu escapar para dar algum recado ao Seixas, não poderei mais voltar. Seu pai me mataria. Isso significa que, mesmo se algo der errado, não poderei ajudá-la mais. Você ficaria aqui sozinha. Entende isso?

— Então, é isso, meu fim está determinado. Vou ver Pedro se casar, fazer vários herdeiros, virar rei e nos governar. Vou me casar com o conde e ver meu pai sequestrar e vender pessoas até ficar bem velho, porque nem a decência de morrer jovem ele terá.

— Não diga isso. Respire um pouco.

— Mas é a verdade… Nem se eu o matasse teria paz. O conde está falido. Pensa que não sei? Ele está de olho no dote e na herança. Capaz de eu acabar na mesma casa. Vivendo na sombra da Quinta da Boa Vista. O que foi que eu fiz pra merecer tudo isso?

— Você quer fugir, é isso? Porque se eu tiver que ir até o Seixas, você tem que estar disposta a dar adeus pra tudo e todos. É isso o que você quer?

— Adeus à investigação sobre minha mãe?

— À cidade, à fazenda, à sua vida inteira aqui… a Pedro.

Uma resposta. Ela só tinha que decidir qual. Amélia precisava encarar que não havia opção boa. Era ficar aceitando migalhas da vida, sendo dominada por seu pai e só observar Pedro de longe, ou ir embora, recomeçar, deixando tudo para trás.

Qual veneno lhe mataria mais rápido: virar coadjuvante na vida de seu grande amor ou deixar de existir nela de vez?

Faça suas apostas…

♥ 30

A quem fere, a quem rouba, a infame deixa
Que atrás do vício em liberdade corra;
Eu honro as leis do Império, ela me oprime
Nesta vil masmorra.

"LIRA XXVI", MARÍLIA DE DIRCEU,
TOMÁS ANTÔNIO GONZAGA

A chegada de Leopoldina ao Brasil foi celebrada com festa e ruas decoradas. As pessoas se reuniram para assistir à chegada das embarcações, acenando com bandeiras e flores, criando um ambiente alegre e caloroso. Muitos brasileiros estavam ansiosos para ver a nova princesa que viveria no país. A ideia de ter uma figura importante no governo trazia a promessa de estabilidade política e social, bem como a esperança de tempos melhores. Para alguns, a chegada de Leopoldina era vista como um sinal de progresso e modernização. Eles esperavam que a influência europeia da princesa pudesse contribuir para o desenvolvimento do Brasil. No fim, era só esperança descabida depositada em mais uma figura da realeza. Ainda assim, aquela novidade garantiu a animação da população.

O jovem Pedro, no entanto, não conseguia disfarçar seu desalento. Os sentimentos profundos que nutria por sua amiga de infância o faziam querer desaparecer de sua própria existência. Por isso, quando a notícia de que a frota da princesa já apontava no horizonte chegou ao palácio, Pedro não quis acreditar. Era chegada a hora de encarar de frente o seu destino.

Não podia empurrar a resolução com a barriga e não conseguia se prender a esperanças. Leopoldina havia chegado e, com ela, um grande ponto final em suas ideias mirabolantes de fuga e desejo de uma vida simples, feliz e cheia de amor com Amélia.

O sol já ia alto no horizonte tropical quando, enfim, a embarcação de Leopoldina atracou nas águas calmas da baía. A brisa marítima acariciava o rosto dos presentes, enquanto a multidão, ansiosa, esperava pela primeira visão de sua futura rainha. A atmosfera do porto estava impregnada com a promessa de um novo capítulo na história do Brasil.

Leopoldina desembarcou com graça e elegância, seus cabelos loiros cintilavam à luz do sol. Ela usava um vestido exuberante, o corpete era ricamente adornado com rendas finas, bordados à mão e pequenas pérolas, conferindo-lhe um toque de sofisticação e brilho. O decote, em um estilo que estava na moda, era baixo, mesmo assim, elegante e respeitoso. A saia do vestido era ampla e esvoaçante, criando uma silhueta graciosa e imponente. Leopoldina parecia ter saído de um palácio, não de uma embarcação onde havia ficado por meses. Seu aspecto era muito diferente do da Família Real quando desembarcou no Brasil.

Em seu rosto, o sorriso gentil irradiava calor e confiança. Seus olhos azuis, curiosos e brilhantes, observavam tudo ao redor com interesse genuíno. Sua postura era amistosa, aberta e expansiva. Não parecia assustada ou distante. Pelo contrário, Leopoldina estava radiante, tão feliz que chegava a dar pena.

A programação encaminhava Leopoldina para a Capela Real, onde Pedro, amparado pela obrigação do dever, aguardava Leopoldina em frente ao altar. Seu coração quase não aguentava o peso do compromisso que tinha com o casamento arranjado, mas, em seu íntimo, sabia que ela era apenas uma garota repleta de expectativas chegando em seu novo lar.

Leopoldina entrou nervosa. Sentia os olhares sobre si, analisando cada expressão, cada passo. Contudo, ao avistar Pedro, solene no altar a aguardando, seu coração amansou. Ficou feliz ao ver que haviam se preparado para a sua chegada. Sentiu-se prestigiada ao ser recebida com uma celebração religiosa, algo tão importante para ela.

Caminhou até estar em frente a Pedro. A austríaca tinha os olhos emocionados e sorriso aberto. Era escancarada sua adoração. A tristeza do príncipe aumentou. Ela não sabia, mas chegava sem a menor possibilidade de nem ao menos lutar por ele. Leopoldina nunca teve sequer a chance de conquistá-lo.

— Seja bem-vinda, vossa alteza. — Pedro fez uma reverência gentil, porém muito séria.

— Olá, o retrato não mentiu em nada — disse em português, com bastante dificuldade.

Pedro não soube o que dizer. Apesar de não ter nada que parecesse interessante demais, Leopoldina era uma mulher educada, uma dama, e aquela postura tão receptiva era admirável. Em outra vida, talvez aceitasse tê-la como esposa, afinal, ela havia sido criada para isso. No entanto, ele a olhava e só enxergava uma intrusa. Alguém que ele não tinha escolhido e que estava lá pelos motivos errados.

O padre entoava palavras que Pedro não escutava. Era um momento doloroso demais. Ele queria sentir raiva e quebrar tudo, mas não conseguia, sentia-se abatido, sem forças. Apenas fixou o olhar em um canto qualquer e se escondeu dentro de si mesmo. Pedro aguentou mais um protocolo, tentando não demonstrar nada. Ele se fez ausente para se proteger da situação. Contudo, ao notar que a cerimônia havia terminado, percebeu seu rosto encharcado de lágrimas.

Enquanto a Comitiva Real seguia para o Palácio de São Cristóvão, o som de músicos locais ecoava pelo ar, criando uma trilha sonora alegre para a ocasião. Era um momento marcante, repleto de protocolos e formalidades, mas também carregado de tensões emocionais que não podiam ser vistas, mas existiam mesmo assim.

Da varanda do casarão de seu pai, Amélia observou a sequência de carruagens ao longe, cavalaria e músicos, uma verdadeira procissão passando na mesma estrada que ela e Pedro atravessaram tantas vezes antes para se encontrar. Ela segurava suas emoções dolorosas provocadas por aquela realidade tão injusta. Seu pai estava em pé ao seu lado, inerte.

— Vamos marcar seu casamento com o conde. — Foi o melhor em que pensou para dizer à filha.

— Eu o amo, pai. — Amélia estava farta de negar.

— Vai passar.

"Não vai", ela pensou.

Leopoldina, em seu porte majestoso, estava cercada por sua comitiva, que se alinhava para entrar no palácio. À medida que as portas se abriam, revelava-se um cenário imponente, com uma arquitetura que denotava o esplendor da realeza, mas que também se mostrava um pouco exótica aos olhos da austríaca.

À sua frente, estavam os membros da Família Real portuguesa, cada um com sua própria presença única. Pedro, seu marido, exibia uma expressão complexa, com olhos que revelavam certa tristeza, altivez e cansaço pela pressão política que pesava sobre ele. Seu olhar encontrou o dela, e, nesse breve momento, muitas emoções também se cruzaram.

Carlota Joaquina, com seu ar de grandeza e excentricidade, estava posicionada ao lado de Pedro. Seus olhos perspicazes avaliavam a recém-chegada com curiosidade. Era evidente que a estava analisando com um olhar crítico e severo.

Miguel também estava presente e a encarava com genuíno interesse.

A princesa percebia que, por trás das fachadas de cortesia e formalidade, existiam rivalidades e intrigas que moldavam as relações entre os membros da Família Real.

Leopoldina, com seu treinamento e educação, possuía uma capacidade aguda de observação. Ela sabia que estava entrando em um ambiente político e familiar complicado, onde deveria encontrar o seu próprio lugar. Sua expressão revelava um equilíbrio delicado entre a graça e a cautela, enquanto ela avaliava a dinâmica e as personalidades à sua frente.

— Teremos um jantar especial com toda a família. Você poderá conhecer as irmãs de Pedro e também o rei. Mas, agora, deve querer descansar, não? — Carlota falou com certa preguiça daquela formalidade toda.

— Não estou cansada. Estou agitada com tanta novidade. É um lindo lugar — respondeu ela, em francês.

— Talvez Pedro queira mostrar os jardins, a propriedade — ofereceu Miguel, irônico.

— Descanse para o jantar. Tenho alguns afazeres no Paço Imperial, que será a nossa casa. — Pedro não teve dificuldades em responder em francês, mas quase engasgou ao pronunciar a palavra "nossa". Era íntimo demais para se dizer a uma desconhecida.

— Está bem. — Leopoldina corou.

Pedro fez uma reverência e saiu. Precisava de ar, sentia que não daria conta de continuar polido por muito tempo. Tinha feito um esforço descomunal para se manter no papel por uma hora, como faria isso durante toda uma vida?

Foi para o gazebo perto do lago. Estranhou quando chegou e deu de cara com Francisca. Fazia muito tempo que não a via.

— Desculpe, não queria atrapalhar — disse ele, pensando para onde teria que ir para se esconder do mundo.

— Você não parece bem, Pedro.

— Não estou, mas não quero aborrecer ninguém com minhas questões.

— Desculpe se o fiz pensar que não pode conversar comigo.

— Ninguém conversa nessa casa, Francisca.

— Temos só dois anos de diferença, éramos próximos em Portugal, quer dizer, próximos dentro do possível, éramos pequenos e, além disso, você estava sendo criado para ser rei e eu, uma mulher de valor.

— Sabe, Francisca, é uma pena o que vou dizer, mas minhas memórias são sempre solitárias, cheia de gente me ensinando coisas e me educando, só isso. Às vezes, na minha cabeça, parece que, por bastante tempo, vivi em um palácio vazio.

— Até encontrar Amélia.

— O que Ana te disse?

— Veja só, parece que você anda, sim, conversando com alguém — Francisca sorriu. — Ninguém me disse nada. Eu também vejo as coisas, só sou mais discreta do que a Ana.

— Então não preciso me explicar.

— Pedro, ninguém ousaria dizer que papai pegaria a nós todos, aquele bando de gente e coisas e traria para o Brasil, salvando a família. Porque uma situação impossível só leva esse nome até acontecer. A vida encaminha a gente.

— É uma visão bonita, mas cansei de esperar pelo melhor e só ver o pior acontecer.

— Não canse, às vezes, esperar pelo melhor é que traz o melhor até a gente. — Francisca apoiou a mão no ombro de Pedro e o olhou com ternura. — Vou dar seu espaço, eu já estava voltando mesmo. Tenho que me aprontar para um certo jantar. Prevejo que será uma delícia.

— Um pouco indigesto, talvez. — Eles riram.

Pedro sentiu inveja do jeito sereno da irmã. Queria muito conseguir olhar a vida de uma forma menos amarga, mas cada dia longe de Amélia parecia tirar mais a beleza das coisas. O que resta a um ser humano que se distancia do amor? O que sobraria de nós sem a esperança de poder compartilhar nossa existência com graça, mesmo em um mundo tão difícil?

O fim da tarde trouxe uma noite clara e fresca como convidada para o primeiro jantar de Leopoldina com sua nova família. O salão de jantar do Palácio de São Cristóvão estava elegantemente decorado, com candelabros dourados que lançavam uma luz suave sobre a mesa de jantar. A toalha de mesa era de linho branco, enfeitada com arranjos de flores tropicais que perfumavam o ambiente e acrescentavam um toque charmoso, acolhedor e excêntrico.

Leopoldina estava sentada ao lado de Pedro, seu coração batendo mais rápido toda vez que seus olhos se encontravam. Ela estava profundamente apaixonada por ele, mas percebia que seu marido não lhe dispensava olhares ou gentilezas que demonstrassem nada além de respeito.

Os pratos servidos eram uma celebração da culinária brasileira, com uma grande variedade de sabores e ingredientes. Frutas exóticas, como goiaba, abacaxi e caju, eram dispostas artisticamente, e pratos tradicionais, como feijoada, arroz de pato e moqueca, estavam presentes, enchendo o ar com aromas deliciosos.

Leopoldina estava impressionada com a diversidade de alimentos e sabores que o Brasil oferecia. Ela provava com entusiasmo, mas moderação, cada prato, elogiando a riqueza da culinária local.

A princesa, embora maravilhada com a comida e completamente envolvida por sua paixão por Pedro, não podia deixar de notar a informalidade dos modos do rei. Suas maneiras descontraídas, jocosas e sua falta de protocolo a surpreendiam, contrastando fortemente com a etiqueta estrita das Cortes europeias com as quais estava acostumada. Ele comia usando as mãos, lambuzando o rosto e com uma voracidade que ela nunca tinha visto.

Pedro, por sua vez, não dava a mínima para o pai. Já estava acostumado com ele e também com sua mãe, que sempre bebia mais do que comia. Prestava atenção em Leopoldina e a considerou uma figura amigável, mas seu coração e pensamentos estavam dominados pelo amor que sentia por Amélia. Ele fazia o possível para ser gentil e atencioso com a recém-chegada, mas suas emoções verdadeiras estavam em outro lugar. Por mais que tentasse, não conseguia disfarçar completamente, olhava para a moça tão alva e pensava no tom caramelo da pele de Amélia, os olhos muito azuis pareciam sumir perto daquele olhar negro feito noite sem luar que tanto conhecia, os lábios muito finos encostando de leve na taça o faziam tremer de saudades da boca carnuda que só o alvo de sua paixão parecia ter. Era injusto fazer essa comparação com aquela moça que tinha acabado de chegar, mas ele não conseguia evitar. Leopoldina era glacial perto do incêndio que Amélia trazia.

Ele achou graça ao ver Leopoldina experimentando ambrosia e quindim, seu rosto parecia derreter com aqueles sabores. Pensou na época em que estudou na Europa e o tanto que sentiu falta da comida de sua terra. Sim, o Brasil era o seu lugar, e testemunhar toda aquela representação europeia sentada à sua mesa o fez ter muita certeza disso.

— É a primeira vez que você parece mais tranquilo. — Leopoldina aproveitou o semblante simpático de Pedro. — É assim que se fala? Tranquilo?

— Sim, está correto. — Deus, ela mal conseguia conversar com ele. — Está tudo bem. — Foi a única coisa que pensou em dizer.

Leopoldina voltou a comer seu doce e se sentia contente, acreditava que eles só precisavam de tempo. Dias sendo divididos, conhecimento compartilhado e as noites que trariam o desejo. Ela acreditava que o amor era algo que poderia ser construído com empenho, dedicação e vontade. Ouso dizer que tinha certa razão, o amor é de fato um sentimento delicado, que não sobrevive sem muito afinco de nossa parte. Leopoldina atingiria seu objetivo caso Pedro não estivesse todo preenchido pelo que sentia por Amélia. Ele já tinha construído um amor, só não era com ela.

♥ 31

Cupido tirando
Dos ombros a aljava,
Num campo de flores
Contente brincava.

"LIRA XXVII", MARÍLIA DE DIRCEU,
TOMÁS ANTÔNIO GONZAGA

Pedro abriu os olhos, mas não teve vontade de se levantar e recomeçar a encenação. Havia dormido sozinho, estava fechado no mesmo quarto de sempre. Leopoldina deveria estar no Paço, segundo sua vontade, mas não conseguiu convencer seu pai sobre enviá-la primeiro. Deveriam seguir para a nova morada juntos, após o baile de casamento. Não era o ideal, não queria ela na Quinta da Boa Vista, mas d. João não deu muitas explicações, simplesmente determinou que fosse assim.

Pedro enfiou a cara no travesseiro pensando que precisava de um plano urgente para ter, ao menos, um dia de folga. Qualquer coisa para ganhar tempo, acostumar-se à nova realidade ou morrer de descontentamento... O que acontecesse primeiro.

Decidiu ficar quieto, isolado o máximo que pudesse, porque é impossível fingir o tempo todo e Pedro estava beirando o limite. Sabia que seria rude perder o café da manhã, mas se daria esse direito. Até porque merecia tapinhas nos ombros e muitas congratulações, pois vinha se comportando bem além do esperado. Recebeu a princesa, foi gentil, amistoso e empático. Contudo, não podia cercá-la de atenções e passar uma falsa ideia. Leopoldina precisava entender que ela era dona de um lugar muito bem definido na vida de Pedro, mas que essa posição nada tinha a ver com romance, amor ou qualquer coisa que envolvesse uma vida de casal apaixonado. Eram parceiros políticos e só.

Esperou a manhã se adiantar e desceu quase se escondendo para não ser visto por ninguém, mas Teresa conversava com Assunção bem ao pé da escada.

— Já se cansou dos protocolos, irmão?

— O que você tem a ver com isso, Teresa?

— Tenho muito, pois papai deixou a mim e Assunção de babás da sua esposa.

— Pobrezinha dela. Não tinha ninguém mais agradável?

— Não seja irritante. Tomamos café da manhã com ela, demos um passeio pelo jardim e agora ela está na biblioteca.

— Que ótimo!

— Pedro! — Assunção se irritou. — Você deveria se ocupar em fazer companhia a ela, em garantir que se sinta bem recebida, em conhecê-la...

— Era pra ela estar no Paço Imperial se adaptando, instalando todos que vieram com ela, e esperar que eu me mudasse depois do baile. Mas ela está aqui ainda e eu nem sei o motivo.

— Você sabe que vocês se mudarão juntos após o baile. Como deve ser.

— Mas quanto esforço em fazer com que pareçamos um casal apaixonado... Pra que isso?

— Para o povo. Ninguém precisa saber que é um acordo sem a menor consideração pessoal. Um casamento frio por procuração não é nada inspirador. É preciso uma cerimônia religiosa e um baile. O protocolo completo.

— Ah... Tudo pelo povo, ou seria tudo pra enganar o povo?

— Pare de agir feito criança. Precisa cuidar de sua noiva até vocês terem uma festa linda de casamento e partirem para seu palácio para a noite de núpcias. Isso dura o quê? Alguns dias, uma semana. Não consegue se comportar adequadamente só por esse tempo?

— Estou me comportando muito bem. Recebi Leopoldina com gentileza, fui polido, simpático e respeitoso. O que querem de mim? Que eu a corteje? Faça galanteios? Não é sobre isso esse casamento. Parem vocês de agir feito crianças.

— Pouco me importa, Pedro. Só não quero ficar com essa moça a tiracolo — Teresa determinou.

— Façam um chá, apresentem moças da Corte pra ela. Escolham damas de companhia. Finjam que são da realeza e façam a parte de vocês, porque a minha eu já estou fazendo.

Pedro deixou as duas sem nem olhar para trás, foi buscar seu cavalo e saiu galopando ferozmente. Leopoldina o observou pela janela da biblioteca, alheia àquela situação caótica, e sentiu o espírito derreter. Naquela cena, ele estava bem mais viril do que no jantar da noite anterior. Sentiu o rosto esquentar. Ela acreditava ser a mulher mais sortuda por estar casada com um príncipe jovem, bonito, atraente e tão gentil. Acreditava que seriam felizes juntos e que fariam grandes coisas naquele pedaço do Novo Mundo.

Pedro galopou sem se dar conta, guiado apenas pelo seu instinto, em busca de paz. Ao se aproximar do lago, o cavalo diminuiu o ritmo por conta própria até alcançar a areia que circundava as águas que sempre haviam sido um refúgio para ele e Amélia. O sol iluminava o caminho, criando um rastro dourado que se estendia até a margem do lago. A brisa suave balançava as folhas das árvores, criando um murmúrio suave que ecoava nos ouvidos dele. Era disso que precisava: afastamento. Não queria ser rude, não gostava quando seu humor o dominava, mas aquela situação o sufocava e o tirava dos trilhos.

À beira d'água, ele olhou para o reflexo do céu que se estendia feito um espelho. Este era o lugar onde ele e Amélia costumavam passar horas juntos, conversando, rindo, brincando e, finalmente, se amando. O lago tinha sido cúmplice de seu amor proibido.

Pedro tirou os sapatos, as meias e mergulhou os pés na água fria. Era como se pudesse sentir a presença dela ao seu lado, mesmo que estivesse tão inatingível no momento. Ele fechou os olhos e respirou fundo, tentando reviver as memórias dos dias felizes que dividiu com ela.

— Amélia — sussurrou como se ela pudesse ouvi-lo. — Sinto tanto a sua falta, meu amor. Sinto sua falta mais do que as palavras podem expressar, mais do que suporto.

As lágrimas começaram a brotar nos olhos de Pedro, enquanto ele se lembrava do sorriso dela, do toque suave de sua pele e do amor intenso que compartilhavam. Ele sabia que não podia estar com Amélia agora, que o dever o mantinha afastado dela, mas ele desejava desesperadamente poder voltar no tempo e, quem sabe, mudar as coisas.

Aquele refúgio, silencioso e imutável, ouviu as palavras de Pedro como uma testemunha de seu lamento. Era como se as águas do lago estivessem absorvendo sua dor, mas multiplicando sua saudade. Mesmo que ele não pudesse estar com Amélia, aquele momento junto ao lago o fez sentir que, de alguma forma, ainda estava conectado a ela, nem que fosse em suas memórias e em seu coração partido.

Encarou os pés sob a água límpida e se lembrou dos braços dela arrepiados de frio por conta da água gelada. Pensou na última vez em que a viu, os olhos tão tristes... Atentou-se ao fato de que havia outra coisa que os conectava: desvendar aquela artimanha de Elias que se desdobrou e chegou em Carlota. Pedro se agarrava àquele segredo que Amélia tinha confiado a ele. Precisava resolver aquela questão, nem que fosse a última coisa que fizessem juntos. Era terrível pensar na palavra "juntos", mas se ela não aceitasse viver com ele como fosse possível, ele não se espantaria. Que tipo de vida estava oferecendo? Amélia merecia mais, merecia tudo. Andar de braços dados com ele nas festas, sentar à mesa com sua família esquisita, ascender ao trono. Sentiu a raiva querer dominá-lo novamente, mas precisava pensar. Tinha que descobrir logo o que sua mãe andava fazendo.

Virou-se para o cavalo e afagou seu focinho.

— Obrigado por me trazer aqui.

Era hora de voltar, o que ele precisava daquele lugar já tinha conseguido: sentir-se próximo de Amélia novamente.

Pedro galopou de volta para o palácio, mais devagar dessa vez. Assim que chegou, foi avisado que Chalaça o aguardava em seu gabinete.

— Sua esposa é uma verdadeira joia, acabei de conhecê-la — disse Chalaça, sem se levantar, assim que Pedro atravessou a porta.

— Que bom encontrá-lo vestido.
— Olha, sei que você não gosta dos meus comentários sobre sua situação, mas não espere que eu lhe dê meus ombros pra chorar.
— Nunca esperei isso.
— Na verdade, acho você bem sortudo por encontrar um grande amor e ter uma esposa com a qual fará filhos sem precisar manter os olhos fechados. Ela não é bonita, mas também não é das piores.
— É bom mudarmos de assunto porque quero muito continuar sendo seu amigo. E você anda dificultando bastante.
— Às vezes, me esqueço do quanto é jovem… Enfim, descobri algumas coisas.
— Quais coisas?
— Gostaria de dizer que Elias e Carlota são amantes e que ele desvia dinheiro para comprar diamantes pra ela, mas não é bem isso.
— Continue.
— Eles estão comprando pessoas influentes, propina pesada, e é neste momento que eu peço pra me retirar do caso.
— Uma coisa de cada vez. Propina pra quem? Qual interesse?
— Sua mãe anda pagando pessoas influentes no Conselho de Estado para criar um ambiente de desconfiança em relação a d. João.
— O que ela ganharia com isso? Se meu pai cai, ela também cai.
— Não necessariamente. A linha de sucessão é natural somente em caso de morte. Caso acreditem que d. João não tenha condições de saúde ou sanidade, Carlota, sendo aclamada pelos políticos e pelo povo, poderia, sim, ser nomeada.
— E reinar enquanto ele estivesse vivo.
— Sim, porque ela seria uma representante capacitada para defender os interesses da Coroa na impossibilidade de o rei cumprir suas funções.
— Que ardilosa… — concluiu Pedro, sem nenhum espanto. — Mas e quanto a Elias, qual é o interesse dele?
— Parece que ele tem feito bastante bobagem por aí. Com essa crescente abolicionista, ele tem feito muita coisa ilegal para diminuir os prejuízos. Precisa de muita proteção e isso custa caro.

— Bobagens de que tipo, Chalaça? — insistiu Pedro, ao perceber que o amigo estava escondendo informação.

— Por onde começo?... Deixe-me ver... evasão fiscal, documentos falsos, violência, intimidação, associação criminosa.... Quer que eu continue?

— Mas ele tem meu pai no time dele, por que raios precisaria da minha mãe?

— Não sei, mas d. João é mais prudente com a relação que a Coroa mantém com a Inglaterra, e eles aboliram a escravidão há... sei lá... uma década? Todo mundo sabe que eles pressionam o Brasil para acabar com essa situação, talvez seja isso.

— Meu pai é mestre em equilibrar dois lados que possuem interesses adversos, porém são importantes para ele.

— É a mágica de d. João. Deus o abençoe, pois só por isso estamos todos vivos e sãos nesta terra maravilhosa.

— Esse é o motivo de você não querer se envolver mais nisso?

— Exatamente, não quero briga com o rei, mas também não quero problemas com Elias ou sua mãe. Caso o que descobri vaze, eles seriam facilmente julgados e condenados por traição e levariam com eles uma lista de pessoas muito influentes.

— Acha que o reinado do meu pai está em risco?

— Não. Carlota não vai conseguir o que quer, porque todo mundo sabe que ela tacaria fogo no país se assim desejasse. D. João é menos volátil, mais fácil de lidar.

— Eles só querem o dinheiro que ela dá.

— Isso mesmo. Aqueles chupins só a mantêm entretida e generosa. Só isso...

— E Elias está traindo o rei só para proteger seus negócios ilegais? Negócios esses para os quais meu pai faz vista grossa?

— O que quer dizer?

— Não sei... falta alguma coisa.

— Com sua permissão, deixarei esse enigma pra você e Amélia. Não posso e não quero mexer mais nesse vespeiro. Eu disse que faria descobertas e fiz, mas não posso mandar seguir, confrontar ou tomar qualquer atitude em relação à rainha.

— Está certo. Eu entendo e o agradeço por tudo o que fez.

— Sei que você não gostou de eu ter sugerido um casamento de mentira pra Amélia poder ser sua amante. Sei que isso o fere porque você acha que mancha a reputação dela. Mas quero que saiba que minhas intenções foram honestas. Eu só queria ajudar.

— Não foi nada disso. Você desdenhou do que sentimos, não levou a sério, e continua fazendo isso. Como todas as outras pessoas. Mas não vou ficar aqui discutindo com você. Está tudo bem. Peço desculpas se não controlei meus humores, mas saiba que não falaremos mais sobre Amélia.

— Sou seu amigo há bastante tempo. Você me conhece e eu o conheço. Tolere minhas faltas e farei o mesmo em relação aos seus humores. Nunca corri deles, não será agora. — Chalaça estendeu a mão e Pedro a recebeu em um aperto forte. — Vou embora porque suas irmãs deixaram bem claro que era para eu dar o fora antes do chá das moças começar.

— Acho que vou ter que passar o dia trancado aqui.

— Se quiser, posso levá-lo pra uma tarde de diversão.

— Obrigado, mas não estou no clima.

— Bem... eu tentei.

No casarão de Elias o clima também não era dos melhores. Ele exigia que Amélia fosse ao chá das moças e ela não suportava a ideia de se apresentar para Leopoldina.

— Não pode exigir isso de mim. É uma humilhação.

— Você passava mais tempo naquele palácio do que aqui e agora não pode colocar os pés lá? Vai explicar isso como para a mãe do conde?

— E eu tenho que explicar?

— Ela foi convidada e sabe que você é muito próxima da Família Real. Nós somos muito próximos. Eu pertenço à mesma Ordem que Pedro, que inferno! Você precisa ir.

— Digo que peguei uma gripe.

— Logo acharão que está beirando a morte de tanto que dizemos que está doente. Você vai. A princesa mal fala nosso idioma, sente-se longe dela, seja gentil, passe alguns minutos e venha pra casa. Não é pra se candidatar a dama de companhia, não precisa nem sequer interagir com ela. Vá, faça uma reverência e venha embora.

    Elias decidiu, estava decidido. Ela se arrumou, ensaiou sorrisos e foi ao chá.

Amélia parecia carregar o mundo nas costas enquanto sua carruagem percorria a estrada que separava as residências. Tinha uma caixa nas mãos, um presente para Leopoldina. Sim, seu pai a fez levar um par de brincos para a princesa.

    Ela desceu da carruagem com passos hesitantes, o coração parecia palpitar em seu pescoço, a ansiedade aumentava à medida que se aproximava das grandiosas portas do Palácio de São Cristóvão. Seus olhos, envoltos em uma mistura de temor e certa vergonha, evitavam qualquer contato visual com os guardas e criados, que observavam sua chegada. O vestido de chiffon impecavelmente bordado parecia pesar mais a cada passo, como se carregasse o acúmulo de segredos e desejos não realizados.

    O dia estava ensolarado, mas a sombra do imponente palácio parecia mais fria do que nunca. Ela fez uma pausa diante das enormes portas de madeira esculpida, cada detalhe meticulosamente trabalhado, um testemunho da grandiosidade daquele lugar. O tempo parecia congelar, enquanto ela tentava reunir a coragem necessária para cruzar aquele limiar e, finalmente, encarar Leopoldina, agora esposa de Pedro, o homem que sempre amou.

    Em sua mente, Amélia reviu os momentos compartilhados com Pedro, o toque suave de suas mãos, as palavras sussurradas na escuridão da noite. O dilema de seu coração era avassalador, e o encontro iminente com Leopoldina só intensificava o turbilhão de sentimentos que a envolvia.

    Então, Amélia deu um suspiro profundo e, com uma determinação visível, entrou no palácio. O interior suntuoso se desdobrou diante dela, quase a oprimindo. Não dava mais para relutar por muito tempo. Por isso, ela se endireitou, alisou o vestido e, com passos firmes, começou a caminhar em direção ao coração do salão principal, onde

Leopoldina esperava suas convidadas. Seus olhares por fim se cruzariam, e as emoções que haviam sido mantidas em segredo seriam confrontadas. Era o momento de encarar o destino e aceitar as consequências de suas escolhas.

Ao avistar Leopoldina, Amélia pensou que não suportaria. A princesa era uma mulher de modos angelicais e de uma graciosidade notória. Sua presença era uma mistura de elegância e doçura que marcava quem a encontrava. Seus cabelos sedosos, de um tom dourado muito claro, caíam em cachos suaves ao redor de seu rosto, emoldurando seus olhos azuis, que irradiavam perspicácia e compaixão. Amélia notou que ela carregava um sorriso caloroso, revelando uma natureza gentil e amigável. Sua figura era esbelta, tinha ombros delicados e uma postura que denotava confiança e dignidade. Leopoldina parecia mais do que uma simples figura da nobreza; ela era uma mulher cativante. Amélia a odiou por ser tão boa.

— Oi, Amélia — chamou uma voz conhecida.

— Oi, Ana. Como tem passado?

— Melhor do que você, tenho certeza.

— Ah… olha quem chegou! — Isabel veio na direção delas. — Francisca, venha até aqui.

— Amélia, que bom vê-la. Está belíssima.

Amélia olhou em volta e se viu protegida pelas irmãs de Pedro, que ficaram ao seu redor quando notaram que ela teria uma síncope a qualquer instante. Sororidade. A gente não precisa ser muito próxima de alguém para ir ao seu socorro. É verdade que Amélia não era a melhor amiga de nenhuma delas, mas aquela situação tão delicada as unia. Todas sabiam como era difícil ser mulher. Viver sendo invisível até algum homem decidir o seu destino. Elas se solidarizavam através de olhares e expressões que transmitiam calma e confiança.

— É para Leopoldina? — Ana apontou a caixa nas mãos de Amélia.

— Sim.

— Quer que eu entregue?

— Obrigada, mas acho melhor eu mesma fazer isso. Pode me apresentar a ela?

— Eu faço isso. — Francisca se encaminhou em direção à Leopoldina.

— Com licença, vossa alteza, esta é Amélia, amiga próxima da nossa família. Foi o pai dela que nos recebeu tão bem quando chegamos, tornando-se parte crucial na administração da Coroa no Brasil.

Amélia fez uma reverência e estendeu a caixa na direção da princesa sem dizer uma palavra.

— Que gentil! Obrigada. Como você é bonita! — Leopoldina estava impressionada.

— Gentileza sua, vossa alteza.

— Amélia, se é amiga da família de meu marido, é minha também — disse Leopoldina, sorrindo com o sotaque bastante carregado. — Deve conhecer o príncipe há bastante tempo.

— Desde a infância.

— Que maravilha! Deve ter muitas histórias divertidas para me contar.

— Tem sim, marcaremos um dia para Amélia contar muitas histórias sobre nossa infância, mas agora não vamos monopolizar a vossa alteza. Muita gente quer conhecê-la — interferiu Francisca, arrancando a vizinha dali e levando-a para a mesa de suas irmãs. — Desculpe, vamos nos sentar.

— Não precisa se desculpar. Na verdade, ela parece ótima.

— Ela é ótima, você é ótima… Até o traste do Pedro é ótimo — comentou Ana, sem titubear.

— Exatamente. Não se coloque no lugar de vilã. Está certo? Sem autocondenação — concordou Francisca.

— Obrigada mesmo pelo apoio.

— Acho que essa situação do Pedro nos fez perceber o que nos aguarda. Ele se casando, nossa vez chegará bem rápido.

— Não se apaixonem, é o conselho que posso dar.

— Como se fosse possível evitar.

— Não sei se é possível, mas eu nem tentei, Francisca. Nem tentei. — Amélia encarou seu olhar de piedade e quis sair dali. — Vou dar uma volta. Preciso de ar.

— Está bem.

Amélia caminhou discretamente pelo salão, enveredou pelo corredor e seguiu em direção ao jardim. Antes de alcançar a parte externa, avistou Pedro conversando com sua mãe, parecia tenso. Não ia se aproximar, mas acabou sendo vista. Ele a chamou. Amélia teve vontade de sair correndo, mas sabia que Carlota estava envolvida nas tramas de seu pai. Sua cabeça doía e as pernas vacilavam, era coisa demais para lidar no mesmo dia, mas não tinha escolha. Respirou fundo e foi ao encontro deles.

Às vezes, tudo o que a gente precisa é de coragem para encarar os nossos monstros. Um já foi, que venha o próximo.

♥ 32

Acaso são estes
Os sítios formosos,
Aonde passava
Os anos gostosos?

"LIRA V", MARÍLIA DE DIRCEU,
TOMÁS ANTÔNIO GONZAGA

À s vezes, passamos tanto tempo em busca da solução para um problema que a iminência de uma nos faz hesitar. Será que vai abrir um novo horizonte, trazer algum sentido ou alegria? Ou será só um penhasco, uma estrada para lugar nenhum? Vai saber, talvez seja o começo de tudo ou só mais um fim.

Pedro, Carlota e Amélia se encaminharam para a biblioteca procurando um lugar mais reservado, mas não tinham dado uma palavra desde quando se fecharam ali. A tensão no ar era quase palpável, parecia uma cena de crime na qual todos pareciam culpados.

— Podem me dizer o que estou fazendo aqui com vocês dois? — Amélia rompeu o silêncio desconfortável.

— Estava conversando com minha mãe sobre minhas descobertas. — Pedro não mencionou Chalaça.

— Que descobertas? Você não sabe o que diz — esbravejou Carlota.

— Vamos ver se não sei. Mamãe está tramando contra papai. Pagando gente para levantar suspeitas sobre sua condição, plantando a ideia de que ele não está são pra reinar. Você acredita? Isso tem um nome. Sabe qual é? Ah, sim! Traição!

— Mas que temeridade! Você não tem como provar.

— A senhora não está fazendo nada disso ou só acha que não temos como provar? — interviu Amélia, sem pensar.

— Cale a boca, sua insolente. Quem você pensa que é?

— Bem, chegamos à segunda parte, a que tem a ver com Amélia: minha mãe está fazendo isso com apoio de seu pai, que anda desviando dinheiro para tais propinas.

— Por que meu pai faria isso por vossa majestade?

— Por mim? Seu pai não fez nada por mim. Faz em nome de seus interesses próprios.

— Mas ele sempre fez. Sempre extorquiu de um lado para beneficiar o outro. Sempre pagou propina, desde às pessoas do porto até aos grandes fazendeiros. É metido em política desde antes de vocês pisarem aqui. Por que se aliaria à senhora?

— Porque estava tirando dinheiro da Coroa.

— Ele não precisava de ajuda pra fazer isso. A senhora, sim!

Amélia, por um instante, esqueceu que quem estava na sua frente era a sua rainha e manteve uma postura imponente, quase agressiva. O rosto de Carlota denunciou que escondia algo.

— O que vossa majestade sabe contra meu pai?

— Não sei nada. Elias só caiu nas minhas graças.

— Mentira. — Amélia queria voar no pescoço dela.

— Eu descobri um segredinho dele e ameacei contar. Só isso.

— Ele te mataria — acrescentou Pedro. — E papai nem procuraria um culpado, a senhora sabe disso.

— Ah… como são insistentes! Por que não vão perguntar pra ele?

— Talvez eu vá e diga que a senhora o entregou pra se safar, que jogou tudo nas costas dele. Talvez eu diga que ele será denunciado por traição e que há uma porção de provas. Como será que ele reagiria? — provocou Amélia.

— Nada bem — respondeu Pedro.

— É, de fato, nada bem… Vossa majestade teria dificuldades em dormir uma noite toda novamente. Meu pai tem acesso ao palácio e conhece essas paredes mais do que qualquer um – ameaçou a jovem.

— Descobri onde está a sua mãe. É isso... — Houve um instante de silêncio causado pelo choque. — Tratei de comprá-la e ameacei trazê-la de volta — contou Carlota, sem se alterar.

— O quê? Como? — perguntou Pedro, enquanto Amélia se sentava.

— Ele não pode me matar porque tem gente responsável por ela. Acham que sou idiota?

— Como foi que descobriu?

— Tive um caso amoroso com um conspirador encantador que queria ter mais influência na Corte. Ele se aproximou de mim e, na minha cama, tinha o hábito das fofocas, esta era uma delas.

— Como ele podia saber? Meu pai é muito esperto.

— Mas não é infalível. Ele entregou pessoalmente sua mãe para um terrível senhor de engenho, certamente acreditando que ela não duraria muito. Mas esse meu querido amigo a comprou depois de um tempo e a escondeu para um dia aliciar Elias. Fez tudo pra mantê-la viva.

— Pra quê?

— É ingenuidade ou estupidez, menina? Quem não quer ter um trunfo contra seu pai?

— Por que ele contaria isso para a vossa majestade?

— Porque teve medo de chantagear seu pai. Mas eu não tenho.

— Deveria.

— Mas não tenho. — Carlota empinou o nariz com bastante convicção.

— Onde ela está? — Amélia tinha a voz entrecortada.

— Não posso dizer.

Amélia teve vontade de pular em Carlota e esganá-la, mas sabia que não a venceria assim.

— Pedro, pode nos dar licença?

— Quer que eu saia?

— Por favor.

— Não posso deixá-la sozinha.

— Sei me cuidar e, na verdade, nem precisarei. Só necessitamos de privacidade para termos essa conversa.

Amélia se manteve firme, esperando que ele saísse. Pedro se sentiu magoado e ofendido. Ele a chamou para a conversa assim que a viu.

Queria que resolvessem juntos, estaria ao lado dela, oferecendo consolo e apoio. No entanto, ela o tinha afastado e, mais uma vez, deixado claro que não precisava mais dele.

Ficou remoendo esse pensamento no corredor até ver Amélia saindo da biblioteca. Ele a alcançou e segurou sua mão. Seu rosto estava tenso e olhos, confusos.

— Obrigada por ter nos dado privacidade. Vou contar tudo a você, mas não agora. Tenho que ir.

— Ela revelou o paradeiro de sua mãe?

— Sim.

— Não faça isso, não me deixe assim no escuro. Estou com você nessa.

— Você confia em mim? — perguntou Amélia, olhando profundamente em seus olhos.

— É claro que sim.

— Então, deixe-me ir.

Pedro soltou seus dedos com pesar e deu um passo para trás, jamais forçaria nada, nem sua presença. Viu aquela que deveria ser sua esposa sair e correu para confrontar sua mãe.

— O que disse a ela?

— O que tinha que dizer. Não falo mais nada, Pedro, e nem adianta me ameaçar.

— E se disser que não acredito? Que não acho que contou sobre o verdadeiro paradeiro da mãe dela?

— Pense o que quiser, mas ela me convenceu. Sei quando um plano se esgota e esse chegou ao fim… Não sou estúpida! Então, saia da minha frente e me deixe em paz.

Carlota saiu esbravejando uma lista de palavrões em espanhol, deixando Pedro transtornado, sem saber para onde ir.

Amélia foi acometida por uma calma que não sabia explicar. Estava plácida, serena e muito elegante ao cruzar o salão, cujo espaço estava tomado por moças sorridentes tomando chá, refrescos e provando doces. A vida é mesmo de um humor muito peculiar. Na biblioteca, uma trama repleta de artimanhas, esquemas de corrupção e mentiras se desenrolava, enquanto, no salão, a trivialidade e a inocência se aconchegavam entre estofados de seda e vestidos florais. Era exatamente nisso que Amélia pensava quando notou que Leopoldina estava bem ao seu lado.

— Não quer se sentar um pouco, conversar?

— Desculpe, mas preciso ir embora.

— Outro dia, então? Desculpe insistir, mas gostaria que fôssemos amigas. Disseram que você e Pedro são muito próximos, como irmãos. Talvez me ajude a conhecê-lo melhor.

— Você terá tempo para conhecê-lo de verdade e não somente uma versão contada por alguém. — Amélia sentia sua calma dando espaço para outros sentimentos, como se pudesse explodir a qualquer instante.

— Quero que ele goste de mim.

— Sei que quer. Desculpe, preciso ir...

— Só mais uma coisa, ele falou alguma coisa sobre nós?

— Converse com ele, vossa alteza. Só conversando vai conseguir ultrapassar essa barreira.

— Está certa. Obrigada.

Amélia saiu sem nem ao menos fazer a reverência. Já ao ar livre, tentou respirar o mais controladamente que podia. Seria mais fácil se Leopoldina fosse uma pessoa péssima, arrogante e maldosa. Precisava odiá-la, mas não conseguia. Morria por dentro só em imaginar Pedro a tomando em seus braços, sofria só ao ouvi-la o chamando de marido. Contudo, não sentia raiva dela, que era só mais uma peça no tabuleiro. O que ela odiava mesmo era aquele jogo tirano.

Entrou na carruagem e seguiu para casa. Afastou-se, deixando as flores continuarem dançando sob o sol, o ar balançar as folhas e o dia fingir ser normal, rotineiro. Foi embora refletindo sobre a complexidade das emoções que permeiam aquele lugar repleto de encontros e desencontros.

Felizmente, o casarão estava vazio. Amélia não queria conversar com ninguém, precisava ir para o quarto, tirar aquele vestido e tentar arrancar aquela sensação ruim que estava sentindo.

Imaginou que, no momento em que descobrisse o paradeiro de sua mãe, seria arrebatada pela sensação de redenção, de absoluto êxtase. Mas não conseguia sentir felicidade, afinal, não confiava em Carlota, não mesmo.

Olhou o papel com a letra rebuscada da rainha. Era uma localização que podia levar à sua mãe ou a uma emboscada. Só saberia quando chegasse lá, porque certamente iria.

Precisava contar tudo ao Seixas, pedir que a ajudasse. Ela tinha um plano, mas não tinha como executá-lo sozinha. Precisava chamar reforços e ele era o que mais teria condições de enviar alguns.

Pegou um papel e escreveu uma longa carta. Deu detalhes de tudo o que descobriu sobre as propriedades, desvios de dinheiro e esquema de propinas. Contou sobre as conspirações de Carlota e a chantagem que fazia com Elias. Explicou que não tinha como ter certeza, mas que precisava ir até lá para descobrir se aquele era o verdadeiro paradeiro de sua mãe. Amélia tinha um plano muito bem desenhado, mas que só seria possível com transporte, documentos falsos e mais uma porção de coisas. Terminou a carta combinando um lugar e data: na madrugada após o baile em homenagem à princesa Leopoldina. Amélia ansiava por colocar seu plano em prática, pois precisava dar um rumo para sua vida, mesmo que não fosse o ideal.

Mas, antes, iria àquele baile. Iria, sim.

♥ 33

Tu chegas ao fim do dia;
Se alguém passa e te saúda,
Bem que seja cortesia,
Se acende na face a cor.
Que efeitos são os que sinto?
Serão efeitos de amo

"LIRA XXI", MARÍLIA DE DIRCEU,
TOMÁS ANTÔNIO GONZAGA

*D*espedidas estão enclausuradas em nós. Como se cada adeus se aninhasse em algum lugar muito profundo, tão fundo que não consegue sair mais. Despedidas mudam a gente porque substituem a pessoa por uma saudade constante. Uma ausência tão pungente quanto foi a presença.

Frida e Amélia estavam emocionadas. Elas se conheciam desde que a menina usava fraldas. Por muito tempo, mantiveram a postura de patroa e empregada. A governanta era uma ótima cuidadora, mas não ultrapassava os limites e, embora não fosse escravizada, também era vista por Elias como uma propriedade e tratada como tal.

Não era carinhosa ou brincalhona. Desde cedo, soube para quem trabalhava e nunca quis se envolver. Contudo, enquanto Amélia crescia, elas foram descobrindo uma afinidade imensa. A patroa tinha nela um espírito que clamava por justiça, sentia-se pessoalmente atacada por aquela violência que, muitas vezes, estava em seu quintal. Frida também tinha sua história, sua paixão proibida que não aconteceu porque alguém tinha decidido separar as pessoas pela cor. Elas se encontraram nesse pequeno espaço de revolta e cansaço da impotência. Criaram um minúsculo exército e se ajudaram a socorrer nem que fosse uma única pessoa. Cada vez que ajudavam alguém a se salvar, salvavam um pouquinho a si mesmas.

— Vamos nos reencontrar — afirmou Amélia, chorosa.

— Vou levar a carta e ficar na fazenda. Seixas não vai me negar ajuda.

— Claro que não!

— Se conseguir, encontro você no lugar marcado, mas se eu não aparecer, siga o plano com a certeza de que vou ficar bem. Promete?

A jovem ficou um tempo em silêncio. Por fim, rendeu-se e confirmou a promessa.

— Você vai mesmo ao baile?

— Preciso.

— Está bem. Tome cuidado.

— Frida, você e Pedro foram o que de mais próximo eu tive de uma família.

— Você foi o mesmo pra mim, querida. Foi, sim.

Elas se abraçaram e deixaram as lágrimas rolarem.

Fazia três dias que Frida havia sumido. Seu pai disse que ela tinha pedido permissão para visitar uma amiga adoentada, mas não tinha voltado. Ele não estava preocupado com a segurança dela, mas com o transtorno de ter que repor uma funcionária tão antiga que prestava um serviço de excelência. Por isso, colocou alguns homens para procurá-la.

Amélia não precisava fingir preocupação, estava mesmo aflita. Ela se olhava no espelho com os cabelos penteados e o rosto maquiado, mas não se identificava com o que via refletido. Como foi mesmo que chegou naquele exato instante? Tentou repassar a vida, contudo, sentia-se desconectada das lembranças. Onde estavam aqueles sorrisos, aquela esperança toda que a movia? Onde estavam seus propósitos, a paixão e a determinação? Talvez não conseguisse mais recuperar tudo aquilo que parecia ter se perdido durante seu percurso pela vida, mas precisava, de alguma forma, salvar aquela moça triste do espelho.

Batidinhas na porta de seu quarto anunciaram a chegada de alguém. Logo Rosa entrou com uma enorme caixa.

— Vejo que está pronta para receber esta obra de arte! — disse a modista, animada.

— Obrigada por trazê-lo.

— Espero que tenha tirado as medidas direito, porque você não apareceu mais.

— Desculpe. Esses dias foram agitados. Meu pai não me permitiu sair sem a governanta.

— Soube do desaparecimento dela.

— Pois é...

— Sabe que pode aparecer para tirar medidas sempre que quiser ou precisar, não é? Pode me chamar também — ofereceu apoio.

— Obrigada.

— Bem, vamos a ele!

Rosa abriu a caixa, retirou o vestido e o estendeu na cama. As duas estavam boquiabertas. O vestido de Amélia era uma obra-prima da alta costura, pensada exclusivamente para a ocasião da apresentação de Leopoldina no Brasil. Feito sob medida, com tecidos luxuosos e requintados, ele combinava o glamour europeu com um toque da modernidade brasileira. A base do vestido vinha em um tom suave de azul-celeste e brilhava como o céu tropical em um dia ensolarado. O decote coração não tinha alças ou mangas, o que conferia ousadia e certa sensualidade à peça. A cintura era marcada por um cinto finamente bordado à mão com detalhes em ouro e brilhantes.

— Venha, vamos colocá-lo em você.

A saia do vestido era longa e fluida, feita de camadas de seda que se moviam com graça e leveza a cada passo de Amélia. O tecido era adornado com bordados intrincados que retratam motivos tropicais, como palmeiras, aves exóticas e flores nativas. O tom do bordado era um acima do vestido, o que criava um contraste deslumbrante, evocando a beleza exuberante da natureza brasileira. Para completar o visual, Amélia calçou um par de luvas brancas até o cotovelo e sapatos com a mesma pedraria do cinto. Por fim, Rosa lhe estendeu um leque de plumas que ela segurou com graça.

— Está um deslumbre!

— Rosa, pedi um vestido do qual falassem por uma semana, não pelo resto da vida!

— Amélia, você merece ser um acontecimento, nem que seja só por hoje.

Rosa pegou suas mãos e as duas sorriram, confiantes. Ela estava certa, Amélia tinha perdido a liberdade, o amor e até sua fiel governanta. Não tinha certeza quanto ao merecimento, mas precisava daquele momento de glória em sua vida.

Amélia já tinha visto tantos bailes no palácio que não se deslumbrava mais com o requinte, a decoração opulenta ou com toda a pompa. Aquele evento, no entanto, era diferente, tudo parecia mais feminino. O baile não era apenas para Leopoldina, o baile era dela. Como se a própria princesa estivesse abrindo as portas para que os súditos vislumbrassem os novos ares que ela trazia à Coroa.

Elias e Amélia, atrelada ao seu braço, entraram no salão ao som de valsas vienenses e todos passaram a observar aquela dupla que emanava poder. Pedro avistou Amélia de longe e precisou se conter para não correr até a moça. Ela estava deslumbrante! O sol brasileiro invadindo o gélido inverno austríaco. Tentou desviar o olhar, mas não conseguiu, sentia o peito aquecido com a presença dela, o mundo ficava mais bonito e aceitável.

Pedro viu quando o Conde de Montrose se aproximou e encaminhou Amélia para o centro do salão. Ele andava de peito estufado, cabeça erguida, exibindo a garota como um troféu e causando inveja nos homens que mal continham os olhares, inclusive o príncipe.

— Amélia é tão linda. Aquele rapaz é noivo dela? Que homem de sorte — comentou Leopoldina para Pedro.

Pedro encarou sua esposa em um vestido de seda pura, em uma tonalidade suave de marfim que não contrastava com sua pele, em vez disso, acentuava sua palidez. Ainda que não pudesse negar sua imponente elegância, a princesa emanava uma aura de compostura e modéstia. Seus olhos, embora brilhantes, não possuíam a mesma intensidade e calor que o olhar vivaz de Amélia.

— Eles não são noivos — respondeu Pedro, voltando a observar Amélia dançando.

— Ah… então serão. Olhe a carinha dele. Está encantado.

Pedro permaneceu sério, com o rosto endurecido, e Leopoldina percebeu.

— Eu disse alguma coisa errada?

— Não, não disse. Fique tranquila. — Ele tentou disfarçar, mas Leopoldina sentiu algo que não soube explicar.

O conde dançou três valsas seguidas com Amélia e, ao terminar, a levou para uma das mesas. Ela não foi cumprimentar os anfitriões e nem olhou para Pedro. Elias estava satisfeito, levantou sua taça em direção ao príncipe e aproveitou cada gota daquele momento. Tudo estava nos eixos, como ele queria. Sua vingança estava concretizada.

— Esse vestido não é um pouco demais, querida? — disse o conde, enquanto pegava mais uma taça de champanhe.

— Demais para quem?

— Para o evento em si, nem a própria princesa está tão chamativa.

— Talvez vossa senhoria precise de uma mulher mais discreta.

— Seu pai fará uma festa de noivado em breve. Iremos nos casar, Amélia. Está decidido.

— Então, acostume-se comigo sendo "um pouco demais".

Ele riu, em parte nervoso, mas também por ter achado divertida aquela audácia. Pensou que seria incrível usufruir daquela selvageria toda entre quatro paredes. Ele mal via a hora.

Amélia ficou sentada entre o pai e o conde a noite toda. Os homens fizeram questão de colocá-la em um assento que ficava de costas para Pedro e Leopoldina, por isso, ela não fez contato visual com eles. Por um lado, era um alívio, sua parte altruísta agradecia por não poder conversar ou dançar com Pedro, era o certo a ser feito. Por outro lado, sua parte terrivelmente humana queria saber se ele a estava olhando, se seu vestido tinha causado o impacto desejado e se seu príncipe ainda cheirava a especiarias.

A certa altura, seu pai já tinha o rosto vermelho dos tantos copos que tinha virado. As pessoas riam alto e estavam felizes por nada. Amélia não conseguia ficar mais naquele lugar. Demonstrou todo o seu tédio e cansaço até alguém notar.

— Papai, vou me retirar. Quero ir para casa.

— Está cedo. Vamos aproveitar mais um pouco. A noite está tão agradável.

— Agradável para o senhor, então, fique. Para mim, já deu. Quero me deitar.

— Está certo. Levo você para casa.

— Pode pedir para o cocheiro me levar e depois voltar para esperar o senhor. O que acha?

— Não quero você andando sozinha por aí.

— Não estarei sozinha. Estarei com o "seu" cocheiro.

— É verdade. Vamos lá, darei as instruções pra ele garantir que entre em casa. Vá se despedir.

— Não é necessário. Quando o senhor for embora, basta dizer que tive dores de cabeça. Desculpe-se por mim, por favor.

— Você está abusando da minha boa vontade hoje.

— Logo serei problema do conde, ele disse que o senhor vai marcar o casamento.

— Sim, é verdade. — Amélia ficou em silêncio. — Você não vai dizer nada?

— Não tenho nada a dizer.

— Melhor assim. Vamos…

Pedro viu Amélia seguindo para a porta. Os cabelos presos deixavam seus ombros à mostra, enquanto o vestido desfilava uma cauda enorme que balançava ao sabor daquele jeito de andar que era só dela. Um ímpeto o fez querer agir. Levantou-se para segui-la, mas Leopoldina ergueu-se também e disse que estava na hora de eles dançarem. Todos aplaudiram, felizes a apreciar o Casal Real. Ele não conseguiu se desvencilhar. Dançou com Leopoldina aquela e mais algumas valsas. Os músicos continuavam a tocar canções em homenagem à princesa, que tinha as bochechas fogueadas de alegria.

A festa pareceu não se importar com a ausência da moça do vestido azul. Apenas Pedro sentia como se nada mais tivesse muita graça nem beleza. Os convidados simplesmente aproveitavam aquela abundância de comida, bebida e música como se o amanhã não existisse.

A noite já estava avançada quando os fogos de artifícios começaram. Todos foram para o jardim e ficaram olhando o céu, maravilhados.

— Que noite linda, querido. Obrigada — disse Leopoldina para Pedro, enquanto seus olhos refletiam os fogos.

— Que bom que você gostou.

Leopoldina encostou sua mão na de Pedro, causando um choque nele que, sem pensar, puxou a própria mão, recusando o toque.

— Sabe que já somos casados, não é? — justificou ela.

É claro que ele sabia. Já tinha ouvido aquilo um milhão de vezes. Mas, entre saber e aceitar, há um abismo imenso.

— Ainda é cedo. Logo iremos para o Paço, lá teremos maior privacidade. — Era a pior desculpa no mundo, mas Pedro só disse a primeira coisa que lhe surgiu.

— É melhor eu me recolher. — Leopoldina pareceu envergonhada.

— É, sim. — Ele assentiu, constrangido.

Aos poucos, alguns convidados começaram a partir. Muitos deles, ligeiramente trôpegos. Pedro esperou alguns minutos, o céu ainda estava colorido e barulhento, mas resolveu também se retirar. Subiu as escadas com o passo arrastado e um nó na garganta. Cada solenidade tirava um pouco de sua alegria, de seu ânimo... A vingança de Elias aconteceu exatamente como o Capiroto havia planejado, ele entendia mesmo sobre ferir sem a menor piedade. Observou Amélia de longe, não teve o prazer de cruzar o olhar com o dela, de ouvir sua voz ou de tocá-la, nem que fosse pela desculpa de uma dança. Será que seria para sempre assim? Não suportaria, estava certo disso. Embora tenha desconfiado que doeria muito viver essa situação, não supôs tamanho desalento.

Abriu a porta do quarto, que estava na penumbra, recebendo apenas a luz da lua e um pouco das cores dos fogos, que não cessavam. Pedro afrouxou a gravata, tirou o casaco e já estava tirando os sapatos quando notou uma presença num canto. Sentada em uma poltrona próxima à janela, estava Amélia, em todo seu esplendor. Ela se levantou e sorriu timidamente.

— Eu diria que você parece um anjo se não estivesse tão pecaminosa neste vestido.

— Disseram que ele é um pouco demais.

— Só se for para quem não aguenta. Sua beleza não me intimida, me tenta.

— Eu não devia gostar de ouvir essas coisas.

— Devia querer ouvir essas coisas todos os dias de sua vida. Ouvi-las de mim. — Amélia baixou os olhos e nada disse. — Como conseguiu entrar aqui? Eu a vi indo embora.

— Fui pra casa. Quando acharam que eu estava dormindo, saí pelos fundos e peguei uma charrete que tinha deixado preparada. Entrar aqui não foi complicado…

— Tudo isso vestida assim?

— Com uma capa por cima, claro.

— Amélia e seus disfarces.

— Mas estou sem nenhum aqui. Hoje sou apenas eu. Como sempre fui com você.

Pedro se levantou, segurou o rosto dela entre suas mãos e a mirou longamente. Sentiu que as batidas de seu coração ficavam mais leves e que tudo parecia melhor.

— E seu pai?

— Vai chegar em casa tropeçando nos próprios pés e vai dormir encostado em algum canto.

— Você pensou em tudo.

— É claro que sim.

Pedro beijou sua testa, seu rosto, o canto de seus lábios e seu ombro nu. Amélia sentia arrepios percorrendo por todo o seu corpo.

— Sabia que você viria, Amélia, que não me deixaria. Você sabe que eu te amo tanto e que é só isso que importa.

— Eu também amo você, Pedro, mas eu vim me despedir.

Pedro pareceu não entender de imediato. Ficou em silêncio por alguns segundos, pois não podia acreditar.

— Vou embora ao amanhecer.
— Para onde?
— Longe daqui.
— Você não pode.
— Preciso.
— Não faça isso, por favor.
— Preciso — insistiu. — Porque eu aceitaria viver à sua espera se ficasse.
— Vai em busca de sua mãe?
— Sim.
— Você confia no que a minha disse?
— Não completamente, mas vou ter que conferir.
— Volte ou me mande uma carta dizendo onde está.
— Pedro, entenda: não posso.
— Por quê? Eu iria ao seu encontro sempre. Sempre!
— Iria sim, eu sei, e seria maravilhoso. Você chegaria ansioso de saudade e eu o receberia afoita, querendo sentir seu abraço. Nós viveríamos momentos incríveis e repletos de amor...
— Então...
— Então, chegaria a hora de você voltar, porque tem algum compromisso, porque está há muito tempo longe de casa ou porque alguém bateu em nossa porta dizendo que Leopoldina está dando à luz mais um filho seu.

Pedro apertou os lábios. Sentia-se fraco e sem argumentos. Não podia cobrar nada dela, mas estava desesperado.

— Não tenho como lhe oferecer pouco porque sou todo seu. Você não vê isso?
— Eu teria ciúme, morreria por ser ela a estar com você nas fases difíceis e nas vitórias. Não suportaria ver você escondendo, a mim e aos nossos filhos, para desfilar com ela e seus herdeiros... Eu criaria caraminholas que me consumiriam, e sufocariam você. A cada volta, você me encontraria mais amargurada.
— Não, não precisa ser assim.
— Eu me permiti amar você, mas não me permito odiá-lo, Pedro.

— Acharemos um jeito. — Pedro passou a mão pelos seus braços.

— Não vim aqui fazer planos. Vim dizer que você é o grande amor da minha vida e eu sei que sou o seu. Exatamente por isso é que nós não vamos estragar o que nós significamos na vida um do outro. Não vamos esmagar esse sentimento com culpa, ciúme e sabe lá mais o quê. Não aceito que a gente se destrua.

Pedro não suportou mais e se afastou. Virado para a janela, soube que não tinha mais nada a fazer. Amélia estava decidida, e ele a conhecia bem demais para acreditar que podia convencê-la.

— Então é isso: você veio apenas me dizer adeus?

— Não, eu vim atrás de algo para levar comigo.

— O quê?

— Uma noite memorável. — Amélia caminhou até ele, apoiou as mãos em seu peito e o encarou languidamente. — Pode me dar uma noite memorável?

— É claro que posso. Você sabe que eu não resistiria.

— Então, pode me dar a melhor noite das nossas vidas? — disse ela, aproximando os lábios dos dele.

— Não, Amélia, porque a melhor noite das nossas vidas eu vou guardar para quando a gente se reencontrar.

Pedro precisava acreditar naquilo, pois não conseguia se despedir. Toda uma existência sem ela não valeria a pena. Seria um fardo imenso e o transformaria. Por isso, ele a tomou nos braços, impulsionado pela saudade e pela esperança. Sim! Era um sentimento tolo, uma muleta na qual se apoiava sem raciocinar, mas o que seria de nós sem nossos apoios? O que seria dele sem aquela ilusão?

Ele beijou seus ombros e tirou suas luvas. Desabotoou a imensa fileira de botões daquele vestido tão marcante. Amélia sentia a respiração dele em seu pescoço e arfava em expectativa. O vestido desabou sobre o chão, o amor desabou sobre eles.

Pedro conduziu Amélia com ternura até a cama, onde eles se entregaram ao desejo que os consumia. Cada toque, cada carícia, era uma manifestação de amor e paixão, uma celebração da conexão profunda que tinham um com o outro. Ela se perdia no calor do corpo dele, explorando cada centímetro de pele, cada expressão, enquanto ele não tirava os olhos dela, do rosto contorcido de prazer, dos cabelos se soltando do penteado, do corpo que se agitava quando o sentia. Era como se estivessem tentando gravar na memória cada sensação, cada suspiro, cada gemido. Reconheceram a grandeza do momento e o viveram com toda a intensidade que mereciam. Amavam-se loucamente e não queriam parar. Prolongavam cada segundo, e o tempo parecia desacelerar, como se permitisse àquele momento durar o máximo possível.

Uma pena serem humanos. Uma pena os corpos cederem àquele frenesi todo. Quando, finalmente, acalmaram-se, eles se aconchegaram um no outro. Os corpos estavam suados e os corações, palpitando. O silêncio reinava no quarto, a escuridão os envolvia.

— Não vou conseguir vê-la partir. — Pedro acarinhou os cabelos de Amélia com os dedos e encostou sua testa na dela.

— Não pense nisso agora. Eu ainda estou aqui.

— Fique comigo.

A voz suplicante de Pedro acabava com ela. Amélia foi atrás dele para construir uma última lembrança, abastecer seu coração com a certeza de que eles se amavam e que não ficariam juntos por uma crueldade do destino e não por algo que fizeram de ruim um ao outro. Era nisso que acreditava, e precisava se manter firme naquele propósito. Era, contudo, muito difícil. Ficar parecia tentador, mas ela precisava ser fiel a si mesma. Desperdiçar tudo o que era apenas para caber na vida dele seria um preço alto demais a pagar.

Deslizou o dedo pelo nariz dele. Pedro passou os braços em volta de sua cintura com força. Aninharam-se um pouco mais, ouvindo a respiração um do outro. Era lindo, um descaso o destino interromper um amor assim. Ela afagou os cabelos dele até seus olhos fecharem e a cabeça pesar sobre o travesseiro. Encarou seu príncipe por bastante tempo, admirou suas feições, e, por um instante, não encontrou forças.

Foi com lágrimas nos olhos que Amélia afastou seu corpo do dele. Vestiu-se sem esmero, e saiu com sapatos e luvas nas mãos. Antes de abrir a porta, olhou mais uma vez para o seu amor. Como era difícil conhecer o seu lugar no mundo e precisar abandoná-lo. Como era difícil dizer um adeus que nunca deveria ter acontecido.

— Deixe-me ir… — disse para seu próprio coração, que parecia se espremer a cada instante.

Uma lágrima escapou, mas respirou fundo e saiu do quarto. Caminhou na ponta dos pés e deslizou pelo corredor como uma pluma. Queria sair dali o quanto antes, porque seu instinto a mandava voltar e ficar. Só queria resistir a esse ímpeto e seguir seu caminho. Deu cada passo se sentindo dividida até chegar à beira da escada, onde deu de cara com Leopoldina. Os cabelos soltos escovados, o rosto limpo intocado, as roupas impecáveis.

A austríaca podia não compreender muitas coisas, mas, quando viu Amélia com pés descalços, vestido desabotoado, cabelo desgrenhado e rosto fogueado de prazer, soube exatamente de onde ela estava vindo. Os olhos entregaram a tristeza e certo repúdio, mas Amélia não aceitou esse peso, ela estava partindo, deixando para trás o homem que pertencia a ela, estava saindo da vida dele em respeito ao que não podia mudar. Era tudo o que podia oferecer. Por isso, endireitou-se com muita dignidade, fez uma reverência com extrema elegância e, com os olhos firmes na princesa apesar das lágrimas, desceu a escada apressada, deixando a austríaca estática no meio do corredor.

Naquele instante, Leopoldina entendeu que tinha chegado na vida de Pedro tarde demais.

♥ 34

Minha alma, que tinha
Liberta a vontade,
Agora já sente
Amor e saudade
Os sítios formosos,
Que já não me agradaram,
Ah! Não se mudaram!
Mudaram-se os olhos
De triste que estou.
São estes os sítios?
São estes; mas eu
O mesmo não sou.

"LIRA V", MARÍLIA DE DIRCEU, TOMÁS ANTÔNIO GONZAGA

Coragem é algo bastante difícil de identificar porque, normalmente, ela se apresenta quando parecemos mortos de medo. Foi a coragem que empurrou Amélia para um plano ousado que a tiraria daquela vida fadada ao sofrimento, mas ela achava que estava fugindo por temer não dar conta da situação. Agora, enquanto tudo se concretizava, ainda acreditava estar dominada pelo medo e pela angústia de não saber o que estava por vir. No fundo, parece medo, mas é só a coragem sacudindo tudo e fazendo a gente agir.

Amélia chegou ao estábulo com o coração aos pulos. Cada passo até ali foi carregado de dualidade. O desejo de liberdade e a promessa de encontrar a mãe a empurravam para a frente, mas a incerteza do que estava por vir e sua pele ainda coberta pelas as digitais do homem que amava a faziam hesitar a cada momento. Pedro tinha razão, fugir não era fácil. Ela sentia como se estivesse se lançando num rio sem saber a profundidade do leito. Estava assustada como nunca, mesmo assim, precisava seguir. Não tinha volta, não retornaria para o domínio de seu pai, tampouco se entregaria a uma vida medíocre, pela metade, e ainda suportando o casamento de Pedro. Estava dilacerada, triste, porém conformada. Não podia mudar aquela situação, mas podia escolher como lidar com tudo aquilo. Por isso, respirou fundo e trocou o vestido por calças, casaco e chapéu. Despiu-se do sonho. Conferiu se tudo o que tinha que levar de casa estava na charrete e tentou acalmar seu coração, que parecia querer explodir.

Atravessou a cidade enquanto o sol acordava devagar, repassou todo o plano durante o caminho, assim, manteve o foco. Não podia soltar as rédeas de seu pensamento, pois sabia exatamente para onde a levaria.

Já se aproximava do ponto de encontro quando o dia despontou de vez. Lá, avistou um homem que lhe acenou assim que a viu. Amélia parou a charrete em dúvida. Não sabia se avançava ou retornava, não reconhecia aquela pessoa. Já pensava em dar a volta quando viu um lenço sendo sacudido no ar. O lenço de Frida. Sua fiel governanta não havia conseguido vir, mas enviou uma mensagem para que se sentisse segura. Amélia teve vontade de sorrir, mas sentiu os olhos marejarem.

— O sr. Seixas não pôde vir, achou mais seguro mandar alguém que chamasse menos atenção.

— Compreendo.

— Ele pediu que lhe entregasse isso. — Amélia estendeu a mão e pegou um pacote embrulhado em papel pardo. — Eu levo a charrete até o porto, a senhora vai na carroceria, escondida.

— Agora? — O coração dela acelerou de repente.

— Sim. Quanto antes sair do Rio de Janeiro, menor a chance de ser encontrada.

— É claro.

Amélia saltou da charrete. Tentou disfarçar as mãos trêmulas, sabia que Seixas só havia providenciado o que havia pedido, mas, agora, diante do irrevogável, o nervosismo a abalava.

— Aí dentro tem uma carta assinada pelo juiz autorizando um qualquer a viajar. A senhorita sairá daqui disfarçada de homem. Assim que chegar em Salvador, siga para o endereço indicado. Lá, vai receber ajuda. Há também alguns réis.

— Não precisa. Peguei o suficiente na casa do meu pai.

— Senhorita, vamos fazer como o Seixas programou, está bem? Há mais coisas no pacote, o sr. Seixas pediu para a senhora ler com calma depois. Não tem pressa.

— É uma pena não poder me despedir.

— Entendo... — O rapaz notou o estado frágil da jovem, mas não podiam se atrasar. — Podemos ir?

— Sim.

Amélia se escondeu na carroça entre o baú e o saco de viagem. Apertou o pacote nos braços e se deixou levar pelos solavancos. Escutou a roda se debatendo contra a terra, depois paralelepípedos... Prestou atenção a qualquer som, reconheceu algumas vozes, o sino. A última badalada que ouviria soar na matriz do padroeiro. Sentiu os olhos encherem d'água, mas estava farta de chorar. Autopiedade não combinava com ela, precisava encontrar outra forma de reagir àquela nostalgia que, a partir daquele momento, seria sua companheira.

A charrete parou e ela permaneceu onde estava. Havia suor em suas têmporas, o coração estava aflito, e a mente, ansiosa. O rapaz levantou o tecido que a cobria e a ajudou a descer.

— Senhorita, vá direto para o embarque. Use o chapéu, fique de cabeça baixa e não fale com ninguém. Está sem fila agora. Não é uma embarcação da Corte, não há camarotes e cabines individuais...

— Claro, chamaria muita atenção.

— Pegue uma rede no canto, não interaja. Eu vou despachar sua bagagem, mas fique de olho.

— Agradeço muito por sua ajuda.

— Vá. Vou ficar aqui até o navio sumir no horizonte.

— Sei me esconder e também me cuidar.

— A senhorita vai precisar mesmo. É uma viagem dura. Além disso, seu pai tem comércio, é político e influente na Corte. Um monte de gente trabalha pra ele no porto daqui e também em Salvador... Se alguém a reconhecer, vai dar um jeito de avisar a ele.

— Daqui pra frente é comigo. Obrigada.

— Fique segura, senhorita Amélia.

— Adeus. Espero vê-los novamente em algum momento, mas diga ao Seixas que sou grata.

— Digo, sim. Agora vá… depressa.

O navio com velas triangulares içadas ao vento destacava-se contra o horizonte. Algum tempo depois daquela última conversa, o capitão começou a anunciar a partida, Amélia e mais alguns poucos passageiros embarcaram e a tripulação tratou de dar início à viagem.

A garota disfarçada não parou para observar demais, fez exatamente como foi instruída: pegou seu baú e saco de viagem, arrastou tudo para o canto mais distante, retirou uma manta de lã, reservou sua rede e lá ficou. Tinha uma faca na bota, outra na cintura e um medo gigantesco no corpo todo.

No convés, os passageiros olhavam para trás, vendo a cidade do Rio de Janeiro se distanciar, começando a contemplar a longa jornada que tinham pela frente. A brisa do mar acariciava seus rostos, enquanto a embarcação navegava pelo litoral, passando por praias de areia dourada, vilas costeiras pitorescas e montanhas que se erguiam acima do oceano. A vista era espetacular, mas Amélia continuava sentada em seu baú, sentindo o balançar das ondas, revisitando em sua memória cada paisagem e pessoa que estava deixando para trás. Imaginou que, a essa altura, seu pai já estaria atrás dela. Pedro já teria acordado com a cama vazia. E Leopoldina talvez estivesse sofrendo os resultados de uma noite insone.

Todos no convés admiravam a paisagem, perdidos na brisa salgada que os rodeava. Apenas Amélia parecia saber que a viagem seria desafiadora, que testaria sua resistência e coragem ao longo do caminho. Ela se deitou na rede e abriu o embrulho que carregava. Havia uma carta de Seixas, nada muito revelador, poucas palavras dizendo que ela merecia aquele recomeço e que torcia por sua felicidade. Logo embaixo, uma pequena anotação pedindo que ela se cuidasse e Amélia logo reconheceu a grafia de Frida. Havia outro documento, dessa vez autorizando-a a viajar para Europa partindo de Salvador, se assim decidisse. Entre os papéis, um envelope com Selo Real. Amélia prendeu a respiração e hesitou um instante a romper o selo:

> *Amélia,*
>
> *Sua pessoa de confiança enviou um mensageiro e quero que saiba que fiz o prometido, entreguei a ele uma autorização de partida para a Europa. Deve chegar até você junto com este bilhete.*
>
> *Sei que sente que está perdendo alguma coisa, que está sendo injustiçada, mas se livrar da Coroa foi a melhor coisa que a vida poderia ter feito por você.*
>
> *O maior dever de um monarca sempre será manter a Monarquia e isso consome qualquer coisa boa que tente nascer neste ambiente.*
>
> *Guarde esse amor como um presente que a vida deu a você e a Pedro enquanto foi possível, pois nem mesmo esse sentimento tão intenso sobreviveria a este palácio.*
>
> *Sua única chance de ter uma boa vida é bem longe daqui.*
> *Carlota.*

Era um bilhete amargo, mas Amélia não podia negar que era um ponto de vista a se considerar. As conspirações políticas, a extrema necessidade de controle, de manutenção do poder e da dinastia espalhavam discórdia e sofrimento sistematicamente. Ela sentiu que se tratava de um aviso honesto dado por alguém que também havia sofrido danos por ser uma peça feminina naquele jogo cruel. Uma pena seu melhor amigo e único amor estar no centro de tudo isso.

O dia chegou anunciando o fim. Pedro sabia que os lençóis estavam frios demais para que Amélia ainda estivesse ali. Não queria acreditar, mas era real: ela havia partido. Agora, ele precisava se levantar e seguir a vida como se nada tivesse acontecido. Viver com trivialidade, honrar seus deveres como príncipe e marido e todas aquelas coisas que estava cansado de ouvir.

Abriu os olhos, mas custou a acreditar que o vestido azul de Amélia não estava jogado em cima da poltrona, que não tropeçaria no espartilho e no saiote espalhados pelo chão, que não a encontraria pela cidade e nos lugares que só faziam sentido com ela.

O quarto não parecia o mesmo, estava maior sem a presença poderosa dela. Pedro sentiu-se meio oco. Não era tristeza nem revolta, tinha passado dessa fase. E não era saudade. Era vazio, uma ausência perigosa.

Levantou-se, fez seu ritual de higiene e desceu para o café da manhã. Ouviu vozes alteradas e seguiu o barulho até encontrar Elias transtornado dando ordens aos guardas.

— Onde está Amélia? — esbravejou Elias em sua direção, com olhos transtornados e postura violenta.

— Não se esqueça a quem está se dirigindo — disse Pedro, impassível.

— Ora, ora... o principezinho...

— Mais respeito! Príncipe, sucessor imediato, seu futuro rei... Você me deve reverência e não o contrário, que fique muito bem claro daqui pra frente.

— Daqui pra frente? Por quê? — Elias tremia de ódio.

— Porque nunca mais você colocará seus olhos em Amélia. Portanto, você não pode mais me atingir. Então, me respeite; senão, mando prendê-lo.

— Esqueceu quem sustenta grande parte disso aqui?

— Pouco me importa. Mando prendê-lo sem pensar nas consequências.

— Ficou corajoso. Sabe que tenho muitos amigos políticos na mão.

— Eu mando enforcá-lo em praça pública! Não duvide nem por um segundo. Agora, saia daqui. Vá gritar em outro lugar.

— Onde está Amélia?

— Não sei, mas não faz diferença. Mesmo que eu soubesse não diria a você.

— Está mentindo. Ela esteve aqui, não foi?

— Esteve, veio se despedir, mas já foi embora e você não vai encontrá-la.

— Vou, nem que seja a última coisa que eu faça.

— Não vai, porque ela sabe te enganar.

— Está falando do seu romancezinho? Eu sempre soube! Não há nada que eu não controle.

— Você não controla Amélia.

— É só uma pequena rebeldia... Vou colocá-la de volta nos trilhos.

— Ela nunca esteve nos seus trilhos.

— Não fale dela como se a conhecesse mais do que eu.

Pedro se aproximou, diminuiu o tom e falou quase num sussurro:

— Ah, Elias, você nunca controlou, muito menos conheceu sua filha. Deve ser difícil aceitar que Amélia sempre o odiou, tem vergonha de ser sua filha e teria matado você se não fosse tão boa. — Pedro sustentou o olhar de Elias com muita fúria.

— Mentira.

— Será mesmo? — Pedro o encarou, satisfeito.

Elias virou as costas e saiu pisando firme. Sua cabeça doía e ele tinha vontade de bater em alguma coisa. Sentiu uma fisgada no peito e uma leve tonteira. Pensou em Amélia e não podia acreditar. Sua filha, a pessoa que tinha sido criada para ser sua continuação, teria tanto ódio dele assim?

Pedro encontrou Carlota espiando tudo assim que Elias se retirou.

— É bom não a ter enganado.

— É claro que não. Sei até onde posso ir. Não sou idiota! Sua loucura por ela seria capaz de fazer seu pai me exilar em algum lugar que me deixaria com a vida bem difícil, não é mesmo?

— Eu faria pior...

— Miguel.

— Exatamente. — Pedro tinha um tom ameaçador.

— Amélia saiu daqui com autorizações para buscar a mãe em Salvador e partirem as duas para a Europa logo em seguida, é tudo o que fiz e sei. Caso não acredite, vá atrás dos aliados dela. Eu não sei quem são, mas você deve saber. Ela pediu para eu entregar tudo a eles na última conversa que tivemos. Mandaram um mensageiro, e foi isso.

— Europa onde? — Pedro não queria, mas a esperança sempre se apresentava.

— Não sei... Você não vai encontrá-la. Foque na vida que tem aqui. Amélia se foi, Pedro. Pra sempre.

Uma semana depois, os ânimos continuavam ásperos. Amélia não havia sido encontrada e ninguém sabia se isso era bom ou ruim. Elias estava abatido, parecia estar sofrendo de algum mal que acabaria o matando.

Assim que retornou de seu último encontro com Pedro, remexeu seus cofres e descobriu que Amélia tinha esvaziado todos eles. Sua filha levou ouro, joias, réis e pedras preciosas. Ele mandou surrar alguns de seus escravizados e, apesar de ninguém saber do seu paradeiro, a ideia de que ela havia o enganado e fugido de casa acabou minando suas forças. Essa ideia pesou sobre ele. Odiar era fácil, era parte de sua natureza, mas odiar Amélia lhe custou sua vida.

Elias começou a aterrorizar a cidade, ora falando que encontraria a filha somente para matá-la em praça pública, ora dizendo que mataria quem ficasse no caminho dele.

Chegou em casa após um desses arroubos de violência e foi direto para o quarto que costumava ser de sua filha. Começou a quebrar tudo; arremessou coisas até se sentir exausto e cair sentado. No meio das coisas espalhadas pelo chão, Elias puxou um papel e se assustou ao se deparar com o documento de compra e venda da escravizada que pariu Amélia tantos anos antes. Viu seu nome de batismo escrito nele e relembrou os cofres que foram esvaziados por sua filha. Imaginou o que mais Amélia poderia saber ou ter feito. Lembrou de Pedro dizendo que ele não a conhecia, não sabia nada sobre ela. De repente, tudo ficou turvo dentro dele. Logo ele, o Capiroto em pessoa, jogado no chão, arrasado pelo desgosto.

Seu peito foi atingido por uma dor aguda, sufocante. Ficou ali, sem reação, vulnerável, encarando a própria solidão. Ele morreu envenenado por sua própria ira, no quarto de sua filha, poucos dias após a partida dela. Não direi que de forma justa, pois a dor e a desgraça que ele espalhou pelo mundo produziram uma dívida impagável. Contudo, afirmo, com toda certeza, que não foi indolor. Elias tinha uma fraqueza afinal. Amélia.

Os ânimos não estavam bons, mas a vida não podia esperar o humor de Pedro melhorar, o que não deveria acontecer tão cedo. Desde a partida de Amélia, Pedro se escondia na sala de estudos, na biblioteca, no gabinete e até no oratório. Fugiu das refeições e dos ambientes sociais. Ele se sentia sozinho, e parecia mais lógico permanecer assim. Pedro fugia para dentro de si e, a cada dia, tinha mais dificuldade para encontrar a saída daquele labirinto.

Apesar disso, contrariando as expectativas, a necessidade de fuga e aquele vazio que só fez crescer, o Paço se preparou para celebrar, mais uma vez, a união de Pedro e Leopoldina, que se mudariam de vez para lá.

Os convidados e membros da nobreza que se aproximavam do palácio ficavam admirados com a grandiosidade do acontecimento. Não notavam toda a frustração, a decepção e a tristeza, tampouco o fantasma de Amélia que parecia continuar vivendo no Rio de Janeiro.

A entrada para o salão onde a celebração seria realizada estava ladeada por pilares e arcos, decorados com cortinas esvoaçantes, que adicionaram um elemento de luxo e drama à visão, criando uma atmosfera celestial.

Era uma manhã gloriosa, tinha tudo para ser o cenário perfeito para uma vida dos sonhos. O sol brilhava suave, o céu estava limpo e tudo parecia iluminar aquela união. Mas, quando os olhos de Leopoldina encontraram os de Pedro, só viram escuridão, vazio e tempestade.

As condições da viagem não eram boas. As acomodações eram difíceis, não havia comida suficiente para todos e muita gente sentia enjoos por conta da agitação do mar. Amélia sabia que carregava muita coisa de valor e aquilo era tudo o que tinha para começar uma nova vida, por isso, não saía de perto de sua rede e de seus pertences, mas isso custou a ela se alimentar apenas de sobras, que buscava rapidamente quando todos estavam dormindo. Ela estava fraca, mas havia sobrevivido àquela semana e, se o vento continuasse colaborando, faltariam apenas mais três.

Em uma manhã, Amélia estava deitada em sua rede, com o chapéu sobre o rosto quando viu duas sombras se aproximarem.

— O que é que você está levando de tão importante aí? — Disse um dos homens, dando um chutinho no saco de viagem.

— Ele nem come só pra não sair de perto.... Deve ser algo muito valioso.

Amélia levantou um pouco o chapéu e percebeu que um dos homens era mais franzino do que o outro. Ela ajeitou o chapéu e se levantou devagar, sem nada dizer.

— Já que você não fala, não vai ligar se a gente der uma olhadinha, né?

Amélia pulou para do cima do baú, segurando-se em um dos malfeitores. Passou o braço pelo pescoço do franzino, cortou sua bochecha e apontou a faca para seu pescoço. Então, sussurrou algo em seu ouvido e viu os olhos do homem maior se arregalaram de susto.

— O que foi isso? A gente estava só conversando.

— Ele disse que o baú é pra colocar o corpo de quem mexer com ele.

O sangue da bochecha pingava na roupa do rapaz e Amélia pressionava a faca em seu pescoço quase abrindo outro corte.

— Você é muito baixinho pra carregar corpos por aí…

O homem tentava escapar, mas Amélia o segurava. Ele forçou de novo e acabou derrubando o seu chapéu.

— Epa! Eu conheço a senhorita. — O grandalhão deu um passo para trás.

— É a filha do sr. Elias.

— Estão enganados. — Acabou soltando o franzino.

— O que está fazendo aqui disfarçada?

— Não é da conta de vocês, mas se tentarem alguma coisa contra mim, vou gritar dizendo que vocês me sequestraram.

— A gente nem sabia que estava aqui.

— Sim, até virem me roubar.

— Pensamos que era algum mercador, biscate…

— Iam acabar encontrando minhas anáguas.

— A gente vai contar que a senhorita está aqui. Deve estar fugindo, a gente te leva de volta. O sr. Elias vai pagar uma boa quantia pra gente.

— E eu vou dizer que vocês roubaram minha casa e me sequestraram.

— Mentira.

— Em quem vocês acham que eles vão acreditar?

— Está bem. A senhorita paga a gente, então.

— Acha que se eu tivesse alguma coisa de valor estaria viajando nestas condições? — Amélia não podia demonstrar sua vulnerabilidade, mas precisava satisfazer a ganância daqueles homens de alguma forma, senão, teria problemas. — Mas tem uma pessoa que vai me ajudar assim que eu chegar em Salvador, ele poderá pagar muitos réis a vocês.

Os olhos deles brilharam.

— Se nada acontecer comigo, é claro.

— Está certo, então. Vamos esperar até lá. Mas, se a senhorita estiver nos enganando, ficamos com o baú e o saco de viagem, nem que sejam só vestidos e anáguas.

— Está certo.

— E entregamos você a algum funcionário do seu pai.

Ai, Deus... Paz se tornou um artigo cada vez mais raro na vida desta heroína.

♥ 35

Se o rio levantado me causava,
Levando a sementeira, prejuízo,
Eu alegre ficava, apenas via
Na tua breve boca um ar de riso.
Tudo agora perdi; nem tenho gosto
De ver-te ao menos compassivo o rosto.

"LIRA XV", MARÍLIA DE DIRCEU,
TOMÁS ANTÔNIO GONZAGA

Uma jornada sempre será definida pelo quanto você soube aproveitar os bons momentos e suportar, na mesma medida, os maus tempos. Nenhuma existência é feita só de glórias, risos e festas.

Então, não podemos ignorar que muitas lágrimas rolaram naquela embarcação à vela que cruzava a costa brasileira, e outras tantas desceram no Paço Imperial do Rio de Janeiro. Tantos olhos chorando que o destino parecia ter se enganado, somente um erro grotesco causaria tamanha catástrofe. Mas a verdade é que as coisas apenas aconteceram. Não havia um culpado em quem jogar a culpa, mas havia vítimas de sobra. Vítimas do amor, da esperança e de uma ilusão juvenil que acalentou corações por bastante tempo.

Contudo, a sabedoria popular nos diz que, se colocarmos na balança nossas lágrimas e elas pesarem mais do que nossos sorrisos, algo precisa ser mudado. Não o mundo, não o outro, não a vida por si só, mas a gente. No final das contas, só temos poder sobre nós mesmos, sobre o que está ao nosso alcance, sobre nossas decisões e atitudes.

Sendo assim, Pedro escolheu suportar oferecendo a Leopoldina o título de princesa, parceira intelectual, representante da Coroa, companheira em eventos oficiais, mãe de seus herdeiros, conselheira política e só. Estava oferecendo tudo o que podia e ninguém poderia dizer o contrário. Quem pode definir o limite do outro? Quem pode dizer que o outro já não está dando tudo de si? Quem ousaria apontar o dedo e cobrar uma promessa nunca feita?

Pedro suportou o mau momento aproveitando os bons. Dividiu a mente de seu corpo e espalhou seu desejo como fazia antes de ter Amélia. Ele já não podia mais ter a mulher que seu coração havia escolhido, por isso, distraía-se com muitas. E como a sensação de incompletude não o abandonava, a busca por mais mulheres só fazia aumentar.

Quando conseguia trocar o choro pelo riso, Leopoldina pensava em seu objetivo maior: governar. Ela havia sido criada para isso. Continuava estudando, se reunindo com grandes políticos e pensadores. Amava o Brasil e queria fazer o melhor que pudesse por aquele lugar e aquele povo que agora era seu. A situação de seu casamento machucava sua alma e, por muitas vezes, acreditava que o comportamento libertino de Pedro era a razão para tamanha mágoa e humilhação. Mas, quando observava o marido, conseguia enxergar toda a tristeza que guardava no olhar. Ele era tão infeliz quanto ela, e ambos sabiam muito bem o motivo. Eles nunca tiveram uma única chance.

Amélia sabia sobre suportar, mas se questionava se algum dia precisaria se esforçar menos. A viagem havia sido extremamente difícil; a última semana, quase insuportável. Ao avistar o porto, por um momento, não acreditou no alívio que sentiu. Olhou para suas coisas e sabia que ainda tinha mais uma barreira para enfrentar. Queria continuar disfarçada, porque o porto era um lugar em que muita gente conhecia seu pai. Contudo, ela era desconhecida e uma mulher sendo perseguida por dois homens seria bastante suspeito. Por isso, decidiu se trocar e colocar um vestido. Notou que a peça estava bastante larga e se preocupou. Tentou ficar o mais apresentável possível e deixou alguns réis disponíveis em sua bolsinha de mão.

Assim que aqueles dois homens a viram no convés, notaram suas intenções e fizeram cara de desagrado. Amélia foi uma das primeiras a desembarcar. Assim que colocou os pés em terra firme, esticou os réis para um estivador e pediu ajuda com a bagagem.

— Pode me arrumar uma charrete, carruagem…?

— Por aqui, senhorita.

Os malfeitores ainda seguiram Amélia, mas, para dizer a verdade, eles estavam mal nutridos, desidratados e cansados demais para uma perseguição cinematográfica. Eles fizeram a melhor expressão ameaçadora e foi só o que conseguiram.

Em princípio, Amélia não se sentiu tão longe do Rio de Janeiro, tinha alguma familiaridade no ar, nas pessoas e lugar. Conforme a charrete avançava, percebia que Salvador tinha uma arquitetura colonial única, com casarões coloridos e ruas estreitas, sinuosas, que eram distintas do Rio de Janeiro. Bastou notar uma diferença para ser invadida por todas as outras. A costa tinha uma exuberância diferente, repleta de falésias, o cheiro da comida trazia nuances de outros temperos, a cadência das vozes e até o sol um tantinho mais quente denunciavam que ela estava bem longe de casa.

Finalmente, a carruagem parou diante de uma imponente mansão, uma verdadeira joia da Colônia. A casa parecia ter sido retirada diretamente de um conto de fadas. Sua fachada exibia detalhes intrincados, com balaustradas de ferro forjado, janelas ornamentadas e varandas de madeira que se destacavam contra as paredes caiadas.

O jardim da propriedade era uma profusão de cores e aromas, com flores tropicais exuberantes e palmeiras altas. Amélia sentia os diferentes perfumes à medida que se aproximava da entrada principal da casa. Paralisou diante da porta, pensando no que fazer. Não sabia a quem chamar ou como proceder.

— A senhorita deve ser Amélia.

Um homem de postura altiva e porte ereto parou, sorridente, ao seu lado. Seus olhos pretos eram expressivos e intensos, revelando uma mistura de sabedoria e mistério adquiridos ao longo dos anos. Uma mecha de cabelo ondulado com alguns fios brancos caía com elegância sobre sua testa, contrastando com a pele clara que destacava seu rosto. Vestido com trajes da moda, usava uma casaca bem cortada, colete decorado com botões dourados e calças que se estendiam até as botas de couro polido. Seu estilo era uma mistura de elegância europeia e tendências tropicais, com tecidos leves e cores claras, que eram apropriados para o clima quente da Bahia.

— Olá, senhor...

— D. Augusto de Beauharnais, amigo de Seixas.

Amélia notou seu sotaque italiano.

— Então é meu amigo também.

— Deixe-me ajudá-la com as bagagens.

— Agradeço.

— Deve estar cansada da viagem.

— Estou, não vou negar.

— Vivi por um tempo no Rio de Janeiro, mas acabei ficando em Salvador.

— Talvez eu também fique.

— Espero que sim.

Ao cruzar a porta, Amélia foi recebida pelo interior majestoso da casa. Os móveis eram elegantes e antigos, refletindo um gosto refinado por objetos de arte e decoração.

A luz do sol atravessava as janelas amplas, enchendo os aposentos com uma luminosidade calorosa. Amélia notou um piano de cauda no salão principal, um símbolo de apreço por música. A casa parecia viva, com funcionários atenciosos que cuidavam dos detalhes do cotidiano.

— Não temos nenhum escravizado na casa. Garanto — disse d. Augusto, enquanto oferecia a Amélia um assento no sofá.

— Isso é muito importante.

— Com toda certeza. Já vão servir algo para comer. Desculpe não ter ido buscá-la no porto. Ao que parece, os ventos ajudaram, pois esperava que a senhorita chegasse daqui a alguns dias ainda.

— Acho que Deus percebeu que eu não suportaria.

— A senhorita é mais forte do que parece ou do que imagina.

Amélia sorriu.

— O senhor sabe que estou procurando pela minha mãe?

— Sei, sim. Semana passada recebi uma carta de Seixas explicando o caso por alto, mas com a localização. A fazenda em questão fica a uns dias de viagem.

— Então, preciso de comida e um banho, por favor, mas partirei em seguida.

— Sabia que a senhorita poderia querer isso, mas não será necessário.

— Não entendi. — O peito de Amélia pareceu se espremer.

— Carlota enviou uma autorização para que enviassem sua mãe para cá. Ela está a caminho.

— Como pode ter certeza?

— Não tenho, mas enviei dois homens de confiança para trazê-la.

As lágrimas, aquelas que pareciam morar nos olhos dela, apareceram novamente. Fortes, silenciosas, emocionadas.

— Vamos torcer pelo melhor, está bem?

— É o que tenho feito nos últimos tempos, senhor.

— Continue assim.

Amélia assentiu.

— Agora vamos comer, porque ninguém faz nada com a barriga vazia. *Andiamo*!

Os pratos de porcelana fina e os talheres estavam dispostos com precisão, refletindo a atenção aos detalhes. Os guardanapos de linho, meticulosamente dobrados, ostentavam uma dobra sofisticada que denotava o cuidado que dispunham à hospitalidade. O aroma de especiarias exóticas permeava o ar, enquanto pratos perfumados eram servidos um após o outro. Amélia saboreou uma farta variedade de comidas deliciosas.

As frutas frescas e tropicais, como abacaxis e mangas maduras, estavam dispostas em uma travessa de prata polida, criando um contraste de cores vivas. O aroma do café fresco pairava no ar, anunciando um final de refeição prazeroso.

— Perdoe o meu mau jeito. Juro que fui mais bem-educada do que isso.

— O que é educação se não saborear com gosto as boas coisas que a vida nos oferece?

— É verdade... — Amélia quis fazer uma pergunta, mas ficou sem jeito.

— Estou no Brasil há alguns anos. Passei a juventude fascinado por histórias de exploradores famosos, como os viajantes que mapearam as terras desconhecidas da colônia. Essa paixão me trouxe até aqui para realizar minhas próprias expedições e pesquisas. Acabei ficando e me encantando pelo lugar, pelas pessoas... Quero morrer aqui.

— Então é isso... Passou a vida estudando?

— Fui casado, ela faleceu ao tentar dar à luz o nosso primeiro filho.

— Sinto muito.

— Faz muito tempo. Dói de um jeito diferente agora.

Amélia nada disse, simplesmente porque não sabia o que dizer. O que se diz sobre isso?

— Não precisa ficar constrangida por se hospedar em minha casa, não moro sozinho. Há a governanta, a...

— Eu não sou ninguém aqui, não sei nem se vou ficar na cidade. Não conheço ninguém, não estou em busca de um marido, então... Não tenho esse tipo de preocupação.

— Amélia, você acabou de chegar. Fique tranquila. Seixas não a confiou a mim por acaso, ele tem muitos amigos, pessoas de confiança... Mas podemos conversar depois. Vá descansar para se recuperar da viagem. Temos tempo.

Um calafrio percorreu a coluna de Amélia. Tempo? Tempo para quê? Pensou em continuar a conversa, mas d. Augusto já se levantava em sinal de cavalheirismo.

— Vão mostrar seus aposentos.

— O que tinha na carta que Seixas enviou? — perguntou Amélia, já de pé, olhando para os olhos de seu anfitrião. Não conseguiu se conter.

— Que você é filha de Elias Antônio Lopes, mas trabalha com Seixas há algum tempo, que estava em apuros e precisava de ajuda.

— Que tipo de ajuda?

— Sair do Rio de Janeiro de maneira anônima e um abrigo para recomeçar.

— Ele disse o motivo?

— Quando um amigo está em apuros e pede ajuda, ajudamos. Não perguntamos o motivo.

— É que a Frida fugiu para a casa de Seixas há, deixe-me ver... um mês e meio? Dois?

— Não sei do que está falando. Ele não mencionou nenhuma Frida.

— Ela era minha governanta, minha pessoa de confiança, cuidava de mim, das minhas roupas, eu não tinha como esconder nada dela. Ela, em algum momento, certamente percebeu que eu havia mentido, mas entendeu que eu só não queria falar mais sobre aquilo, que não queria tomar nenhuma decisão...

— Desculpe, mas realmente não estou entendendo. Seixas não mencionou sua amiga Frida.

— Mas mencionou meu romance com o Príncipe Pedro e que, apesar de eu ter dito que não, poderia estar grávida dele? Frida deve tê-lo alertado.

— Não mencionou. Acabei de saber disso agora, pela senhorita.

Amélia sentiu a bochecha queimar de vergonha.

— Você é inteligente, garota. Eu também. Eu e Seixas somos amigos e trocamos correspondências frequentemente... Quando ele disse que eu poderia ajudá-la como mais ninguém, entendi o que ele estava querendo dizer.

— Não preciso que faça nada por mim.

— Eu sei. Seixas sabe. Mas o mundo é muito cruel com mulheres solteiras e seria muito pior se você de fato estivesse grávida, Frida sabe disso.

— Ela sempre cuidou de mim e continuou se preocupando, mesmo de longe.

— Mas preciso que entenda que nenhuma proposta aqui visa apenas a ajudá-la.

— Não entendi.

— Estou morrendo. Seixas já sabia. Quão poético não seria usar o meu fim para te dar um recomeço?

— O quê?

— Meu sobrenome. Uma nova vida aqui nesta casa e com um herdeiro seria perfeito. Um final feliz que me agrada. Não precisa decidir agora se isto também a agrada. Como eu disse, ainda temos tempo. Vá descansar, pense. Depois conversamos.

— O senhor está morrendo? Do quê? Parece saudável.

— Meus pulmões não estão funcionando muito bem. A doença está no começo e sou forte, ela não vai me levar fácil.

— Sinto muito.

— Não era para estarmos conversando agora. Era para você ter esperado sua mãe chegar, viver aqui um pouco, imaginar a vida aqui. Era para você se apaixonar por Salvador e pela possibilidade de recomeçar neste lugar. Por que tem que ser tão impulsiva?

— Também não sei.

Chega uma hora em que é preciso decidir o que fazer com o que a vida oferece. Não dá para viver eternamente afogado em uma lagoa de lágrimas e, na tentativa de sair desses momentos difíceis, a gente só faz o que pode. Por isso, Amélia aceitou a estadia, aceitou os lençóis limpos e a chance de tirar um cochilo em um lugar seguro.

Uma jornada sempre será definida pelo quanto você soube experienciar os bons momentos, mesmo que não sejam aqueles que tanto desejou. Sempre será sobre suportar, na mesma medida, tudo aquilo que você acredita que nem mereceu. Nenhuma existência é feita só de derrotas, lágrimas e despedidas.

É hora de ajustar a balança.

♥ 36

Em práticas suaves
Ali as breves horas gastaremos;
Nem já nos serão graves
Na lembrança os trabalhos que aqui temos;
Nem de pesada humanidade nossa
Pena haverá, que atormentar-nos possa.

"ODE", MARÍLIA DE DIRCEU,
TOMÁS ANTÔNIO GONZAGA

Uma criança esperando pela mãe na porta da escola sempre será a imagem da ansiedade pelo reencontro. Os amigos indo embora um a um, os olhinhos brilhando encarando o horizonte, buscando pela figura que trará o abraço quente, o conforto, o descanso, a segurança. O encontro de uma criança com o colo da mãe no final do dia poderia soar como o velho clichê, a velha sensação de estar de volta em casa, mas, neste caso, não é uma impressão, é real. Costumamos nos esquecer, mas, de fato, nosso primeiro lar foi o ventre de uma mulher.

Gostaria de dizer que Amélia sentiu tudo isso ao ver sua mãe atravessando a sala, que elas se jogaram uma no colo da outra e houve uma espécie de redenção, mas não foi bem assim. Afinal, para se sentir em casa é preciso ter convivido naquele lugar, ter se sentido visto, reconhecido, ter se familiarizado...

Elas se olharam profundamente, perceberam que tinham os mesmos olhos, mas olhares distintos. Seguraram as mãos e sentiram toda a dureza do tempo que as separou. Foi triste, pois o maior sentimento que as uniu naquele exato momento foi o ódio por Elias. Foi a amargura por tudo o que elas não tinham sido.

As duas demoraram a se adaptar uma à outra e ainda à nova vida. Foi um longo caminho para se sentirem mais confortáveis na casa, na presença daquelas pessoas, na vida que supostamente agora deveriam ter.

Aos poucos, tudo foi ficando mais calmo, tranquilo, sem cobranças. Algumas casas demoram mais a serem construídas, e tudo bem. Processo é parte importante de alguns amores. Amélia realmente estava grávida, e talvez esse fato tenha sido essencial para atar todas aquelas pontas frouxas que o destino tinha deixado na vida delas. Nena encontrou um caminho de cuidado até sua filha através daquela criança. Uma folha em branco para as duas se reconectarem.

As feridas se curavam no distrair dos dias, e ter seu bebê sendo embalado pela mãe que nunca pôde lhe carregar acabou por cicatrizar ambos os corações. Nena pôde cantar para seu neto adormecer, conseguiu reconhecer o semblante saudoso de sua filha e apoiar aquele homem que parecia viver apenas para dar tempo às duas. D. Augusto, mesmo doente, fazia o clima familiar reinar, era engraçado, acolhedor e amistoso.

Amélia se casou na mansão que agora também seria seu lar. Pediu para que fizessem um bolo para acompanhar o brinde após o almoço. Celebrou o possível. Aprendeu a agradecer pelo que tinha. Foi assim. Não era uma união romântica, mas era um laço de amizade. Havia ternura, gratidão e muita afinidade moral.

D. Augusto viveu meses o suficiente para escutar dois choros inéditos naquela casa: o do bebê sadio exigindo ser alimentado, limpo e acolhido, espantando todo o mal e o luto; e o choro de alegria de Amélia. Ela estava feliz, finalmente. Talvez não eufórica ou apaixonada. Talvez não sentindo aquela felicidade inocente e imaculada, mas estava tomada de amor por aquele bebê que parecia renovar suas esperanças. Tomada de amor por sua mãe, que cercava a criança com olhares de gratidão. Tomada de amor fraterno por aquele homem que sorria enquanto morria.

— Vocês vão ficar bem.

— Graças a você.

— É claro que não. Você arrumaria um jeito, Amélia. Ficar aqui, deixar essa criança correr por esses corredores e jardins é um presente para mim.

— Não diminua o que fez por nós, por favor.

— Entre tantas tristezas, o mundo tem lá suas compensações. Pena eu não estar saudável para poder ver um pouquinho mais.

— Verdade.

— Você acha que seria possível vivermos esse casamento?

Amélia sorriu e passou a mão pelo rosto dele.

— Não estou dizendo que se apaixonaria por mim, sei bem que seu coração é todo ocupado, mas poderíamos ser um casal feliz, não acha?

— Tenho certeza que sim. Já somos.

— Eu seria um grande pai.

— Você é o pai. Não deixarei que ele esqueça. Falarei de você.

— Não precisa fazer isso.

— Mas eu quero.

— Mas se um dia quiser contar ao…

— Não importa se um dia Pedro saberá ou não. Esse bebê sempre será seu filho e ele será feliz por isso.

O tempo, aquele companheiro que jamais se afasta, segurou na mão de Amélia enquanto ela sentia Pedro em seu coração. Enquanto ela recebia notícias da capital e aquela figura das manchetes se distanciava cada vez mais do homem que sempre seria lembrado como seu único e verdadeiro amor. O tempo a abraçou quando precisou se despedir de D. Augusto e, em seguida, de sua mãe. O mesmo tempo que, por tantas vezes brincou com ela, dessa vez, tinha ares de reconciliação, permitindo-lhe uma transição tranquila, acolhedora e bonita. Foi doído se despedir deles, mas seria muito pior viver sem, ao menos, tê-los encontrado. Amélia sentia que tinha sido abençoada com aquelas vivências, mesmo que breves.

A vida não parou para ajeitar as coisas. O tempo não parou, apenas os amparou. Pedro tornou o Brasil independente de Portugal e passou de Príncipe Regente a imperador. Viu seus pais e irmãos voltarem para Portugal, inclusive Miguel, que jamais deixou a ambição de lado e havia piorado muito com o passar dos anos. Ele e Carlota mantiveram aquela união sempre disposta a trazer problemas. Uma simbiose catastrófica, repleta de afinidade e adoração.

O novo imperador percebeu que a vida era mais silenciosa do que imaginava. Principalmente sem Ana e seus planos mirabolantes. Testemunhou Leopoldina perder mais bebês do que qualquer um suportaria e encarou anos bastante difíceis e também controversos. Nenhum acontecimento esperou que se sentissem prontos, preparados. Os dias só aconteceram, e eles fizeram o melhor que podiam, assim como todos nós, que atravessamos a existência tentando errar o menos possível ou, pelo menos, fazendo dos nossos erros um caminho para nos tornarmos alguém melhor. Às vezes, com sucesso, outras nem tanto.

Por muitos momentos, Amélia acreditou não estar fazendo o suficiente. Ela continuou em seu propósito, determinada em devolver ao mundo uma parte que fosse de todo o privilégio que sempre a cercou e sempre parecia pouco. Cumpriu sua promessa e usou seu lugar de viúva de d. Augusto de Beauharnais para fazer inúmeros serviços beneficentes e trabalhos sociais. Contudo, sempre soube que o maior beneficiário de todos seria seu filho, herdeiro daquele benfeitor incrível.

Pedro, ao lado de sua esposa, fez tudo o que acreditava estar ao seu alcance para proteger a soberania do Brasil e de seu povo. Apesar disso, no final do dia, sentia o peso da impotência. O que de fato havia feito a não ser se segurado com todas as forças naquela cadeira de poder?

— Por onde anda sua cabeça? — perguntou Leopoldina.

— Você está abatida. — Pedro tentou inverter a situação.

— Você sabe que gravidez é um período difícil para mim.

— Que tal descansar? Você tem saído muito.

— Se não compareço aos eventos oficiais, não o vejo. — Pedro olhou para a janela e nada disse. — Às vezes, quero ter raiva das moças dos cabarés, da tal marquesa, mas, no fundo, é sempre a sombra de Amélia que vejo encobrindo você.

— Não faça isso, Leopoldina.

— Desde que ela foi embora, você é outra pessoa. Queria que fosse ela no lugar da marquesa. Quem sabe você fosse um pouco mais feliz, agradável.

Pedro odiava ouvir o nome de Amélia na boca das outras pessoas. Quando a mencionavam era de um jeito que ele julgava impróprio. Naqueles dias, a Corte a tratava como uma filha ingrata, que havia matado o pai de desgosto. Mas Leopoldina acreditava que ela seria a amante ideal, aquela que alivia o homem do estresse e permite que seja um marido melhor.

Pedro agora entendia o que Amélia disse sobre ficar. A casa dela estava ali, o jardim, a biblioteca e até a cama na qual a havia amado. Tudo havia permanecido, menos ela. Era como viver numa cidade assombrada.

Por isso, corria para os braços e para a casa da marquesa, que não havia conhecido Amélia. Mesmo que houvesse conhecido, sua vaidade não a permitia acreditar na existência de outra mulher mais poderosa na vida de Pedro. Aquela casa não conhecia o jeito que os olhos negros de Amélia o encaravam, nem testemunhou o amor deles nascer, crescer e fincar raízes. Ali, ele era só corpo, mais nada. E bastava, porque alívio é necessário para seguir em frente. Alívio para existir muito longe do que consideramos aceitável, ideal. A marquesa era quase um entorpecente.

E nessa dinâmica de enfrentar e fugir, os anos passaram como uma penitência a ser cumprida. Amélia olhando para fora, tentando fazer para os outros o bem que não conseguia fazer para si mesma. Tentando transformar o mundo num lugar mais feliz, já que o seu destino estava fora de seu alcance. Olhava para seu filho, sua comunidade, seus amigos, sempre para o distante horizonte. Pedro, por sua vez, tentando não deixar tudo desmoronar, embora já tivesse perdido as rédeas de si mesmo. Ele se esforçou em ser um bom governante, em colocar o novo país nos eixos, apesar de tudo ser uma verdadeira bagunça.

Não importa o quanto fizessem, acabavam sempre em uma encruzilhada solitária. E é exatamente por isso que o universo não gosta muito quando almas gêmeas se encontram para, logo depois, ter de se colocar entre elas. Lembra-se? Desajusta as coisas, fica tudo fora do lugar e, muitas vezes, não tem solução. Cada um precisa cuidar do que lhe cabe e aprender a controlar os danos que a falta do outro lhe causa.

Contudo, a sensação que estamos experimentando neste momento, de que não está certo, de que não é justo terminar assim, pode ser mais intensa do que imaginamos e, talvez, desperte a compaixão de alguma força. Em casos raros, quem sabe, alguém se apiede, ou as estrelas e os planetas possam de fato se realinhar só para ver mudar o fim.

Muitos anos depois...

♥ 37

Ah! Minha bela, se a Fortuna volta.
Se o bem, que já perdi, alcanço e provo,
Por essas brancas mãos, por essas faces
Te juro renascer um homem novo,
Romper a nuvem, que os meus olhos cerra,
Amar no céu a Jove e a ti na terra!
"LIRA XV", MARÍLIA DE DIRCEU,
TOMÁS ANTÔNIO GONZAGA

Mais um baile!

Amélia se olhou no espelho e pensou em Frida. A governanta, sua velha amiga, tinha razão, realmente estava mais habituada aos eventos sociais. Ao menos agora eles tinham uma serventia que lhe aprazia: arrecadar fundos para caridade. Estava reunindo esforços para abrir uma Casa de Saúde a fim de ajudar pessoas com tuberculose e isso valia os espartilhos e sapatos de salto. Por isso tinha ficado em Salvador, aqui encontrou uma forma de trazer sentido aos seus dias, uma comunidade na qual havia um lugar valoroso para ela.

Já havia colocado seu filho na cama e estava pronta para receber seus convidados. Hoje, os ricos precisam enfiar as mãos nos bolsos e doar quantias altas para impressionar, o que, além de útil, é bastante divertido. No mais, não negaria apreciar uma ou duas danças, algumas taças e boas risadas. A vida precisava de pausas, o famoso intervalo, as folgas tão necessárias para sustentar o seguir ininterrupto.

Desceu as escadas arrastando um vestido deslumbrante, com um decote quadrado, cintura marcada e saia imensa. Seu rosto parcialmente coberto por uma máscara de luxo dava-lhe um ar divertido de mistério. Ela se dirigiu ao salão e recebeu seus convidados com muita simpatia. Amélia era muito respeitada por toda a dignidade com a qual levava sua vida de viúva, mas, acima de tudo, por todo o trabalho que fazia na cidade.

Muitos políticos queriam estar em seus eventos, os artistas doavam seu tempo, apresentavam-se em espetáculos ou participavam de saraus para ajudar nas arrecadações. Assim, ela se tornou benquista em muitas rodas sociais diferentes.

Alguns comerciantes estavam presentes, por isso, não estranhou o burburinho e continuou dando atenção para outros benfeitores que tinham bastante interesse no projeto da Casa de Saúde. Permaneceu distraída até notar que todos se calaram e fizeram uma reverência.

— Com licença, sra. Beauharnais. Gostaria de apresentar o imperador, ele fez questão de comparecer e contribuir quando lhe falei do trabalho magnífico que faz aqui em Salvador.

Amélia o reverenciou, sentindo o coração descompassar. Pedro tinha alguns fios de cabelos brancos e, assim que abaixou a máscara, ela notou alguns vincos ao redor de seus olhos. Continuava lindo e com aquele charme que só ele sabia ter. Era de matar.

— Obrigado por me receber e por tudo o que faz pelo nosso povo, sra. Beauharnais.

— É uma honra e um prazer, vossa majestade.

— Permita-me a alegria desta primeira dança. — Pedro estendeu-lhe a mão. Amélia hesitou por um instante, mas aceitou o convite e, juntos, dirigiram-se para o salão de dança. O cheiro de especiarias invadiu suas narinas e memórias.

A música preenchia o ar, enquanto eles davam os primeiros passos, sem dizer uma palavra, apenas permitindo que seus corpos se movimentassem no ritmo suave da melodia. Os olhos deles se encontravam por trás das máscaras, revelando uma emoção que tentavam manter em segredo.

Enquanto dançavam, a cidade de Salvador parecia desaparecer. Eles estavam sozinhos no mundo, vivendo intensamente cada acorde. Os anos de separação desapareceram como se nunca tivessem existido, a memória muscular parecia encaminhá-los a cada movimento, cada rodopio e toque. A dança continuou, e o tempo perdeu seu significado. Um reencontro quase mágico orquestrado pela vida, que joga com a gente, embaralha as cartas, exige, mas também nos presenteia com momentos memoráveis e, com um único instante, faz tudo valer a pena.

A música cessou, eles permaneceram ali, com os olhos fixos um no outro por alguns segundos. O ministro que acompanhava Pedro se aproximou, arranhou a garganta e pediu para que o imperador o acompanhasse até outra roda repleta de pessoas importantes. O governo de Pedro não estava em um bom momento e ele precisava de apoio. Por isso estava ali, não havia outra intenção, até aquele momento.

Amélia aproveitou e pediu licença por um minuto. Deu a desculpa de que precisava ver como o filho estava, mas foi até o jardim dos fundos para tentar recuperar o controle de seu corpo. Inesperadamente, estava suando e com as mãos trêmulas, e sentindo náuseas. Claro que estava surpresa, Pedro não estava em sua lista de convidados e, embora soubesse que o imperador não precisasse de um convite, ainda assim, não esperava que ele simplesmente se materializasse no meio de seu salão. Por isso estava mexida dessa maneira; sim, era só surpresa. Só isso. Afinal, não era mais uma garotinha para se deixar abalar tanto, quase dez anos se passaram desde a última vez que se viram... A última vez... Flashes invadiram sua memória: pele, boca, seu corpo colado ao dele... Amélia passou as mãos pelo pescoço e respirou fundo. Aquilo não estava ajudando, precisava se acalmar, não se inflamar ainda mais.

— Está tudo bem com a senhora?

— Vossa majestade... é... precisa de alguma coisa?

Pedro se aproximou e parou ao seu lado, os braços quase se encostaram. Ele encarou o jardim, o céu escuro salpicado de estrelas.

— É uma bela residência.

— É sim.

— Deve ter uma vida feliz aqui.

— O que vossa majestade quer dizer?

— A senhora precisou se ausentar para checar seu filho, imagino que ele seja feliz vivendo aqui.

— Sua alteza também tem um belo jardim. Devo supor que tem uma vida feliz?

— *Touché*!

— Desculpe, vossa majestade, não foi apropriado.

— Qual parte? Você ficar me chamando de vossa majestade ou fingir que está me vendo pela primeira vez?

Amélia o encarou e seus olhos se encontraram. Pedro sorriu e a sombra que cobria seu rosto foi substituída pela chama que eles só sabiam queimar juntos.

— Vejo que se saiu muito bem, pequena Amélia.

— Você já sabia que eu era a anfitriã?

— Não. Disseram que você tinha partido para a Europa. Acha mesmo que eu não teria vindo atrás de você se soubesse que estava em Salvador? Meu juízo não teria sido tão forte para suportar a separação se eu soubesse que você estava tão perto.

— Então, apenas me reconheceu?

— Sim. Disseram que era um baile beneficente realizado por uma figura importante e que seria interessante comparecer... Deus... quando vi seus olhos...

— Quase desmaiei quando vi você. — Amélia sorriu, tímida.

— Disfarçou bem.

— Estou acostumada. — Amélia fez um muxoxo com essa constatação.

— Apesar de tudo, fico feliz em ver que você está tão bem. Há anos que me preocupo com seu paradeiro.

— Você também está ótimo, imperador.

— Não precisa disfarçar, estou por um fio.

— Sinto muito. Tenho acompanhado as notícias, sei que está em um período conturbado.

— Me perdoe.

— Por que eu deveria perdoar você?

— Ando tão afastado de quem fui...

Pedro deu um sorriso amargo e se sentou em um banco próximo. Amélia o acompanhou. A noite estava linda, quente e festiva. O mundo parecia, de repente, ter girado ao contrário e voltado no tempo. Eram apenas dois amigos, não o imperador e uma figura importante da sociedade.

— Na última vez em que a vi, você também estava vestida de azul.

— Mas o vestido era um escândalo.

— Você é um escândalo.

— Pedro...

— Não me peça pra não falar assim com você. Por favor, não me peça pra fingir que não deixamos algo mal resolvido e que encontrar você aqui não foi a melhor coisa que aconteceu na minha vida nos últimos dez anos. Não faça isso.

— Já faz tanto tempo.

— Faz, faz sim. Por isso, não me peça pra não encarar estarmos aqui, neste mesmo jardim, como um sinal.

— Não sou mais aquela menina.

— Nem eu um menino.

— Sinto que, pela primeira vez, cheguei atrasada...

— Mas você nunca se atrasa. — Ele sorriu.

— Tenho um filho.

— Tenho cinco. Que diferença faz? Tenho idade, amargura e fracassos a mais. Sou viúvo, você é viúva, pelo que me disseram... Meu pai morreu, seu pai morreu. Tudo o que vivemos, o que impediu de ficarmos juntos, ficou para trás. Não sei o que fizemos pra merecer, mas o fato é que nós dois ainda estamos aqui.

— Tanta coisa aconteceu desde aquela última noite.

— É... A vida bateu com força. Mas estamos aqui. Dá pra acreditar? Eu e você em um baile e a sua primeira dança foi minha.... de novo.

— É ridículo, sabia? — Amélia teve um acesso de risos misturado a lágrimas.

— O quê? Eu sou ridículo? É isso? Está dizendo que eu sentar aqui, ser honesto e vulnerável é ridículo? Está rindo de mim? Quando ficou tão cruel? — Pedro se levantou e caminhou procurando a saída.

— Não... não é isso... É ridículo o tempo fingir que não passou. Eu estar vestida de azul, com vontade de interromper sua fala com um beijo e dizer que, apesar de tudo ter mudado, o importante não mudou... — Amélia colocou a mão no cordão que trazia em seu pescoço, puxou o pingente que pendia para dentro de seu vestido, revelando que era, na verdade, o anel da Herança Real.

— Você ainda o carrega?

— Nunca o tirei.

Pedro retirou a máscara dela. Ah! O rosto mais lindo do mundo. Passou os dedos por sua testa, bochechas e pescoço. Sentiu a emoção lhe invadir.

— Como é que conseguiu ficar ainda mais bonita?

— Não é verdade.

— É claro que é.

Ele a beijou com devoção, como quem passa por uma experiência divina e sente toda a escuridão ser afastada. Sentiu a maciez de seus lábios quase sem acreditar que Amélia estava em seus braços novamente. Enlaçou sua cintura, pressionou suas costas e finalmente se sentiu completo. A mulher que lhe bastava, a única.

Quis perguntar se ela havia encontrado a mãe. Quantos anos o filho dela tinha. Se sabia tudo o que havia acontecido no Rio de Janeiro desde sua partida. Queria saber se Amélia gostaria de compartilhar cada detalhe sobre como havia sido sua vida nestes dez anos ou se apenas preferia fingir que tinham adormecido e acordado ali, naquele beijo. Ele não se importava, só queria viver com ela, do jeito dela, pelo tempo que pudessem.

— Você aceitaria ser um pouquinho imprudente e deixar seus convidados por um instante? Gostaria de mostrar uma coisa. Depois voltamos. — Pedro tinha o mesmo tom que usava ao convidar Amélia para alguma travessura na infância.

— Não estou entendendo. Tem que ser agora?

— Você confia em mim?

— Claro que sim.

Pedro e Amélia entraram na carruagem do imperador e seguiram para o Palácio dos Governadores. Não ousaram deixar para depois.

— Lembrei-me de uma coisa que o Olufemi me disse quando cuidou de você na fazenda.

— Do quê?

— Ele disse que eu tinha que dar tempo ao tempo.
— Por que se lembrou disso agora?
— Porque, naquela época, eu disse que aceitaria esperar o tempo que fosse preciso pra ter você de volta.
— Você disse isso?
— Disse… Mesmo achando que você estava demorando muito para acordar, eu disse que esperaria o tempo que fosse preciso e não apenas o tempo que eu gostaria.
— Dessa vez quem encontrou a lógica foi você.
— A gente era só uma questão de tempo.
— Que tal dez anos? — Amélia sorriu, mas estava emocionada.
— Meio pesado – brincou. — Mas eu aceitaria só para estar aqui com você de novo.

Assim que chegaram, Pedro a puxou pela mão escada acima e a levou para seus aposentos.

— Não acredito que me esgueirei, de novo, num palácio até chegar ao seu quarto — disse Amélia, entre risos.
— Você não resiste — provocou Pedro.

Amélia fingiu estar contrariada, mas sorriu. Há tempos não sorria para ele, para que evitar?

— Na verdade, quero lhe mostrar uma coisa, venha aqui. — Pedro estendeu a mão como um convite. Amélia aceitou e sentou em seus joelhos.
— Está guardada aqui. — Pedro puxou uma caixa bonita que estava no canto da mesa.
— O que é isso?
— Quando você foi embora, eu me transformei e não de uma forma positiva.
— Eu também.
— Não. Eu a vi no salão. Você continuava a mesma Amélia, reconheci você na hora. Todo mundo ao seu redor sorria, encantado. Você continuou com seus propósitos e respeitando sua personalidade.
— Pedro, eu também senti sua falta terrivelmente.
— Eu sei, mas eu mudei por dentro, fiquei amargurado. Só tinha uma coisa que me tirava um pouco desse labirinto sombrio… Quando

conseguia lembrar que você e eu ainda estávamos no mesmo mundo, que poderíamos nos conectar de alguma forma.

— Não gosto de imaginar você assim. Você sempre foi gentil, engraçado... É difícil pensar que passou os últimos anos dessa forma.

— Só entendi agora, quando encontrei você e a reconheci imediatamente.

— O que foi?

— Você é mais que meu amor, é todo o meu coração, Amélia. Quando você partiu, fiquei sem ele... Meu peito ficou vazio.

Amélia puxou o rosto de Pedro para si e o beijou profundamente. Um beijo longo, sofrido, repleto de juras, mas também de esperança. Conseguia imaginar o quão diferente a vida poderia ter sido se não tivessem se separado, mas olhar para o passado com essa intenção sempre seria uma armadilha. Não importava como tinham chegado até ali, Amélia viveria tudo de novo. Ela se permitiria amá-lo e abriria mão dele. Também esperaria o tempo que fosse só para viver este exato momento sem medo, sem dívidas, sem arrependimentos... Estavam livres, finalmente. As pedras e flores deste destino foram feitas para estes pés, estes corações, e não há nada igual no mundo. Não adianta procurar.

— Tem certeza de que precisa voltar? — Pedro não se cansava de beijá-la.

— Sou uma senhora com compromissos.

— E eu um senhor com dez anos de amor acumulado.

Amélia riu alto. Alto e feliz.

— E prometi a melhor noite da sua vida. Está lembrada?

— É claro que estou.

— Vou cumprir com todo o meu amor... — disse Pedro, beijando-a intensamente.

— Também continuo amando você como no último dia... Como isso é possível?

— E importa? A gente era pra ser.

— A gente é pra ser. — Mais beijos. Quantos seriam necessários para matar aquela saudade toda? — Estamos perdendo o foco, não viemos aqui para você me mostrar alguma coisa?

— Ah… sim! Esta é apenas a última, de quando viajava para cá. Foram tantas vezes ao longo desses anos… Tanto que tem uma arca repleta delas lá no Palácio de São Cristóvão. Todas esperando por você.

— Repleta do quê? — perguntou ela, curiosa.

Pedro abriu um enorme sorriso, um que alegrou genuinamente seu rosto e se fundiu na memória de Amélia, misturando o menino com quem brincava na beira do lago, o jovem que ela amou na Quinta da Boa Vista e o homem que agora estava em sua frente. Ele empurrou a caixa na direção dela e aguardou, observando-a, embevecido. Amélia abriu a caixa e a emoção quase a incendiou. Havia uma carta endereçada a ela.

— Dessa vez eu te escrevi.

Agradeço a você pela honra,
por segurar a minha mão,
chegar até aqui e
arrancar horas da sua vida
só para me deixar falar de amor.

Pedro disse que mandaria
escrever sobre eles.
Eu escrevi.

Direção editorial
Daniele Cajueiro

Editora responsável
Mariana Rolier

Produção editorial
Adriana Torres
Júlia Ribeiro
Macondo Casa Editorial

Revisão
Camille Perissé
Luana Balthazar
Luciana Figueiredo
Sol Mendonça

Projeto gráfico de miolo
Larissa Fernandez
Leticia Fernandez

Diagramação
Henrique Diniz

Este livro foi impresso pela Vozes, em 2024, para a Livros da Alice. O papel do miolo é avena 70g/m² e o da capa é cartão 250g/m².